Originalausgabe
2. Auflage als Taschenbuch in 2021

ISBN 978-3-753124-78-0

Autorin: Eunice Blue
Covergestaltung: Paulus Schinew
Lektoriert durch Inge Förtsch

Dorian

Teil 1

Für meine Mami,
die mich in jeder
Lebenslage unterstützt hat.

Danke, Ich hab dich lieb!

prolog

Es gab eine Zeit, da habe ich mir nichts sehnlicher gewünscht, als anders zu sein, etwas Besonderes zu sein.
Ich war siebzehn, aber anders sein wollte ich schon seit ich denken konnte. Als ich ein kleines Mädchen war, hatten meine Freunde und ich große Freude daran, so zu tun, als ob wir andere Menschen, Tiere oder eine Mischung aus beidem wären. Bei meinen Freunden haben diese Spiele und Gedanken natürlich irgendwann nachgelassen, denn so ist das, wenn man erwachsen wird. Die Fantasie lässt nach und man hat nur noch andere Dinge im Kopf. Auf dem Boden rumzukriechen und wie eine Katze zu schnurren, war nun undenkbar für sie und schließlich fanden sie sich damit ab, dass sie niemals etwas anderes sein würden als gewöhnliche Menschen. Ich aber behielt diesen ungewöhnlichen Wunsch. Es war mein Traum, irgendwann jemand, vielleicht sogar etwas anderes zu sein. Ich konnte mich nicht mit meiner Normalität abfinden. Jeden Tag sah ich in den Spiegel und ein normales Mädchen erwiderte meinen Blick. Da waren

normale braune Haare, normale blasse grüne Augen, ein normaler Mund und eine normale kleine Nase und das, was sonst noch alles zu einem Gesicht gehörte. Ein paar Unreinheiten, die auch alles andere als ungewöhnlich waren und natürlich die allseits bekannte Haut, die auch nur normal war. Absolut durchschnittlich, nicht mehr und nicht weniger.
Meine Mum verstand mein Unglück natürlich nicht. "Du bist ein wunderschönes Mädchen."
Der Standardsatz, den Eltern nun mal bringen mussten, wenn das Kind etwas an sich nicht mochte. Eine Mutter würde nie etwas anderes als das sagen, jedenfalls eine normale Mutter nicht und das war sie. Klischee, wie es im Buche stand. Eigentlich hätte ich mich nicht beschweren können. Ich war nicht hässlich, aber auch nicht außergewöhnlich hübsch. Dumm konnte man mich zwar nicht nennen, aber "superintelligent" wäre auch das falsche Wort gewesen. Auch die Beliebtheit war eigentlich an mir vorbei gezogen. Ich hatte meine Freunde, war aber nicht Teil der coolsten Clique, obwohl ich es hätte sein können. Nur ein bisschen mehr Make-up und

ein bisschen weniger Stoff am Körper und schon gehörte man hier in Gaping Hill zu den Beliebten. Nicht zu vergessen natürlich die ausgesprochene Dummheit und ich war fest davon überzeugt, dass einige Mädchen nur so taten, als wären sie nicht die Hellsten, obwohl sie eigentlich sehr intelligent waren. Die Tatsache, dass sie sich so naiv und unreif benahmen, zeugte meiner Ansicht nach allerdings nicht gerade von einem hohen IQ.
Oft schlenderte ich nach der Schule durch den Wald, der dieses kleine Städtchen quasi umschloss. Eigentlich bestand die Stadt mehr aus Bäumen als aus Häusern und Menschen, aber das war mir nur recht so.
Es gab einen sehr schönen und beliebten See im Wald, zu dem ich oft ging. Besonders im Herbst war es dort wunderschön. Außerdem konnte ich zu dieser Jahreszeit meistens allein dort sein, Bücher lesen, oder meinen Gedanken nachhängen. Ich war aber auch oft mit meinen Freunden dort.
Wenn ich allein dorthin ging, saß ich am Ufer und malte mir aus, wie es wohl wäre, eine besondere Fähigkeit zu besitzen oder Ähnliches. Ich stellte mir vor, welche Veränderung mein Körper machen könnte, was mir gefallen würde und die Rede ist

nicht von einer anderen Haarfarbe oder lackierten Fingernägeln. Meine Vorstellung kreiste eher zu tiefgreifenden Veränderungen, wie etwa eine Verwandlung in ein anderes Wesen. Einfach etwas anderes sein. Mein Leben war mir praktisch schon vorbestimmt. Nach Beendigung der Schule käme Studieren, einen Job machen, vielleicht sogar mal heiraten, Kinder bekommen und irgendwann sterben. Ein normales Leben wartete auf mich, in dem ich nie etwas anderes sein würde als normal. Unglücklich hätte ich wohl akzeptiert, dass es nichts anderes als das hier gab. Wohl oder übel musste ich zuzugeben, dass ich ein Verfechter von Fantasy-Büchern war und so ziemlich alles verschlang, was mir in die Finger kam. Angefangen bei den schnulzigsten Vampirgeschichten, die man sich vorstellen konnte, bis hin zu gefährlichen und düsteren Werwolfgeschichten. Es war mir eigentlich egal, ob Hexen, Zauberer, Elfen, Feen, Zwerge, Vampire, Werwölfe oder was es sonst noch gab. Hauptsache, es war nicht normal. Auf die schmalzigen Teile der Geschichten hätte ich zwar verzichten können, doch da mich alles andere so sehr faszinierte, nahm ich auch das gerne in Kauf. Ich glaubte auch an alle diese Dinge. Vielleicht redete ich mir auch nur ein, daran zu glauben, dass so etwas existierte, damit ich nicht einging, wie Zyperngras in der Wüste. Meine Mum war der festen Überzeugung, dass ich irgendwann von diesem Unsinn ablassen würde. Spätestens, wenn ich mich mal verlieben würde, wäre das Anders-sein-Wollen nicht mehr so wichtig für mich. Schließlich vergaßen Verliebte die Welt um sich herum und die Wünsche und Träume, die sie einst hatten, rückten in den Hintergrund. So hat meine Mum das zwar nicht ausgedrückt, aber ich war der Meinung, dass es nur so passieren könnte.

Ehrlich gesagt, wollte ich das gar nicht - mich verlieben. Zu oft habe ich beobachtet, wie sich die Menschen verhielten, die sich verliebt hatten. Sie waren wie Zombies, die nur noch grinsen konnten, alles toll fanden und immer nur über diesen einen Menschen reden mussten, wie unter Zwang.

Außerdem habe ich zu viele Liebesgeschichten gelesen, in denen eigentlich genau das Gleiche passiert war. Nur dieser eine Mensch war wichtig und

niemand sonst, keine Freunde mehr und keine Hobbies. So jemand wollte ich nicht sein. Ich wollte meine Freunde behalten und sie nicht mit meinem Gesülze vergraulen oder keine Zeit mehr für sie haben, weil ich mit meinem Traumprinzen irgendwo auf einer Wiese lag und ihn die ganze Zeit anschmachten musste.
Das hatte ich meiner Mum natürlich nicht gesagt. Insgeheim hoffte ich aber, dass sich niemals jemand in mich verlieben würde und vor allem, dass ich mich niemals verlieben würde. Ich konnte mir nicht vorstellen, noch ich selbst zu sein. Die Vorstellung, dass alle meine Gedanken nur um einen anderen Menschen kreisten, bereitete mir eine Gänsehaut. Ich wollte zwar anders sein, aber kein Zombie, der nur noch rosa Einhörner und flauschige Wattewolken sah. Dann doch lieber ein Zombie, der immer auf der Suche nach dem nächsten Gehirn war, sabbernd und röchelnd und schon halb verwest.

So, nun wisst ihr, wie ich damals war. Damals, als ich siebzehn Jahre alt war und die meiste Zeit davon träumte, nicht so zu sein, wie ich nun mal war: normal.
Und jetzt werde ich erzählen, was wirklich

interessant ist. Ihr werdet erfahren, wie und wieso ich tatsächlich anders wurde und ich werde beschreiben, wie ich mich jetzt fühle. Jetzt, wo ich niemals wieder normal sein werde.

1

Für Gaping Hill war es in diesem Sommer ungewöhnlich warm. Die Sommerferien hatten angefangen und es war so warm, dass ich in der ersten Woche mein Zimmer nur verlassen hatte, wenn es unbedingt sein musste. Ich mochte die Hitze draußen nicht wirklich, weswegen ich in meinem Zimmer zwei Ventilatoren platziert hatte, die den ganzen Raum mit kühler Luft durchfluteten. Meine Vorhänge waren immer zugezogen, zumindest wenn am Mittag die Sonne genau auf mein Fenster schien.

Glücklicherweise hatte ich bei dem Kauf der Vorhänge darauf gedrängt, extra blickdichte zu kaufen, damit sich mein Zimmer nicht aufheizen konnte.

Meine Zimmerpflanzen Eliot und Erwin konnten den Sommer auch nicht wirklich leiden. Zu meinem Glück benötigten sie nicht sehr viel Sonne, aber dafür viel Wasser. Wenn sie mal nicht genug hatten, straften sich mich, indem sie ihre schönen Blätter einfach hängen ließen und das konnte schon

innerhalb von einer Nacht passieren. Eliot wäre mir einmal fast verwelkt, als ich bei einer Freundin übernachtet hatte. Als ich am nächsten Nachmittag wieder nach Hause kam, hing er nur da. Seine Blätter waren schon braun und er sah aus wie eine Pflanzenleiche. Meine Erste-Hilfe-Aktion in der Badewanne konnte ihn zum Glück noch mal retten, aber das hätte auch ganz anders ausgehen können. Seitdem achtete ich darauf, dass seine Schale, in der sein Topf stand, immer mit Wasser gefüllt war. Ich war schon immer der Meinung, dass es wichtig ist, sich auch um die Pflanzen zu kümmern.
Nun lag ich, bei unerträglicher Wärme, auf meinem Bett und träumte von einem Ausflug in die Arktis. Von dem kalten Schnee auf meiner Haut und dem eisigen Wind, der mir die Nase einfror.
Es gab bei uns in Gaping Hill, dass man als verschlafenes urtümliches Städtchen beschreiben konnte, natürlich auch so frostige Temperaturen, dass meine Heizung den ganzen Tag auf höchster Stufe stand. Im Sommer wünschte ich mir diese Kälte und im Winter wollte ich, dass es warm war. Dieser Wunsch war so normal, dass mir schon schlecht davon wurde. Jeder, den ich kannte,

wollte das und deshalb behauptete ich immer das Gegenteil. Mir gefielen die Hitze im Sommer und die Eiseskälte im Winter. Genau genommen liebte ich aber tatsächlich den Herbst und manchmal auch den Frühling, doch der Herbst war die schönste Jahreszeit. Der frische Wind, der noch nicht zu kalt ist. Der Regen - ich liebe Regen. Das Laub, das einen wunderbaren Duft verbreitet und von der unglaublichen Farbenpracht fange ich besser gar nicht erst an. Gaping Hill liegt mitten in einem Laubwald, also ist der Herbst eindeutig die schönste Jahreszeit.
Aber ich schweife ab. Es war natürlich nicht Herbst, sondern Sommer und ich genoss meine zwei Ventilatoren, während ich mit geschlossenen Augen auf dem Bett lag und in meiner Fantasie durch schönen, kühlen Schnee stapfte. Meine Mum erwartete Besuch von ihrem neuen Freund, der eigentlich schon fast bei uns wohnte. Sie war einer dieser "Einhorn-Menschen", wie ich die Art von Menschen nannte, die an die wahre Liebe -natürlich auf den ersten Blick- glaubten und sie redete nur noch von ihm. Wenn er da war, turtelten die beiden ununterbrochen und stupsten sich immer mit der Nase an und gaben sich kleine

Küsschen -das volle Programm eben. Ich war fest entschlossen, ihn an diesem Tag nicht zu sehen, denn ich konnte dieses schmierige Grinsen nicht ertragen und dieses Teeanagergehabe der beiden war unerträglich. Ich hatte meiner Mum gesagt, dass ich sowieso schon was vor hatte und diese Ausrede, die natürlich eine Lüge gewesen war, zwang mich dazu, das Haus zu verlassen. Träge raffte ich mich also auf und schlüpfte in die kürzeste Hose, die ich finden konnte. Mein liebstes Top im Sommer war schon so abgetragen, dass aus dem ursprünglichen sonnengelben Farbton, ein ausgewaschenes Gelb geworden war. Dennoch war es noch immer das, was ich am liebsten anzog. Durch den leichten Stoff, konnte ich jeden Luftzug genießen und dank den Spaghettiträgern bedeckte fast nichts meine Schultern.
Nachdem ich mich angezogen hatte, ging ich hinaus in die Bullenhitze. Ich stand auf unserer Veranda, die mal einen neuen Anstrich hätte vertragen können und schaute auf das Thermometer, das wie gewohnt im Schatten hing. Es zeigte 38°C an und bei der Zahl wurde ich fast ohnmächtig. Wenn es im Schatten schon so warm war, wie würde es

dann erst in der Sonne sein? Vor meinem geistigen Auge spielte sich ab, wie ich wieder nach Hause kam und meine Mum mich nicht mehr erkannte, weil ich verkokelt war und kleine Rauchwölkchen von meiner Haut aufstiegen.

Zuerst nahm ich noch einen tiefen Atemzug, bevor ich los ging. Im ersten Moment kam es mir vor, als würde ich gegen eine dicke Wand laufen und kurz überlegte ich, meinen wichtigen Termin, den ich natürlich nicht hatte, abzusagen und mich wieder nach drinnen zu verziehen. Doch da ich nun schon mal draußen war, ging ich einfach weiter. Mein Weg führte mich in den Wald, wo die Baumkronen so dicht waren, dass die Sonnenstrahlen es kaum hindurch schafften, sodass es angenehm kühl war. Nach einem schönen Spaziergang, den ich eher als Schleichgang bezeichnen würde, kam ich schließlich an den See. Natürlich waren die Leute aus meiner Schule schon alle fleißig am Baden und Feiern. Während ich nach einer relativ einsamen Stelle Ausschau hielt, suchte ich unter den Jugendlichen nach meinen Freunden, die sich auch gerne mal an den See setzten, doch die konnte ich nicht finden. Hier waren nur die aufgeblasenen, normalen, supercoolen Mädels in ihren kaum vorhandenen Bikinis und die dazu passenden normalen Athleten mit ihren perfekten normalen Frisuren und ihren hübschen und dennoch normalen und langweiligen Gesichtern. Nachdem ich um den halben See gegangen war, fühlte ich mich, als würde ich mich gleich in meine Bestandteile auflösen, weil alles an meinem Körper zu Wasser wurde und am Ende nur noch ein kleiner Haufen aus glibberiger Haut zurückbliebe. Der Badestrand, der auf der anderen Seite schön sandig und weich an den Füßen war, wurde hier zu Waldboden und nun konnte man auch nicht mehr von einem Strand sprechen, sondern eher von einem Ufer. Unsicher sah ich mich um und überlegte, ob das hier vielleicht ein Privatgrundstück war und ich das Schild einfach nicht gesehen hatte. Doch wenn es so war, dann hätte der Besitzer sicherlich ein großes Schild aufgestellt. Sollte allerdings tatsächlich irgendwo ein Schild gestanden haben, musste es so alt und verwittert gewesen sein, dass es mir auch egal sein konnte, weil es sowieso niemanden mehr interessierte. Wer würde mich denn schon erschießen, nur weil ich mich auf seinen Steg gesetzt hatte?

Es gab sicherlich genug Verrückte auf dieser Welt, aber doch sicherlich nicht hier in Gaping Hill. Etwas unsicher schlich ich über den hölzernen und schon leicht morschen Steg, um mich an sein Ende zu setzen. Meine Flipflops zog ich aus, stellte sie hinter mich und ließ meine Beine in das kühle Wasser eintauchen.

Ein paar Minuten lang baumelte ich mit den Füßen und betrachtete die kleinen Wirbel, die ich damit verursachte. Wie in Trance bemerkte ich gar nicht richtig, wie ich immer weiter ins Wasser eintauchte und schließlich komplett nass war. Ich seufzte einen Moment, als mir klar wurde, dass meine Sachen ja nun auch nass waren, doch eigentlich war das egal, denn bei dieser Hitze würden sie sowieso wieder sehr schnell trocken sein.

Mit ausgebreiteten Armen lehnte ich mich so weit nach hinten, bis ich auf dem Wasser lag, als würde ich in meinem weichen, gemütlichen Bett liegen. Meine Augen schlossen sich wie von selbst und ich ließ mich einfach treiben. Ich hörte und sah nichts, hatte nur den Geruch von Seealgen in der Nase, spürte nur das kühle Nass auf meiner Haut und in meinen Sachen.

Jedes Zeitgefühl ging verloren und als ich die Augen wieder öffnete, trieb ich irgendwo in einiger Entfernung zu dem Steg und die Sonne war schon so weit gewandert, dass die Mittagszeit bestimmt schon vorüber war.
Das Treffen der beliebten Leute auf der belagerten Seeseite hatte gerade eine Ruhephase, wie mir schien. Vermutlich, weil viele noch mal losgefahren waren, um von irgendetwas Nachschub zu holen. Der Duft von glühender Grillkohle kroch in meine Nase.
Langsam kam ich wieder in eine normale Schwimmposition, um zu dem Steg zurückzuschwimmen und da sah ich ihn zum ersten Mal.
Auf dem Steg, direkt neben meinen Flipflops, stand ein Mann. Er war kaum zu erkennen, ich war einfach zu weit weg. Der Mann stand einfach nur da und sein Blick schien starr auf mich gerichtet zu sein. Nervös fragte ich mich, ob er mich beobachtet hatte, wie ich hier die Wasserleiche mimte, oder ob er der Grundstückseigentümer war und mich, sobald ich wieder an Land war, schlimm bestrafen wollte. Meine Fantasie fing an mir schlimme Szenen zu zeigen und langsam machte sich Panik in mir breit. Im Wasser

bleiben, bis er verschwunden war, war auch keine gute Option, denn ich fühlte mich schon ganz aufgeweicht. Langsam setzte ich mich also in Bewegung und schwamm wieder zurück, dem Unbekannten, der auch ein lange gesuchter Serienkiller hätte sein können, entgegen. Schon nach wenigen Augenblicken wurden meine Gelenke etwas schwer und taub. Wahrscheinlich, weil ich mich nur hatte treiben lassen, waren meine Arme und Beine jetzt steif geworden und kurz zog es mich unter Wasser.
Leichte Panik ergriff mich, rüttelte an mir, doch ich beruhigte mich beinahe unter Zwang, damit ich wieder auftauchen konnte. Eilig und mit geschlossenen Augen paddelte ich zum Ufer, damit ich nicht noch wirklich ertrank und als ich meine Augen wieder öffnete, war der Mann am Ufer verschwunden.
Schnell zog ich mich aus dem Wasser und sah mich um. Der Mann war wirklich nirgends zu sehen.
"Komisch.", murmelte ich und beschloss, dass ich mir das nur eingebildet hatte. Das Wasser war mir wahrscheinlich in die Ohren gelaufen und hatte eine Halluzination ausgelöst, wie auch immer das funktionieren

sollte, aber das war es vermutlich. "Hier rennt kein Mann rum, der sich irgendwo hinstellt und Leute beobachtet, wie sie sich nicht bewegen und verschwindet dann schnell wieder, wenn er unbeobachtet ist.", brabbelte ich vor mich hin, während ich noch ein bisschen die Umgebung absuchte. Wer hatte denn schon solche Hobbies?
Klitschnass schnappte ich mir meine Latschen und tapste los. Das gestaltete sich schwieriger als gedacht, denn mit nackten Füßen auf Waldboden zu laufen ist nicht gerade das, was man als „Zuckerschlecken“ bezeichnen könnte. Meinen Blick und meine gesamte Aufmerksamkeit waren auf den Boden gerichtet, denn ich wollte nicht in etwas reintreten. Kleine, spitze Steine lagen überall herum, weshalb ich nach Stellen, die ich gefahrlos betreten konnte suchte. So bahnte ich mir hüpfend einen Weg durch das Steinchenminenfeld. Ich war so konzentriert, dass ich die Fußabdrücke, die definitiv nicht von mir und dazu neu waren, gar nicht richtig wahr nahm. Natürlich hatte ich sie gesehen, aber mein Hauptaugenmerk lag auf etwas anderem und deshalb ignorierte ich die fremden Fußabdrücke.
Auf dem Weg nach Hause fühlte ich mich

irgendwie beobachtet, aber immer wenn ich stehen blieb und mich umsah, war nichts zu sehen und zu hören. Als ich wieder zu Hause ankam, war ich schon wieder fast trocken und die abendliche Wärme erledigte dann noch den Rest. Ich ging nicht sofort ins Haus, sondern setzte mich auf den Schaukelstuhl meiner verstorbenen Großmutter, der auf der Veranda wie ein Geist stand und ab und zu sogar etwas schaukelte. Immer wenn ich dort saß, hatte ich das Gefühl, sie wäre bei mir und würde mir durch meine Haare streicheln und ich liebte diesen Gedanken. Irgendwann kam meine Mum raus, setzte sich auf einen kleinen Hocker und lächelte mich an. "Wieso sitzt du denn ganz allein hier draußen? Komm doch rein, wir haben wirklich viel Spaß." Ich schüttelte den Kopf. "Lass mal, ich genieße lieber den Abend. Allein. Aber schön, dass du deinen Spaß hast." Meine Mum lächelte so, wie es nur Verliebte taten. Ich gönnte ihr dieses Gefühl, aber ich wollte nicht mit ansehen, wie sie sich zum Deppen machte. "Sag mal, warst du schon mal auf der anderen Seite des Sees? Also da, wo kein Badestrand ist?", fragte ich sie dann ganz unvermittelt.

"Ja, als ich klein war, aber nur ein Mal.

Eigentlich ist die andere Seite abgesperrt. Du bist doch nicht über den Zaun geklettert?" Ungläubig schaute ich sie an. Dort war nirgends ein Zaun zu sehen gewesen und ich hatte extra nach einer Abgrenzung Ausschau gehalten. "Nein, ich klettere doch nicht einfach über Zäune, Mum! Vor allem, weil ich nur Flip Flops an hatte. Wie soll ich denn damit über einen Zaun kommen?" Sie nickte zufrieden. "Aber wieso ist das abgesperrt? Ich meine, ist das Privatgrundstück? Immerhin gibt es ja einen Steg und so." Meine Mum überlegte kurz und ließ ihren Blick über die Häuser gegenüber schweifen.
"Naja weißt du, Michelle, ach es würde jetzt zu lange dauern, dir das alles zu erzählen. Lass uns das ein anderes Mal machen, ja? Ich werde jetzt wieder rein gehen und du kannst ja noch hier bleiben. Christopher wartet bestimmt schon."
Sie gab mir einen Kuss auf die Stirn und verschwand wieder. Christopher hieß ihr Liebster, aber ich nannte ihn immer Charming. Natürlich sprach ich ihn nicht so an, sondern mit seinem echten Namen. Da meine Mum allerdings immer von ihm redete, als wäre er Prinz Charming, war es doch nicht sehr abwegig, ihn auch so zu

nennen. Es gab also eine lange Geschichte zu der anderen Seeseite? Das war interessant, doch noch viel interessanter war, dass ich scheinbar durch einen Zaun gelatscht war, ohne ihn zu bemerken. Vielleicht stand der Zaun auch schon eine Weile nicht mehr, immerhin war meine Mum offensichtlich seit einer langen Zeit schon nicht mehr am See gewesen. Bei besonders heißen Tagen machte sie es sich meistens im Schatten bei uns im Garten gemütlich und ließ ihre Füße in einen Eimer mit kaltem Wasser hängen. Ich nahm mir vor, sie bei nächster Gelegenheit mal zu fragen, was es damit auf sich hatte. In diesem Moment kam mir allerdings eine viel bessere Idee.

Am nächsten Tag ging ich schnurstracks, gleich nach dem Frühstück, zum Haus der alten Hanne, das am Ende unserer Straße stand. Sie war eine echt nette, alte Frau, die ihr Haus so gut wie nie verließ. Das faszinierende daran war, dass sie dennoch immer alles wusste. Die Leute aus der Stadt fanden sie unheimlich und vermieden es, mit ihr zu reden, aber mir war ihre schrullige Art sogar sehr sympathisch. Eigentlich war sie der interessanteste Mensch, den ich kannte. Die alte Hanne hatte zwei getigerte Katzen

und einen bunten Papagei. Ihr Haus war voller Gerümpel und zu jedem Stück gab es eine Geschichte. Sie hatte also keinen Müll im Haus stehen, sondern Erinnerungen und ihre Geschichten faszinierten mich immer wieder aufs Neue. Aufgeregt klingelte ich bei ihr und als Hanne öffnete, streunte mir schon der kleine Toby -eine der beiden Katzen- um die Beine. Er liebte mich seit dem ersten Tag und diese Liebe erwiderte ich sogar. Er war mein kleiner, flauschiger Charming in schwarz-grau und hellen gelben Augen. Wie gewohnt nahm ich ihn hoch und er schmiegte seinen Kopf sofort an meinen Hals und schnurrte leise. "Hallo Hanne, du hast doch bestimmt Zeit für einen Tee und eine Geschichte?" Strahlend ließ mich die alte Frau ins Haus und ich machte es mir auf ihrem uralten Sofa bequem. Hier hatten sogar die Möbel eine lange Geschichte zu erzählen. Langsam ließ ich mich in die weiche Rückenlehne sinken, wobei das Sofa ein leichtes Knarren von sich gab.
Toby rollte sich auf meinem Schoß zusammen und schnurrte weiterhin leise und glücklich vor sich hin, während ich ihn kraulte. Hanne kam schon bald mit dem Tee und setzte sich in ihren Sessel, der genau die

Passform von ihrem Po hatte. "Also, Michelle. Ich habe das Gefühl, du möchtest eine bestimmte Geschichte hören?" Ich nickte leicht. "Na ja, ich weiß eigentlich gar nicht, ob es wirklich eine Geschichte dazu gibt, aber wenn, dann möchte ich sie auf jeden Fall hören. Gestern war ich zum ersten Mal in meinem Leben auf der anderen Seite des Sees, der im Wald ist. Ist schon komisch, dass ich noch nie vorher dort war." Hanne machte eine wissende Kopfbewegung, lehnte sich zurück und begab sich in ihre Erzählposition. "Oh ja, es gibt viele Geschichten von dieser Seeseite. Als ich noch jung war, etwa in deinem Alter, hat dort eine Familie gelebt. Sie waren nicht sehr gesellig, aber freundlich, wenn man sie traf. Ein Ehepaar, zwei Söhne und eine Tochter. Ich ging mit dem Mädchen in eine Klasse. Sie war wunderschön und niemals zuvor oder danach habe ich ein so schönes Mädchen gesehen. Amelie war ihr Name und die Brüder waren Zwillinge, sahen aber aus wie ganz unterschiedliche Jungs, also, es waren Zweieiige. Auch die beiden waren wirklich sehr ansehnlich. Ich kann mich noch genau an ihre Augen erinnern. Der eine hatte so strahlend blaue Augen, dass mir immer ganz schwindlig davon wurde und der andere hatte so stechend grüne Augen, dass es mir kalt den Rücken runter lief. Sie waren höflich, aber sehr verschlossen, als hätten sie ein Geheimnis und sie blieben meistens unter sich. Es gab natürlich viele Gerüchte um die Geschwister. Niemand war jemals in ihrem Haus gewesen und eines Tages brannte es nieder. Keiner wusste, wieso und keiner wusste, was mit der Familie passiert war. Es wurden niemals Leichen gefunden, also dachte man sich, sie wären geflohen. Ein paar Jahre später sah ich auf der anderen Seite manchmal einen Mann. Er stand dort am Steg und schaute zu uns rüber. Egal, wie lange ich ihn ansah, niemals bewegte er sich und dann war er immer plötzlich verschwunden, als hätte er nie dort gestanden. Einmal haben wir im Eifer der Jugend eine Mutprobe gemacht. Diejenigen, die beweisen wollten, wie mutig sie waren, wollten zu der alten Ruine gehen und ein verbranntes Stück mitbringen." Hanne machte eine gewichtige Pause. Ich war wie gebannt. Der Mann, ich hatte ihn auch gesehen. "Und ist was Schlimmes passiert?" Ich flüsterte schon fast und konnte kaum atmen vor Spannung, doch Hanne schüttelte den Kopf. "Ich war eine von den Mutigen, die sich hinein getraut haben. Ich blieb auch am längsten drin und ich war das einzige Mädchen, das sich getraut hat. Die Jungs sind schnell rein, haben schnell irgendetwas gegriffen und sind mit stolz geschwellter Brust wieder raus marschiert, aber ich habe mir Zeit gelassen, denn ich wollte etwas Besonderes mitnehmen. Das Haus war nicht gänzlich zerstört worden durch den Brand, aber doch sehr in Mitleidenschaft gezogen. Es wirkte, als würde es jeden Moment zusammen stürzen, aber irgendwie geschah das nie. Ich bin durch ein paar Räume gegangen und habe eine Kette gefunden, die ich an mich nahm." Mühevoll stand Hanne auf und ging zu einem Schränkchen, öffnete eine Schublade und holte ein Kästchen hervor. Die alte Dame zeigte mir oft irgendwelche Sachen, zu denen sie mir, bei einer Tasse Tee, die dazugehörigen Geschichten erzählte. Ich empfand tiefe Bewunderung dafür, dass Hanne stets wusste, wo jeder einzelne Gegenstand versteckt war, obwohl ihr Haus voller Kram war. Sie gab mir das Kästchen und langsam öffnete ich es. In dem hübsch verzierten Gefäß lag eine verkohlte Kette. Den

Anhänger konnte man kaum noch erkennen. Mit ein bisschen Zuwendung, hätte man vielleicht dafür sorgen können, dass man den Anhänger wieder etwas sauberer bekam, doch Hanne brauchte das nicht, um sich an die Geschichte zu erinnern. "Und was ist dann passiert?"
Vorsichtig legte ich die Kette zurück und stellte das Kästchen auf den Tisch. "Eigentlich nichts weiter. Ich hatte es recht eilig nach draußen zu kommen, als ich in einer noch halbwegs vorhandenen Fensterscheibe jemanden sah, der hinter mir stand, aber als ich mich umdrehte, war er verschwunden." Angespannt hielt ich die Luft an. "War es der mysteriöse Mann?"
Hanne nickte und machte einen bedeutsamen Gesichtsausdruck. "Weißt du, ich war gestern da drüben.", fing ich dann an zu gestehen. "Da stand nicht mal mehr ein Zaun und ein Haus konnte ich auch nirgends sehen." Hanne beugte sich vor und sah mich eindringlich an. "Du hast ihn gesehen, oder?"
Ich nickte, trank eilig einen Schluck von meinem Tee und zog schmerzhaft die Luft ein, als ich mir die Zunge daran verbrannte. "Glaubst du, er ist gefährlich? Hast du mal mit ihm geredet? Hat er dich womöglich mal

angesprochen?" Meine Neugier stieg, denn ich wollte wissen, wer das war und was es mit ihm auf sich hatte. Hanne schnaufte und lehnte sich wieder zurück. "Ich denke nicht, dass er gefährlich ist. Ich glaube ehrlich gesagt nicht mal, dass er wirklich real ist, zumindest nicht so wie du und ich. Ich glaube, es ist eine Art Projektion oder Erinnerung."
"Was meinst du damit?" Meine Gedanken überschlugen sich. Eine Projektion, eine Erinnerung, oder vielleicht sogar ein Geist? "Na ja, der Mann, den ich immer sah und den du auch gesehen hast, sieht einem der Brüder zum Verwechseln ähnlich. Vielleicht ist er bei dem Brand umgekommen und sein Geist ist noch immer da. Es könnte sein, dass wir nur die Erinnerung an ihn sehen können. Geredet hat er nie, obwohl ich ab und zu versucht habe mit ihm zu sprechen, aber ich hatte nicht den Eindruck, dass er mich überhaupt gehört hat. Meistens sah er mich einfach nur an und verschwand dann plötzlich wieder." Diese Geschichte nahm langsam eine Form an, von der ich nicht wusste, ob sie mir gefallen oder, ob ich Angst bekommen sollte. Wenn das wirklich stimmte, war das etwas absolut Unnormales

und mein Inneres drängte mich, der Sache weiter auf den Grund zu gehen. Nur ein ganz kleiner Teil von mir wollte die Sache lieber auf sich beruhen lassen.
"Hast du vielleicht ein altes Jahrbuch mit einem Foto von den Geschwistern?" Ein Bild von ihnen zu sehen wäre sicherlich spannend gewesen. Genau habe ich den Mann am Steg zwar nicht erkennen können, aber ich wollte dennoch wissen, wie die drei Geschwister ausgesehen haben.
Hanne überlegte kurz, nickte dann und ging wieder zu einem ihrer vielen Schränke, holte mit einem gezielten Griff ein Buch heraus und gab es mir. "Ich hole dir ein paar Kekse und du kannst es dir ja schon mal ansehen und gucken, ob du sie selbst erkennst." Sie verschwand in die Küche und ein leises Klappern war zu hören, als sie die Kekse aus einer Dose holte und auf einem kleinen Teller verteilte. Derweil blätterte ich mich durch die Seiten. Amelie fand ich sehr schnell. Ihr Foto war direkt neben dem von Hanne. Damals war auch sie ein sehr hübsches Mädchen gewesen, aber neben Amelie sah sie aus wie ein dunkelgraues Mauerblümchen. Die Bilder waren zwar in schwarz-weiß, aber man konnte dennoch ihre

schönen, klaren Augen hervorstechen sehen. Sie hatte helle Haare und ihr Gesicht war ausdruckslos und ebenmäßig wie das einer Puppe. Ihre Lippen waren voll und perfekt, bestimmt wollte jeder Junge sie küssen. Ich blätterte weiter und erkannte beide Brüder sofort. Sie hatten dunkles Haar und das war fast das Einzige, worin sie sich ähnelten. Leider konnte ich nicht ausmachen, welcher von ihnen die blauen Augen hatte und welcher die grünen, aber anhand der Erzählung von Hanne, hatte ich einen Verdacht. Sie sagte, bei den blauen Augen wurde ihr schwindlig und bei den grünen Augen lief es ihr kalt den Rücken runter. Einer von ihnen hatte ein sehr männliches und markantes Gesicht, aber der Ausdruck in seinen Augen war sanft und irgendwie unschuldig. Der andere machte einen eher zarten Eindruck auf mich, aber seine Augen machten mir Angst. Sie waren stechend, durchdringend und schienen alles von mir zu wissen.

Unter den Bildern standen die Namen der Jungs. Louis hieß der, bei dem ich die grünen Augen vermutete, der mit dem zarten Gesicht und der andere trug den Namen Dorian. Louis und Dorian Chien und die Schwester,

Amelie Chien. Hanne kam wieder mit einem Teller voller selbstgebackener Schokoladenkekse. "Franzosen?", fragte ich dann und sie nickte.
"Ja, die Familie der Geschwister hatte bestimmt einen sehr langen Stammbaum. Zumindest ist das meine Vermutung. Die Drei haben in der Schule nur geredet, wenn es nötig war und kaum einer hat wirkliches Interesse an ihnen gezeigt. Auf mich haben sie immer einen erhabenen Eindruck gemacht, wobei sie aber nicht arrogant gewirkt haben." Sie nahm das Buch und sah die beiden an. Sie machte den Eindruck, als würde sie versuchen, sich an ihre Stimmen zu erinnern. "Dorian war mir weitaus sympathischer als Louis, obwohl man auf dem ersten Blick eher vor Dorian Angst hatte. Er war für sein Alter schon sehr groß und ziemlich muskulös. Aber er hatte ein umwerfendes Lächeln, in das man sich sofort verlieben konnte. Nur hat er leider fast nie gelächelt. Ich persönlich habe das viel zu selten erleben können. Louis schien auf den ersten Blick eher schwächlich zu sein, aber wenn ich ihn beobachtete, bekam ich immer mehr den Eindruck, dass er bei den Dreien das meiste Sagen hatte. Dorian wirkte neben

seinem Bruder richtig eingeschüchtert." Hanne biss von einem Keks ab und seufzte leise. "Und wen hab‘ ich dann gesehen? Ich meine, ich konnte ihn kaum erkennen. Er war so weit weg und ich hatte Wasser in den Augen." Eine Vermutung hatte ich natürlich, denn ich hatte einen großen, muskulös wirkenden Mann gesehen. "Na ja, also ich habe bisher immer nur Dorian gesehen, niemals Louis." Langsam wurde ich richtig ungeduldig. Ich wollte unbedingt mehr wissen, aber ich vermutete, dass ich bei Hanne nicht mehr viel in Erfahrung bringen konnte.

"Na gut. Ich danke dir für die tolle Geschichte und ich denke, ich werde der Sache mal auf den Grund gehen. Soll ich dir Bescheid sagen, wenn ich was herausgefunden habe?" Hanne nickte eifrig und lächelte. Sie schien sich auch schon so ihre Gedanken gemacht zu haben. Wenn es wirklich ein Geist war, dann musste ihn irgendetwas in dieser Welt halten. Geister blieben doch nur zurück, wenn sie etwas beschäftigte, wenn sie ein Geheimnis hatten, das sie los werden wollten. Zumindest habe ich das mal irgendwo gelesen. Kurzer Hand beschloss ich, mich die nächsten Tage schlau

über die Familie und das Feuer zu machen und ich spielte sogar mit dem Gedanken, nach dem abgebrannten Haus zu suchen. Noch etwa eine halbe Stunde blieb ich bei Hanne, trank meinen Tee, aß ein paar von den leckeren Schokoladenkeksen und streichelte Toby. Hanne erzählte noch ein paar Dinge aus ihrer Schulzeit, die allerdings nicht mehr viel mit den Geschwistern Chien zu tun hatten.
Anschließend hatte ich es eilig, nach Hause zu kommen. Dort kramte ich meinen Bibliotheksausweis raus, packte mir ein paar Kekse in meine Tasche, die Hanne mir mitgegeben hatte und dazu eine Flasche Wasser. Schnell huschte ich wieder nach draußen, bevor meine Mum oder ihr Herzallerliebster überhaupt bemerkt hatten, dass ich da gewesen war. Mit meinem alten Drahtesel knatterte ich eine Viertelstunde die Straßen entlang, bis ich die riesengroße Stadtbibliothek, die ganze zehn Regale mit Büchern besaß, erreicht hatte. Obwohl ich mir sicher war, dass niemand auf die Idee kommen würde, mein Fahrrad zu klauen, schloss ich es draußen an und ging hinein. Der Geruch von alten Büchern und Leder steig mir in die Nase, die Dame an der Kasse

begrüßte mich mit einem Lächeln und sagte im Flüsterton: "Hallo Michelle. Dich hab‘ ich ja auch eine Weile nicht mehr gesehen." Eigentlich war es nicht nötig zu flüstern, denn ich war die einzige Kundin, aber manchmal vermutete ich, dass diese Frau gar nicht lauter reden konnte. Ebenfalls lächelnd ging ich zu ihr und begrüßte sie. "Ja, schon lange her. Ich würde gerne ins Internet." Sie tippte etwas auf ihrem PC herum und gab mir dann eine Magnetkarte, mit der ich zwei Regale weiter zu einem der vier Computer ging und mich an den hintersten setzte. Die Karte musste in einen kleinen Schlitz in der Tastatur gesteckt werden, woraufhin auf dem Bildschirm sogleich die Nachricht erschien, dass das Internet jetzt verfügbar wäre. Meine Utensilien breitete ich auf dem kleinen Tisch aus und ging dann erst mal auf Büchersuche. Meine Hoffnung lag darin, dass sie irgendetwas hatten, das mich weiter brachte, doch als ich aufstand, blieb ich stehen und starrte eine Weile das Regal an. Wonach sollte ich eigentlich suchen? Ein Buch über Gaping Hill? Zeitungsausschnitte? Das konnte ich auch im Internet suchen, also setzte ich mich wieder. Meinen Notizblock legte ich neben mich auf den Tisch, dazu

noch meinen Lieblingsstift, die Kekse und nachdem ich den Browser und eine Suchmaschine geöffnet hatte, konnte die Suche auch schon los gehen. Wenn ich ein passendes Buch im Internet finden würde, dann konnte ich ja die Regale durchstöbern.
Einen langen Moment starrte ich einfach nur auf den blinkenden Strich und überlegte angestrengt, wonach ich zuerst suchen sollte. Zunächst gab ich den Namen der Familie ein und den Namen der Stadt: "Chien Gaping Hill" Schon der dritte Treffer schien mich auf den richtigen Weg zu bringen und ich öffnete die Seite. Es war ein Zeitungsartikel über jenes Feuer, von dem Hanne mir erzählt hatte. Abgebildet war ein Foto der Familie. Die Eltern saßen kerzengerade auf Stühlen. Die Mutter war so schön wie Amelie und der Vater hatte etwas sehr Geheimnisvolles und Charismatisches an sich. Das Bild war schwarz-weiß und so konnte ich die Farben ihrer Augen nur raten. Louis und Dorian standen links und rechts in Anzügen neben ihren Eltern und Amelie in einem weißen Kleid, mit ihrem ausdruckslosen Gesicht in der Mitte, zwischen ihren Brüdern. Sie alle hatten ein Lächeln auf den Lippen, doch es sah mehr gestellt aus. Es sah aus, als hätte sie

jemand mit einer Waffe bedroht, damit sie wenigstens ein bisschen lächelten. Auf Klassefotos sah ich auch meistens so aus. Der Titel lautete "Unbekannte legten Feuer im Chien-Haus", darunter stand in kleinerer Schrift "Weder Leichen, noch Überlebende gefunden". Gespannt nahm ich mir einen Keks und fing an, den Artikel zu lesen.

"In der Nacht des dreizehnten Oktober stand das Haus der Familie Chien in Flammen. Die Ermittler gehen von Brandstiftung aus, jedoch bleibt unklar, ob ein Familienmitglied das Feuer legte oder ein Außenstehender. Die Familie lebte abgeschieden auf ihrem Grundstück, das sich in einem Waldstück hinter dem Gaping Hill See befindet und hatte nur wenig Kontakt zu den anderen Bewohnern der Stadt. In den Trümmern konnten keine Leichen oder Leichenteile geborgen werden. Von der Familie fehlt jede Spur. Die befragten Anwohner berichteten, sie hätten nichts von dem Feuer bemerkt. Erst, als am Morgen schwarze Rauchschwaden am Himmel zogen, rief jemand die Feuerwehr. Glücklicherweise hatte ein starker Regen verhindert, dass die Flammen sich ausbreiteten, und als die

Feuerwehr eintraf, mussten nur noch ein paar brennende Stellen gelöscht werden. Das Grundstück der Chiens wurde an ihre Verwandten in Frankreich überschrieben, die sich bis heute nicht dazu bereit erklärten, nach Gaping Hill zu kommen, um sich um das Grundstück zu kümmern. Für ein Interview stand keiner der Angehörigen zur Verfügung. Aus der polizeilichen Ermittlung ging nichts zur Aufklärung des Falls hervor und daher wurde sie schon nach wenigen Wochen eingestellt."

Ich las den Artikel zweimal. Sie hatten also noch Verwandte und es wurden keine Leichen gefunden. Auch Überlebende wurden nicht gefunden und scheinbar hatte die Polizei auch nicht sehr lange nach der Familie gesucht. Grübelnd knabberte ich an meinem Keks, bevor ich die Suchmaschine noch mal in Anspruch nahm. "Chien Frankreich Familie" war diesmal mein Gesuchtes. Es war nicht leicht etwas zu finden und das, was ich fand, war auch nicht wirklich hilfreich. Es gab nur einen kurzen Eintrag über sehr alte Familienstämme aus Frankreich, zu denen die Chiens wohl eindeutig auch gehörten und das war es dann

auch schon. Die Tatsache, dass ich nun auch nicht viel schlauer war als vorher, frustrierte mich schon ein wenig.
Entnervt scrollte ich mich durch alle Seiten, die ich so fand und dann, nach einer gefühlten Ewigkeit, stieß ich auf etwas Interessanteres. Es ging um die Familiengeschichte der Familie Chien und die war nicht ohne. Es rankten sich wohl einige Legenden und Geheimnisse um diese Familie.
Die ersten Chiens lebten in Paris um 1713 und hatten offenbar eine enge Beziehung zu Ludwig XIV. Ich staunte nicht schlecht, als ich das las, und fragte mich, warum ein Teil dieser Familie nach Amerika gekommen war, wo sie sich in Frankreich noch immer eines sehr guten Ansehens erfreuten und auch nicht grade am Hungertuch zu nagen schienen. Nach 1790 wurde es scheinbar sehr still um die Familie und sie zogen aus Paris fort, in ein abgelegenes Anwesen irgendwo in der Nähe von Lyon. Unter dem Text folgte ein Bild von dem Haus, oder besser gesagt, von dem halben Schloss, wie ich fand. Zu diesem Zeitpunkt lebten zwei Teile der Familie dort. Die Eltern von Amélie, Louis und Dorian, hatten natürlich beide in

Frankreich ihren Ursprung.
Auf dem Bild sah man die Seite der Mutter, die mit ihren Eltern und ihren vier Geschwistern aufgereiht da standen. Dazu noch ein Ehepaar, das recht jung wirkte. Unter dem Bild standen die ganzen Namen der Leute und alle hießen Chien, also vermutete ich, dass auch die beiden zu ihnen gehörten. Allerdings standen sie etwas abseits von den anderen. Hinter den beiden standen noch mehr Leute und sie alle waren Verwandte, die allesamt in dem Haus lebten. Der Platz schien also gebraucht zu sein.
Nur sehr schwer konnte ich mir vorstellen, wie sich all diese Menschen unter einem Dach gefühlt haben mussten. Bei so vielen Leuten gab es ja praktisch keinen ruhigen Ort oder keine ruhige Minute und vermutlich auch nicht viel Privatsphäre. Aus Neugier zählte ich alle Leute durch und kam auf die stolze Zahl von 19 Menschen, was mich schwer schlucken ließ. Als ich ein bisschen näher an den Bildschirm ging, entdeckte ich, dass ein Ehepaar wohl auch Zwillinge hatte. Zwei Jungs, die wohl in einem Alter von sechs oder sieben Jahren sein mussten. Diese schienen allerdings eineiig gewesen zu sein, denn sie sahen genau gleich aus, nicht wie

Dorian und Louis. Weiterhin stand dort, dass es wohl familiäre Probleme gegeben hatte und es kam wohl auch zu einigen Todesfällen, die ungeklärt blieben. Außerdem verschwanden scheinbar mindestens vier Familienmitglieder auf unerklärliche Weise und wurden nie wieder gesehen. Am Ende blieben nicht mal zehn Leute übrig. Die Familie hatte sich innerhalb von zehn Jahren noch mal auf acht Mitglieder zusammengestutzt, denn die Großeltern waren mittlerweile auch gestorben und neue Paare hatten sich gebildet. Noch einmal betrachtete ich das Bild und fragte mich, ob die Großeltern auch mit drauf waren, denn ich sah nur junge Leute. Das schien sich so durch die Zeit gezogen zu haben. Mal waren es mehr als fünfzehn und mal waren es kaum mehr als vier.

Dann kam ich zu dem interessanten Teil, der besagte, dass Besucher und Bekannte der Familie behauptet hatten, nachts merkwürdige Geräusche gehört zu haben. Ein paar waren auch der festen Ansicht, dass sie unnatürliche Dinge gesehen hatten, aber sie waren nicht weiter darauf eingegangen, aus Angst für verrückt erklärt zu werden, was zu dieser Zeit schnell passieren konnte. Einer hatte scheinbar auch behauptet, dass er auf einem Bild in einer aktuellen Zeitung, die er am Morgen noch gelesen hatte, einen jungen Mann wiedererkannt hätte, was unmöglich wäre, da dieses Bild schon sehr alt wäre und der Junge auf dem Bild schon lange tot war "Aha ...", murmelte ich leise vor mich hin schob mir einen Keks nach dem anderen in den Mund. Irgendwas stimmte da doch hinten und vorne nicht. Leute, die verschwanden und Jahre später angeblich wieder gesehen wurden oder Tote, die auf Bildern erkannt wurden, die aufgenommen worden waren, nachdem der Erkannte gestorben war. Ich fragte mich, was es wohl für ein Geheimnis war, das diese Leute mit der Familie in Verbindung brachten und wofür man hätte für verrückt erklärt werden können. Leider stand dazu auch nicht mehr in dem Artikel, aber ich war erst einmal glücklich, überhaupt etwas heraus gefunden zu haben. Zum weiteren Familienverlauf stand noch ein bisschen mehr. Die Familie schien sich wieder gespalten zu haben, und um 1920 verließ ein Teil Frankreich und wanderte nach Amerika aus. Eine Zeit lang lebten sie in New York und zogen dann mehr

und mehr in kleinere Städte. In Gaping Hill kamen sie anscheinend um 1950 an und lebten seither hier. Tja, offensichtlich auch nicht erfolgreicher, dachte ich mir und streckte mich. Es ließ mich einfach nicht los und ich war fest davon überzeugt, dass diese Familie irgendetwas mit übernatürlichen Dingen zu tun hatte. Diese Spur brachte mich nicht weiter und ich wusste noch immer nicht, nach was ich nun genau suchen sollte, denn viele Anhaltspunkte hatte ich ja nicht. Sehr detailliert waren die Texte darüber leider auch nicht.
Offensichtlich hatte diese Familie eine andere Vorstellung von tot sein oder tot bleiben, oder es war ganz anders und wurde nur so schwammig dargestellt. Damals waren solche Dinge noch wahrscheinlicher als heutzutage. Frustriert wühlte ich mir in den Haaren rum, bis sich meine Finger darin verknotet hatten. Meine Kekse waren auch alle und ein Blick auf die Uhr verriet mir, dass ich jetzt schon seit vier Stunden hier gesessen hatte. Da wunderte es mich nicht, dass ich langsam müde wurde. Es war jetzt schon fast fünf Uhr und ich wollte eigentlich noch die Ruine des Chien-Hauses suchen gehen, doch das verlegte ich auf den

nächsten Tag. Als ich meine Sachen zusammen packte, fiel mein Blick auf den leeren Notizblock. Es ärgerte mich, dass ich nichts Besseres herausgefunden hatte und immer noch fast am Anfang stand. Sicherlich hatte ich in dem Artikel schon interessante Informationen gefunden, doch sehr aufschlussreich waren sie leider nicht. Gedankenverloren verließ ich meinen Platz und als ich um die Ecke bog, rempelte ich jemanden an, was mich aus meinen Gedanken riss. "Oh, Entschuldigung", sagte ich hastig und drehte mich nach ihm um. Erschrocken starrte ich ihm hinterher. Er hatte kein Wort gesagt, mich nicht mal richtig angesehen und war hinter einem Regal verschwunden. Das war er, dachte ich verwirrt und folgte ihm schnell. "Hey, ich ..." Er war verschwunden. Hier, wo er eingebogen war, hätte er über das Regal springen müssen, um wegzukommen, denn das hier war eine Sackgasse.
"Dreh ich jetzt völlig ab?", murmelte ich und brachte das Kärtchen für das Internet zurück. "Machs gut Michelle, vielleicht sehen wir uns ja bald wieder.", flüsterte die Empfangsdame lächelnd. Schon fast war ich aus der Tür, als ich kehrt machte und zu ihr zurück ging.

"Können sie mir vielleicht sagen, ob hier ein großer, dunkelhaariger Typ rein gekommen ist?"
Die Frau dachte angestrengt nach und dann schüttelte sie den Kopf. "Nein, das wäre mir sicher nicht entgangen. Du warst die Einzige, die hier rein kam." An meinem Verstand zweifelnd, fuhr ich nach Hause. Noch bis tief in die Nacht lag ich wach auf meinem Bett und dachte nach.
Wenn es keine Einbildung gewesen war, was war es denn dann? Immerhin hatte der Kerl mich angerempelt, oder ich ihn. Einen Geist konnte man doch nicht berühren oder etwa doch?
Vielleicht war er auch was ganz anderes als das. Mir kam der Gedanke, dass er vielleicht in einer anderen Dimension war und dann musste ich den Kopf schütteln. "Ach komm, jetzt wird es doch ein bisschen zu abgedreht!", sagte ich leise zu mir selbst und versuchte diesen dummen Gedanken wieder zu verbannen. Ich machte mich schon selber ganz verrückt deswegen, doch nach einer Weile konnte ich einschlafen, fiel allerdings nur in einen leichten Dämmerschlaf.

2

Erschrocken fuhr ich hoch und saß kerzengerade in meinem Bett. Mein Herz pochte wie wild und mein Atem ging sehr schnell. Verwirrt sah ich mich um und fragte mich, ob ich mir das nur eingebildet hatte. In meinem Traum hatte ich irgendwo jemanden weinen gehört, oder es war ein Hund, der geheult hatte und da war es wieder. Nun träumte ich ganz sicher nicht mehr. Da war ein lautes Heulen und ich fürchtete beinahe, es würde aus unserem Garten kommen, so laut, wie es war. Leise stieg ich aus meinem Bett und schlich langsam zum Fenster. Vorsichtig schaute ich heraus, doch da war nichts außer tiefer Dunkelheit.

Eine Weile starrte ich in die Nacht und war schon fast wieder so weit, zurück in mein Bett zu gehen, als ich etwas rascheln hörte. Es war wirklich etwas in unserem Garten.

"Na vielleicht ist es nur ein Hund, der sich verlaufen hat...", murmelte ich mir unsicher Mut zu und bewegte mich nicht. Dann hörte ich eine Art Knurren, aber so tief und bedrohlich, dass es schon ein sehr großer Hund sein musste. Mit weit aufgerissenen Augen starrte ich zu dem Busch und mein Herz pochte nun noch schneller. Inständig hoffte ich, dass da gleich ein kleiner Igel heraus kommen würde, den ich eh nicht sehen konnte, aber statt dessen leuchteten kurz zwei blaue Punkte auf. Es war nur ein Moment und dann verschwanden sie gleich wieder. Kurz darauf schien der Hund, sofern es einer war, ebenfalls verschwunden zu sein. Es kamen keinerlei Geräusche mehr aus dem Garten und der Busch wackelte auch nicht.

Schnell huschte ich wieder ins Bett und zog mir die Decke über den Kopf. Das war doch nicht gerade wirklich passiert. Ein riesiger Hund in unserem Garten? In dieser Stadt hatte ich, ehrlich gesagt, noch nie einen größeren Hund als von der Größe eines Border Collies gesehen und das von eben war definitiv eher das Kaliber eines irischen Wolfshundes oder eines gut gewachsenen Neufundländers. Einen Moment lang lag ich nur ruhig da und starrte an die Decke, als mir ein Gedanke kam. Ein Wolf. Wenn es ein Wolf war, würde ich mal wissen wollen, seit wann es bei uns Wölfe gab und dann auch noch so Große. Natürlich konnte ich nicht mehr einschlafen. Meine Gedanken waren zu wirr und laut, als dass ich mich hätte einkuscheln und schlafen können. Auf meiner Bettkante sitzend, überlegte ich, was ich mit der Zeit nun anfangen könnte und beschloss mir bei einem schönen Bad weiter den Kopf darüber zu zerbrechen, was das im Garten gewesen sein könnte. Mitten in der Nacht hatte ich vorher noch nie gebadet und es fiel mir schwer, nicht allzu großen Krach zu machen, doch ich schaffte es, meine Mutter und Christopher nicht zu wecken. Ganze zwei Stunden lag ich in dem Wasser, musste ab und an sogar noch warmes Wasser nachlaufen lassen, bis ich irgendwann fest stellte, dass meine Haut im Badewasser schon zu schrumpelig geworden war. Ich sah aus wie eine riesige Rosine. Nachdem ich mir etwas Gemütliches angezogen hatte, setzte ich mich in die Küche, vor das Fenster, frühstückte etwas und sah zu, wie es draußen zunehmend heller wurde. Als die Sonne hoch genug stand, ging ich in den Garten und sah mich um. Tatsächlich waren hier Abdrücke von Pfoten, die beinahe so groß wie meine Hand waren. Die Spuren führten geradewegs in den Wald und ein paar Minuten stand ich mit offenem Mund da und starrte unseren

Zaun an. Da wäre ich nicht mal mit Anlauf und einem Trampolin hinüber gekommen, ohne mir das Genick zu brechen. Der Zaun war absichtlich so hoch, dass keiner darüber klettern konnte. Meine Mum fände den Gedanken, fremde Menschen oder Tiere in unserem Garten zu haben, nicht so prickelnd. "Michelle?" Erschrocken fuhr ich rum. In der Tür stand Prinz Charming und gähnte. Er hatte noch ein ganz zerknautschtes Gesicht und den Morgenmantel meiner Mum an. Ein erwachsener Mann in einem seidigen Umhang, der nur das nötigste bedeckte. Krampfhaft konzentrierte ich mich auf sein Gesicht, um nicht aus Versehen die Dinge sehen zu müssen, die mich weder etwas angingen, noch interessierten. Seine Augenlider hingen schwerfällig über den hellen, wässrig wirkenden Augen und sein schon dünner werdendes blondes Haar klebte ihm an der klammen Stirn. Am Hinterkopf ragte eine strähnige Antenne auf und ich musste an diese alte Kinderserie denken, die ich meiner Mum zuliebe mal geschaut hatte. Da gab es einen Jungen mit schwarzem Haar und immer stand ihm eine Strähne zu Berge. Ebenso eine hatte Christopher auch, nur dass er älter, müder

und blond war. An einigen Stellen konnte ich sogar schon die ersten grauen Haare entdecken. Der Schlafmangel ließ mich merkwürdige Gedanken und Assoziationen entwickeln.
"Was machst du denn um die Zeit hier draußen?", nuschelte er und versuchte irgendwie, seine Augen zu öffnen. "Nichts weiter. Geh wieder schlafen. Ich bin auch gleich weg, ich geh zu einer Freundin. Kannst du Mum ja nachher noch sagen." Er nickte leicht und zog wieder ab. Natürlich wollte ich nicht zu einer Freundin gehen und gerade war ich mir nicht mehr so sicher, ob ich wirklich allein in den Wald gehen sollte. Wenn da so ein großer Hund oder Wolf oder vielleicht auch Schlimmeres rumlief, sollte ich eventuell jemanden mitnehmen. Allerdings war keiner meiner Freunde mutig genug für so ein Unternehmen. Vor allem nicht, wenn es hieß, in ein gruseliges altes Haus zu gehen, wo eine ganze Familie ohne jede Spur verschwunden war. Den Plan, jemanden mitzunehmen, verwarf ich also schnell wieder und machte mich auf den Weg, solange ich noch lebensmüde genug dafür war. Vorher holte ich noch meine kleine Umhängetasche, packte etwas zu

Trinken und Proviant hinein und dann konnte es auch schon los gehen. Zuerst war es gar nicht so schlimm. Die Sonne lugte durch die Blätter und es roch nach frischem Moos. Ein Paar Vögel zwitscherten und ich genoss die kühle Morgenluft. Es wurde schließlich noch schnell genug wieder so heiß, dass man kaum einen klaren Gedanken fassen konnte. Auf halber Strecke durch den Wald wurde mir mulmig zumute und ich überlegte jetzt schon, wieder nach Hause zu gehen. Irgendwo knackte ein Baum oder ein großer Ast, was mich zusammenfahren ließ. Vorsichtig drehte ich mich um und da stand er wieder. Der Mann, den ich am Seeufer gesehen und den ich vermutlich auch in der Bibliothek angerempelt hatte.
"Was willst du denn von mir?", platzte es einfach aus mir heraus. Er regte sich nicht, aber ich war mir sicher, dass er mich gehört hatte. Wir standen einfach nur da und starrten uns gegenseitig an. Mir war diese Sache schon ein bisschen unangenehm, aber ihm schien das nichts auszumachen denn er regte sich kein Stück. An umkehren war nun nicht mehr zu denken.
Fest hielt ich den Blick auf ihn gerichtet und ging langsam auf ihn zu. Wenn er ein Geist

war, würde er sich bestimmt gleich in Luft auflösen oder blasser werden. Doch er blieb so, wie er war und allmählich wurde ich nervös. Wie war das noch mit dem Serienmörder? Wenn er nun seine Familie umgebracht hatte und der Brand nur eine Vertuschungsaktion war? Aber Dorian musste doch jetzt mindestens sechzig Jahre alt sein und der Kerl dort konnte nicht älter als zwanzig sein. Schritt für Schritt kam ich ihm näher. Meine Augen fingen an zu schmerzen und langsam musste ich mal blinzeln, aber ich wollte ihm nicht die Chance geben einfach zu verschwinden. Außerdem wollte ich sehen, wie und wann es geschah.
Da drehte er sich plötzlich um und ging einfach weg. "Hey, warte doch mal!"
Doch er war schon hinter einem Baum verschwunden und ich fand ihn nicht wieder. An der Stelle, wo er gestanden hatte, waren seine Schuhabdrücke zu sehen. "Er ist definitiv kein Geist, so viel ist klar." Ein Geist hinterließ, meines Wissens nach, keine Fußabdrücke. Angespannt folgte ich der Spur auf dem Boden und erwartete an der Stelle, wo er verschwunden war, dass auch die Spuren aufhörten, doch das taten sie nicht.

Sie bekamen nur größere Abstände zueinander, als ob er gesprintet wäre.
Eine Weile folgte ich der Spur und kam zu einem verwitterten Maschendrahtzaun.
Die Schuhabdrücke gingen dahinter weiter, als wäre hier kein Zaun. Er schien also einfach durch die Maschen des Zaunes gelaufen zu sein. "Gibt‘s denn so was? Wie ist der denn hier so schnell rüber gekommen?" Ich schaute mich um. Der See, indem ich gestern gebadet hatte, war in der Nähe, aber hier war ich noch nie gewesen. Vielleicht meinte Mum diesen Zaun. Vielleicht stand nur noch ein Teil davon und beim See war er schon gar nicht mehr zu sehen, weil sich all die Jahre niemand darum gekümmert hatte und er einfach verwitterte. Ein Stück lief ich am Zaun entlang und tatsächlich hörte er einfach auf, als hätte ihn jemand abgeschnitten. Langsam fragte ich mich, ob der Typ, der wie Dorian aussah, wollte, dass ich ihm folgte oder ob er einfach nur geflohen ist, als er bemerkte, dass ich ihn sehen konnte. Wieder überlegte ich, ob ich nicht doch zurückgehen und jemanden holen oder ob ich meiner Mum eine SMS schreiben sollte, wo ich war und dass sie die Polizei rufen müsste, wenn ich mich nicht noch mal

meldete. Doch wie ich meine Mum kannte, hätte sie sofort die Polizei geholt und mir alles vermasselt. Also fasste ich mir ein Herz und ging weiter, folgte den Spuren, bis ich vor dem verlassenen Haus der Chiens stand. Interessiert betrachtete ich das Gebäude. Das Dach war an einer Stelle eingestürzt und ich fragte mich, wann wohl der Rest folgen würde. Viele Stellen waren verkohlt und insgesamt machte das Haus einen traurigen, einfallenden und doch irgendwie schaurigen Eindruck. Als ich auf den Boden sah, stellte ich fest, dass die Spuren zum Haus führten und ich vermutete, sie führten auch hinein.
"Ja, genau. Ich geh zu einem fremden Typen ins Haus, mitten im Wald, wo niemand ist und keiner weiß, wo ich bin. Nicht zu vergessen, dass der Fremde vermutlich nicht mal ein richtiger Mensch ist, wenn er sich so schnell bewegen konnte. Mal ganz zu schweigen von der Nummer mit dem Zaun."
Ich und meine Selbstgespräche. Schnell nahm ich mein Handy und tippte eine Nachricht an meine Freundin.
"Nur für den Fall, dass ich spurlos verschwinde ... Ich bin gerade bei dem alten Haus im Wald, da wo die Familie Chien gelebt hat. Wenn ich mich in drei Stunden

nicht melde, kannst du davon ausgehen, dass ein durchgeknallter Irrer mich in seiner Gewalt hat und wir uns nie wiedersehen. Gruß, Michelle."
Meine Freundin nahm die Nachricht hoffentlich so ernst, wie sie gemeint war. Im schlimmsten Fall dachte sie vielleicht, ich wollte sie nur aufs Korn nehmen.
Langsam stieg ich die Stufen zur Veranda hinauf. Hier waren schon viele Menschen hinauf und hinabgegangen und ihre Schuhabdrücke hatten sich im morschen Holz verewigt. Mein Blick blieb an der Tür hängen, die man scheinbar an den Rahmen lehnen wollte, aber offensichtlich durch diverse Einwirkungen immer mehr verrutscht war und nun irgendwie auf halb Acht hing. Nun überlegte ich, wie ich am besten an ihr vorbei kam, ohne gleich das ganze Haus zum Einsturz zu bringen. Während ich versuchte, mich vorsichtig an ihr vorbei zu drücken, knarrte und ächzte die Tür bedenklich, aber sie bewegte sich nur wenige Millimeter und war dann wieder still. Einen letzten großen Schritt tat ich noch und schon stand ich in einem dunklen, nach Moder riechenden Flur. Ein kalter Schauer jagte über meinen Rücken und mein

Fluchtreflex nahm fast überhand. In diesem Moment wollte ich einfach nur wieder weg, aber dann wäre ich völlig umsonst hergekommen. Immerhin war ich ja nun schon so weit. "Okay, ganz ruhig", flüsterte ich mir zu und der Klang meiner eigenen Stimme beruhigte mich wie immer ein wenig, was, meiner Meinung nach, der Grund für meine Selbstgespräche war. Mich umsehend, versuchte ich zu erkennen, wo ich wohl alles entlang gehen könnte, ohne einen Höllenlärm zu veranstalten oder womöglich noch mehr zu zerstören, wenn das hier überhaupt möglich war. Die Vordertreppe lag voller Ziegel, die vermutlich vom Dach stammten, das mit am meisten gelitten hatte. Auch Holzbalken, zumeist verkohlt, lagen kreuz und quer herum und machten die Treppe offensichtlich unpassierbar. Links und rechts befanden sich Räume, wo der Weg nicht zu sehr versperrt war, also beschloss ich, mich erst hier unten umzusehen und ging nervös in den linken Raum. Hier war vermutlich mal ein Wohnzimmer gewesen, denn hier standen Sofas und Regalreste und sogar übrig gebliebene Bücher lagen rum. Es gab auch einen Kamin. Vorsichtig drehte ich eine

Runde durch den Raum und versuchte oberflächig etwas zu finden, aber alles war entweder von der Zeit dahingerafft oder vom Feuer zerstört worden. An der Wand hingen noch die Bilderrahmen, aber die Bilder darin waren verschwunden, als wären nie welche da gewesen.
Leise ging ich in den anderen Raum gegenüber und hier schien eine Küche gewesen zu sein. Der Herd stand noch relativ unbeschadet da und auch einen Kühlschrank gab es, aber anfassen wollte ich den nicht. Als ich auf den Boden schaute, fand neben etlichen alten, verstaubten Spuren, frische, die eindeutig nicht von mir waren. Neugierig und mit einem mulmigen Flattern im Bauch folgte ich den Abdrücken. Sie führten mich zurück in den Flur und an der Treppe vorbei, wo sich ein kleiner Weg befand, doch ich zögerte. Der Gang, der nun vor mir lag, war nicht wirklich gut beleuchtet, denn die Sonne stand so ungünstig, dass der Lichteinfall hier nicht hinkam und ich glaubte ja an so ziemlich alles. Welches unschöne Gruselmonster auch immer da, also in der Dunkelheit auf mich lauerte, würde jetzt einen schmackhaften Michelleimbiss bekommen. Die morschen Holzdielen

knarrten gefährlich unter meinem geringen Gewicht von guten fünfundfünzig Kilo und ich hoffte inständig, dass ich jetzt nicht gleich krachend im Keller landete. Am Ende des Ganges war der Flur auch schon zu Ende und kein Monster hatte nach mir geschnappt. Es ging nach hinten hinaus durch eine Tür, die nicht mehr da war. Alles was noch an eine Tür erinnerte, war der Rahmen und verbogene Scharniere. Es führte links von mir eine Treppe nach unten in den Keller, aber die Spuren verliefen nach rechts, was mich aufatmen ließ. Wenn ich jetzt hätte in den Keller gehen müssen, hätte ich die Aktion vermutlich doch abgebrochen, denn ich hasste Keller. Auf der rechten Seite erwartete mich eine Treppe nach oben.

"Boah, wehe, ich stürze! Dann kannst du aber was erleben, wer oder was auch immer du bist."

Es herrschte Stille, aber ich hatte auch nicht gedacht, dass ich eine Antwort bekommen würde. Vorsichtig setzte ich einen Fuß vor den anderen auf die Stufen nach oben und klammerte mich an das pechschwarzen Geländer, das auch schon bessere Tage gesehen hatte. Wäre die Treppe unter mir eingestürzt, hätte mir das zerfallene

Geländer sicherlich auch nicht mehr geholfen, aber ich hatte so wenigstens ein kleines Gefühl, mich retten zu können. Nach wenigen Minuten bangen, kam ich also oben an und sah mich vorsichtig um. Scheinbar gab es ein Badezimmer, denn ich konnte in einem Raum, der sich direkt an der Treppe befand, eine Badewanne und ein zerbrochenes Waschbecken erkennen. Außerdem gab es noch drei weitere Zimmer. Die frische Spur im Staub führte mich zu einem Zimmer, dessen Tür geschlossen war, die anderen beiden Zimmer hatten keine Türen mehr. Die Schuhabdrücke, die schon älter waren, gingen allesamt an der Tür vorbei, als wäre niemals jemand seit dem Feuer hineingegangen. Allerdings führte die Spur, die ich verfolgte, direkt hinein. Doch als ich die Tür öffnen wollte, bewegte sie sich kein Stück. Scheinbar war sie abgeschlossen - aber wieso hatte die Feuerwehr die Tür nicht aufgebrochen? Hier hätte doch jemand drin sein können und im Nachhinein hätte ja wohl kein Mensch irgendeine Tür in einem abgebrannten Haus abgeschlossen. Vorsichtig ruckelte ich ein bisschen an dem Griff, aber sie rührte sich nicht. "Die ist abgeschlossen. Sie ist wirklich abgeschlossen.

Wirklich? Der Unbekannte, der kein Wort sagt und Spuren hinterlässt, geht durch eine abgeschlossene Tür? Oder hast du die gerade zugeschlossen? - Findest du das witzig? Bist du da überhaupt noch drin?" Natürlich blieb alles still und natürlich war er da noch drin, denn es führten keine Spuren nach draußen. Wieder überkam mich das Gefühl, dass ich mir alles nur eingebildet hatte. Den Typen, die Spuren und jetzt stand ich hier vor einer verschlossenen Tür und wollte immer noch in dieses Zimmer kommen - mich selbst davon überzeugen, dass ich einem Hirngespinst gefolgt war. In diesem Moment wünschte ich mir eine Axt, aber wo würde man so etwas aufbewahren? "Oh nein. Bitte, ich will nicht in den Keller! Habt ihr keine im Garten? Hallo? Hilf mir doch wenigstens ein bisschen!" Frustriert schlug ich mit der Faust gegen die Tür, doch alles was ich davon hatte, war ein zuckender Schmerz in den Knochen. Von unten ertönte ein Rumpeln und mir blieb das Herz fast stehen. "Hallo? Ist da jemand?" Alles war ruhig und auch nachdem ich einen Moment lang aufmerksam gelauscht hatte, herrschte noch immer Stille. Vielleicht war es nur ein Tier, immerhin stand das Haus mitten in einem

Wald und abgesehen von Wölfen, gab es hier ziemlich viele Tiere. Das fing bei ganz kleinen Tierchen an, ging über Eichhörnchen, Waschbären und hörte bei Hirschen auf. Behutsam ging ich also langsam wieder hinunter und hielt an der Kreuzung inne. Nachdenklich sah ich mich um und schaute vom vorderen Ausgang zur Kellertreppe und dann zu der Tür, die ja nur noch aus einem morschen Rahmen bestand, zum Garten. Da ich schon die ganze Zeit in diesem Haus eine Gänsehaut hatte, beschloss ich, zuerst im Garten nachzusehen. Meine Hoffnung bezog sich nun auf einen Schuppen, den es allerdings nicht gab. Es stand zwar ein großer Holzblock zum Holz hacken da, aber eine Axt war nicht zu sehen. Kurz lief ich ein bisschen umher, und suchte die äußere Hauswand nach einer schönen, verrosteten Axt ab, doch ich wurde enttäuscht. "Ach Mist!"
Unwillig ging ich wieder zurück ins Haus. Mit meinem Handy leuchtete ich die Kellertreppe runter und schluckte. "Ich will nicht...", nuschelte ich immer wieder vor mich hin, während ich die Treppe nach unten, Stufe für Stufe hinter mich brachte. Am Ende angekommen, leuchtete ich in den Raum. Hier schien das Feuer nicht ganz so

heftig gewütet zu haben und schnell entdeckte ich die sehnlichst erwünschte Axt, die an einer Schnur an der Wand neben einigen anderen Gerätschaften für Gartenpflege hing. Mein Herz pochte sehr schnell und ich fror ein wenig. Meine Gliedmaßen waren allesamt steif und ich zitterte leicht, während ich abwägte, wie gefährlich es hier unten wohl tatsächlich war und beschloss, dass ich nicht länger hierbleiben sollte als unbedingt nötig. Innerlich zählte ich bis drei, dann hechtete ich durch den Raum, schnappte mir die Axt, stolperte dabei über eine dicke Eisenkette. Als ich meinen Fuß schon auf der ersten Stufe hatte, hielt ich inne. "Warte mal." Verwirrt schaute ich zur Kette und starrte sie lange an. Was hatten die denn damit gemacht? Verstörende Bilder zuckten durch meinen Kopf und ich beschloss, es nicht näher wissen zu wollen und ging zügig wieder nach oben. Stolz über meinen Mut vergaß ich sogar die Einsturzgefahr des gesamten Hauses, bis ich wieder vor der Tür im ersten Stock stand. "Also schön, geh am besten in Deckung! Gleich wird's holzig." Ein bisschen kam ich mir schon blöd vor, dass ich hier mit jemandem redete, der vermutlich gar nicht existierte, aber das würde ich ja gleich herausfinden. Meine Tasche hatte ich neben der Tür abgelegt, holte aus und schlug so fest ich konnte auf das Holz. Nur, dass ich die Tür nicht mal berührte. Die Axt prallte von etwas ab und flog im hohen Bogen nach hinten, wurde von dem Aufprall aus meinen Händen gerissen und landete krachend im Erdgeschoss. Erschrocken hielt ich mich am Geländer fest, ohne das ich vermutlich jetzt auch da unten gelegen hätte. Nachdem ich mich wieder etwas beruhigt hatte, richtete ich einen verwunderten Blick zur Tür. "Was ist denn das nun wieder?", brachte ich schon recht verzweifelt raus. Entgeistert ging ich wieder runter, holte die Axt, nahm zwei Stufen auf einmal nach oben und ging in den Nebenraum. Hier das gleiche Spiel. Mit vollem Einsatz meiner Quarkärmchen schlug ich gegen die Wand, traf sie aber nicht. Die Axt prallte ab, wie von einem Schutzschild. "Unschön, wirklich äußerst unschön", meckerte ich die Wand an und sank auf den Boden. Wie sollte ich denn nur in diesen Raum kommen, wenn ich die Tür nicht öffnen konnte und auch nicht durch die Wand kam? Da fiel mir nur noch eine einzige Möglichkeit ein und schnell durchquerte ich den Raum zu einem großen Loch, das vermutlich mal ein Fenster gewesen war. Die Scheibe war schon lange zerstört worden und nur noch die Überreste des verkohlten Rahmens hingen in dem Loch. Mit der Axt schlug ich das schwarze Holz weg und lehnte mich raus. Es war zu erkennen, dass der Raum, in den ich nicht hineinkam, auch ein Fenster hatte und meine Hoffnung stieg wieder ein bisschen. Vorsichtig kletterte ich auf die Fensterbank und hielt mich mit einer Hand an einem Stück Rahmen fest, dass ich nicht weg schlagen musste, da es tatsächlich nicht verbrannt war. In der anderen Hand hielt ich die Axt und als ich mich zurücklehnte, staunte ich nicht schlecht. Das Fenster, das es zu erreichen galt, war vollkommen heil geblieben. Das wunderte mich allerdings nicht so sehr, denn immerhin war schließlich mit dem ganzen Raum scheinbar etwas nicht ganz normal. Während ich mich an den Rahmen drückte, holte ich mit der Axt aus und traf ganz knapp das Fenster und tatsächlich ohne dass die Axt von irgendeinem Schutzschild abprallte. Mich freuend wie ein kleines Kind, holte ich gleich noch einmal aus. Es splitterte und nach ein paar Malen mehr zerbrach es

schließlich, klirrend fielen die Scherben nach unten und in das Zimmer. Als ich die Axt zurück in das Zimmer warf, musste ich erschrocken mit ansehen, wie ein Loch in den Boden gerissen wurde und das Beil darin verschwand. "Ups."
Die Axt war jetzt also erst mal weg und ich musste nun irgendwie über das Fenster in das andere Zimmer kommen. Kurz dachte ich darüber nach, dass ich im Keller eventuell eine Leiter gesehen hatte, aber da wollte ich unter keinen Umständen wieder runter, also musste ich es so schaffen. Im schlimmsten Fall fiel ich und brach mir ein Bein, einen Arm oder das Genick.
Bei dem Gedanken daran wurde mir ein bisschen schlecht, aber jetzt war ich schon so weit gekommen und wollte es jetzt unbedingt wissen. "Dann setze ich mal mein Leben aufs Spiel, einfach weil ich es kann." Vor dem Fenster, zu dem ich gelangen wollte, befand sich eine Fensterbank, die einen stabilden Eindruck machte. Zwischen mir und meinem Ziel führte ein Rohr vertikal von unten nach oben. Wenn ich mich irgendwie dort ranklammern konnte, hatte ich eine reelle Chance, heil in dem anderen Raum anzukommen. Mit einer Hand krallte ich

mich also am Rahmen fest und schwang mich nach draußen. Der Wind rauschte mir in den Ohren und ein Flattern zog durch meinen Magen. Ängstlich kniff ich die Augen zusammen, ich bekam ich das Metall von dem Rohr zu fassen und ließ es nicht mehr los. Mit einem Fuß suchte ich seufzend eine Stelle, an der ich ein bisschen Halt hatte und dann ließ ich den Rahmen los und zog mich an das Rohr. Es wackelte ein wenig und vor meinem inneren Auge sah ich mich schon fallen. Nachdem ich einmal tief durchgeatmet hatte, streckte ich mein Bein aus und stellte es auf die zu erreichende Fensterbank.

Bei der Vorstellung, wie das jetzt für einen Außenstehenden aussehen musste, konnte ich mir ein leises Kichern nicht verkneifen.

"Wie ein Käfer auf dem Rücken, nur dass ich an einer Hauswand hänge und nicht wirklich voran, aber auch nicht mehr zurückkomme. So etwas nenn ich Tragik." Mit diesem kleinen Spagat musste ich wohl sehr elegant ausgesehen haben, wie ich dort hing. Um ganz und vor allem heil auf der anderen Seite anzukommen, brauchte ich Schwung, also holte ich tief Luft, machte einen Satz, schwang wie eine betrunkene Ballerina herum und stürzte durch das Fenster in den Raum. Rückwärts fiel ich hinein und machte einen Purzelbaum, für den ich in der Schule bestimmt eine Eins bekommen hätte. Meine endgültige Landeposition war dann auf dem Bauch und mein Gesicht lag im Staub. Langsam hob ich ein wenig den Kopf und ich war nicht überrascht, dass hier keine Asche auf dem Boden war. Wie durch ein Wunder hatte ich die Scherben allesamt verfehlt, was mich aufatmen ließ. Noch bevor ich den Kopf richtig heben konnte wusste ich, dass ich nicht mehr allein war und prompt bekam ich dermaßen Angst, dass ich am liebsten sofort wieder aus dem Fenster gesprungen wäre. Doch ich ließ es, jetzt war es schließlich auch zu spät und ich wollte diesen ganzen Mist nicht umsonst gemacht haben, also fasste ich mir ein Herz und setzte mich auf. Vor mir war das Fenster, auf dem Boden lagen die Scherben und eine hübsche Blümchentapete, die zarte Farben hatte, wie neu aussah und einen friedlichen Eindruck machte, zierte die Wand um das Fenster. Langsam drehte ich den Kopf nach links und da stand ein Bett und es lag jemand drauf.

Erschrocken drückte ich mich gegen die gegenüberliegende Wand und presste mir beide Hände auf den Mund. Da lag der Typ, der mich hierher geführt hatte, den ich am See und in der Bibliothek gesehen hatte und er sah aus wie Dorian. Sein Mund war mit Mull umwickelt und es war ganz blutig. Sein Kopf war mit einer merkwürdigen Vorrichtung so fixiert, dass er diesen nicht drehen konnte. Eine dicke Eisenkette, wie ich sie im Keller gesehen hatte, war um das Bett gewickelt und er war darin eingesperrt. Ein großes, schweres Schloss hielt die Kette fest am Bett. Ich war mir sicher, er wäre tot, denn die Kette verhinderte, dass er atmen konnte oder zumindest verhinderte sie, dass er gut Luft bekam. Nachdem ich mich wieder etwas gefangen hatte, stand ich langsam auf, den Rücken fest an die Wand gepresst und hielt meinen Blick weiterhin auf ihn gerichtet. Seine Augen waren geschlossen und ich war mir nun ziemlich sicher, da lag der Typ. Das aber konnte unmöglich sein, obwohl das alles hier ziemlich unmöglich war. Er lag hier angekettet und das offensichtlich schon eine ganze Weile und dennoch hatte er mich irgendwie hierher geführt. Vielleicht hatte er das bei Hanne auch schon versucht, aber sie war nicht nach oben gegangen und hatte scheinbar nicht den Drang verspürt, der schweigsamen Erscheinung zu folgen. War ich etwa die Erste, die ihm gefolgt war und genug Neugier hatte, um sich den Weg zu ihm zu bahnen? Mein Blick wanderte über das Schloss, dann zu der Mullbinde und dann zu dem Gestell am Kopf und ich überlegte, was davon ich zuerst lösen sollte. Das ich ihn lieber dort hätte liegen lassen sollen, kam mir erst gar nicht in den Sinn. Meine Entscheidung fiel auf das Kopfteil. Danach würde ich die Binde abmachen. Angekettet konnte er bleiben, bis ich sichergehen konnte, dass er mich nicht gleich als Mittagessen verspeiste. Er musste ja einen ungeheuren Hunger haben. Eigentlich war es sowieso ein Wunder, dass er nicht elendig verdurstet oder verhungert war. "Und ich hab‘ keine Kekse mehr.", flüsterte ich und fing langsam an, mir diese Vorrichtung mal genauer anzusehen. An den Seiten des Gestells waren kleine Schrauben, die praktischerweise Drehgriffe hatten und an denen ich drehte. Die Vorrichtung lockerte sich nun leicht. Als ich halb über ihn gebeugt war, öffnete er die Augen und bewegte den Kopf. Panisch schrie ich auf, fiel nach hinten und landete auf meinem Hintern. "Himmel, musst du mich so erschrecken!" Schnell stand ich wieder auf und klopfte mir den Dreck von der Hose. Bevor ich los gegangen war, dachte ich noch, ich sei verrückt bei der Wärme eine lange Hose anzuziehen, doch ich hatte immerhin einen Marsch durch den Wald und das Erkunden eines verfallenen Hauses eingeplant und das sollte man nicht in kurzen Hosen machen, wenn man nicht mit zerkratzen Beinen wieder nach Hause kommen wollte. Als ich meinen Blick wieder auf ihn richtete, stockte mir wieder der Atem, aber ich blieb ruhig. Er starrte mich mit seinen großen blauen Augen an und ich wurde etwas unsicher, ob ich wirklich noch mal näher ran gehen sollte. In meinem Inneren entbrannte ein bitterer Kampf und ich lief in dem Raum auf und ab, wobei seine Augen mich verfolgten. Er starrte mich die ganze Zeit an. "Herrje, so kann ich nicht nachdenken. Hör doch mal auf, mich so anzustarren!" Er reagierte tatsächlich auf mich und wandte den Blick ab. Ein Gefühl der Freude durchfuhr mich und ich grinste breit. Endlich hatte er mal auf mich reagiert und wenn es nur war, dass er weg sah, weil ich ihn darum gebeten hatte. Mit etwas mehr Mut ging ich nun doch wieder zum Bett. "Okay, ich mach jetzt den Mull ab, aber du beißt mich dann bitte nicht oder so, ja?" Er nickte leicht und wieder freute ich mich über die Reaktion. Auf einem Tisch lag zu meiner Verwunderung ein kleines Messer und nachdem ich die dicke Staubschicht abgewischt hatte, schob ich es vorsichtig unter den Mull an seiner Wange. "Falls ich dich schneiden sollte, tut es mir jetzt schon leid und bring mich dann bitte nicht um deswegen." Langsam fragte ich mich wirklich, was ich hier eigentlich tat, aber ich wollte ja etwas erleben, das nicht normal war und das hier passte zu hundert Prozent in die Kategorie "nicht normal". Ein Typ, der über vierzig Jahre an ein Bett gekettet überdauert, in einem Raum, in den man kaum rein kommt, war schon nicht ganz das, was man "normal" nennen konnte. Langsam wurde der Mull locker, er kniff die Augen zusammen und zog das bisschen Luft, das die Ketten zuließen, scharf ein. Anschließend lief Blut seine Wange runter, von dem ein bisschen von dem abgeschnittenen Mull aufgesogen wurde und mich durchflutete eine Welle der Verzweiflung und dann wurde mir ein wenig schlecht von dem Blut.

"Tut mir so leid", wimmerte ich wehleidig, schnitt den Rest durch und legte langsam und behutsam seinen Mund frei. Viel getrocknetes Blut klebte an dem Mull und ich hatte Probleme, es gänzlich von seiner Haut zu lösen. Blut war ein echt guter Klebstoff, stellte ich fest und zog langsam weiter, bis ich es schließlich geschafft hatte. Tatsächlich hatte ich ihn geschnitten, am Mundwinkel, aber es schien neben den anderen Wunden an seinem Mund kaum aufzufallen. Anscheinend hatte er irgendwie versucht, den Mull durchzubeißen, doch das war ihm nur spärlich gelungen. Vermutlich hatte er irgendwann den Mund voller Mull und Blut gehabt und war kein Bisschen weiter gekommen. Einen Moment lang sah ich ihn nur an. Er machte einen sehr gequälten Eindruck, so wie er da lag und das ganze Zeug ausspuckte, während er immer mal wieder versuchte tief einzuatmen. Er hatte bestimmt Durst. Mir viel ein, dass ich ja Wasser dabei hatte, also wollte ich in meine Tasche greifen und mein Wasser heraus holen, als mir wieder einfiel, dass diese ja noch im Flur lag. Seufzend ging ich zur Tür und starrte sie an. Im Moment unerreichbar, dachte ich und überlegte wirklich, wieder über das Fenster in den anderen Raum zu klettern, die Tasche zu holen, wieder zurück zu kommen und wofür das alles? Für einen Kerl, den ich gar nicht kannte, der hier angekettet wurde, weil er sonst was für Gräueltaten verbrochen hatte. "Öffne sie." Seine Stimme war brüchig und kratzig. Verwundert sah ich ihn an. Der Herr redete jetzt also sogar mit mir? "Ich weiß ja nicht, ob du es mitbekommen hast, aber ich konnte nicht mal mit der Axt diese Tür öffnen." Er versuchte zu schlucken, aber er konnte nur husten und japste dann leicht nach Luft. "Von dieser Seite ... kannst du ... sie ... öffnen ..."

Es war nicht zu überhören, dass er sehr wenig Luft bekam und Sprechen nicht das Leichteste für ihn war. Resignierend rollte ich mit den Augen, drückte die Klinke nach unten und die Tür öffnete sich tatsächlich. Ungläubig starrte ich die offen stehende Tür an, bis ich ihn wieder husten hörte. Schnell griff ich mir meine Tasche, bevor es sich die Tür wieder anders überlegen konnte und ging zurück zu Dorian. Zuerst zögerte ich und schaute ihn abschätzend an, während ich die Wasserflasche aus der Tasche nahm. Sein Blick fiel auf die Flasche und ein freudiges Glänzen war in seinen Augen zu sehen. Wie ein Kind, dass zum ersten Mal in seinem

Leben in einem Vergnügungspark zu Besuch war. Langsam ging ich zu ihm und setzte mich auf die Bettkante, die mir nicht viel Platz zum Sitzen bot, aber es reichte aus. Vorsichtig hob ich seinen Kopf an und half ihm ein paar Schlucke zu trinken, aber viel bekam er nicht runter, da musste er wieder husten. "Ok, ich muss erst einmal schauen, wie ich diese Kette hier lösen kann."
Suchend sah ich mich im Raum um, aber hier lag nichts, das mich weiter gebracht hätte. Nach dem praktischen Messer, hätte ja auch gleich noch ein kleiner Schlüssel rumliegen können. Die Axt hätte mir jetzt gut geholfen, aber ich hatte mir vorgenommen, diesen Raum erst wieder zu verlassen, wenn Dorian frei war. Im schlimmsten Fall wäre nämlich diese Tür wieder zugefallen und dann hätte ich mein kleines Kletterabenteuer wiederholen können, was ich keinesfalls wollte.
Also schnappte ich mir das Messer und setzte mich vor das Schloss ans Bettende auf den Boden und werkelte daran rum. Mir wurde schnell klar, dass ich eindeutig schon zu viele Filme gesehen hatte, in denen die Leute Schlösser im Handumdrehen mit einem Messer öffnen konnten, doch ich stellte mich

hier an, als würde ich versuchen, das Schloss mit einem Stück Papier zu öffnen.
"Gut, dass du...mich gefunden hast.", röchelte er leise und ich schnaufte genervt. Offenbar störte es ihn, dass er nicht richtig atmen konnte. "Ruhe, ich muss mich konzentrieren!", fuhr ich ihn an und taxierte das Schloss mit meinen Augen, als ob ich es durch reine Willenskraft öffnen könnte. Ich drehte das Messer, wackelte damit rum, drückte es rein, ruckelte und fluchte, was ich so zu bieten hatte und verzweifelte. Wütend schmiss ich das Messer gegen die Wand und trat gegen das Schloss, während ich es weiter beschimpfte. "So bekommst du es ganz sicher nicht auf!"
Meinen wütendsten Blick warf ich ihm zu und drehte mich von ihm weg. Mein ganzer Körper spannte sich an und ich hatte das Gefühl, dass ich gleich platzen würde.
"Bleib ganz ruhig", flüsterte er angestrengt. "Atme erst mal wieder aus."
Er hatte Recht, also tat ich es und stieß viel Luft aus, die ich in den letzten Minuten gesammelt hatte, dann schloss ich die Augen und harrte einen Moment lang aus. Langsam und immer noch zutiefst genervt holte ich das Messer und ging zurück zu Dorian.

Seufzend ließ ich mich vor das Schloss fallen, atmete wieder tief ein und wieder aus, dann versuchte ich es erneut. Während ich diese ganze Prozedur noch zwei Mal wiederholte, fragte sich ein kleiner besonnener Teil von mir, wieso um alles in der Welt dieser Kerl überhaupt noch lebte. Als dieser Gedanke gerade begann größer zu werden und mir auch langsam flau im Magen wurde, klickte es endlich und das Schloss schnappte auf.
Zwischendurch hatte ich schon die Befürchtung, das Schloss mit dem Messer zu sehr zerkratzt und verbogen zu haben. "Oh mein Gott! Ich habe es geschafft. Ich glaub's nicht, ich habe es wirklich geschafft!" Voller Glück strahlte ich Dorian an, der geduldig alle meine Wutausbrüche abgewartet hatte und jetzt lächelte er auch ein kleines Bisschen. "Mach es ab", sagte er schließlich und ich war schon drauf und dran es zu tun, aber ich tat es nicht. "Woher weiß ich, dass du nicht irgendjemand Gefährliches bist, mich in der Luft zerreißt und dann die ganze Stadt abschlachtest?"
Dorian starrte mich kurz ungläubig an. "Das weißt du nicht. Ich kann dir nur sagen, dass ich das sicherlich nicht tun werde. Wieso sollte ich auch?" Argwöhnisch betrachtete ich

ihn.
"Na ja, vielleicht hast du ja Hunger auf Menschenfleisch? Was weiß ich denn, wer oder was du bist. Ein Mensch jedenfalls nicht, sonst wärst du kaum in so einem guten Zustand, wenn man das als solchen betrachten kann." Er rollte mit den Augen und seufzte. "Wieso bist du dann nicht wieder gegangen, wenn du denkst, ich würde dich fressen? Ich esse kein Menschenfleisch, das ist so bitter."
Ich stockte. Menschenfleisch war ihm zu bitter, na dann war ja alles gut, oder auch nicht. Die Tatsache, dass er scheinbar wusste, wie Menschenfleisch schmeckte, machte mich irgendwie noch nervöser, als ich ohnehin schon war. "Na gut, ich hoffe, dass ich das nicht bereuen werde. Wenn ich die Kette abmache, dann musst du mir aber ein paar Fragen beantworten, klar?"
Dorian nickte ungeduldig und dann tat ich es tatsächlich. Das Schloss fiel klackernd zu Boden und nach und nach lockerte ich die Kette, die rasselnd auf die Dielen fiel. Er erhob sich vorsichtig und atmete tief ein und aus. So saß er eine Weile da, dann griff er nach der Wasserflasche und trank sie bis zur Hälfte leer. Noch immer stand ich da und

beobachtete ihn unsicher. Er streckte sich und so gut wie alle seine Knochen knackten und knirschten so laut, dass mir davon etwas übel wurde. Dann stand er auf und ich wich etwas zurück. Hanne hatte gesagt, er sei groß, aber das war untertrieben. Für mich wirkte er, als wäre er drei Meter groß, aber ich war schließlich auch nur 1,65m lang und er ganz sicher nicht einmal zwei Meter. Dennoch wirkte er riesig und seine Arme waren unglaublich breit und muskulös. Wie hatte er das denn gemacht in mehr als vierzig Jahren des Herumliegens? Hätte ich mich so lange nicht bewegen können, würde ich vermutlich aussehen wie ein Gerippe und nicht wie jemand, der jeden Tag Gewichte stemmt. Wieder wuchs in mir die Frage, warum er noch am Leben war. Er streckte sich mehrmals und wieder knackten seine Gelenke, dann setzte er sich wieder hin und hielt sich den Kopf. Meine Aufmerksamkeit richtete sich nun vollends auf ihn und ich schob alle Fragen erst mal etwas beisete.

"Ich hab‘ echt Hunger." Sofort machte ich einen Schritt zurück, bereit, auf der Stelle die Flucht zu ergreifen. Er sah mich an und lachte. "Ich sagte doch, Menschenfleisch ist mir zu bitter, also keine Panik." Langsam

nickte ich und blieb dennoch da stehen. Wenn ich großen Hunger hatte, aß ich manchmal auch Sachen, die ich sonst niemals essen würde, also blieb ich lieber auf Abstand.
"Bevor ich deine Fragen beantworte, würdest du mir noch einen Gefallen tun und mir etwas zu Essen besorgen? Ich denke, ich bin wirklich nicht stark genug, um mir selbst etwas zu organisieren." Ich glaubte, mich verhört zu haben. Jetzt sollte ich auch noch die Kellnerin spielen, ja? Gerade noch hatte ich mein Leben riskiert, nur um ihn zu retten und jetzt sollte ich dem Herren Essen servieren. In mir machte sich der Wunsch breit, ihn einfach zu vermöbeln, aber ich blieb ruhig. Zumal ich vermutlich auch nicht viel hätte ausrichten können. Genauso gut hätte ich ihn mit Watte beschmeißen können.
"Na gut. Aber du kommst mit. Ich habe wirklich keine Lust, den ganzen Weg durch den verlassenen Wald dann mit 'was weiß ich wie viel' Essen zurückzukommen. Außerdem finde ich bestimmt nicht wieder hier her, kein Mensch findet hier her, also gehen wir." Meine Flasche stopfte ich wieder in meine Tasche und ging zur Tür. Dorian sah etwas verwirrt aus, aber er kam ohne Widerworte

mit mir. Auf halber Strecke bekam ich wieder Zweifel, es war sogar die gleiche Stelle, an der ich auf dem Hinweg schon einmal gezweifelt hatte und wo Dorian mir dann erschienen war. Meine Neugier auf die Erklärung dafür war schon unglaublich groß. Unvermittelt blieb ich stehen und kramte mein Handy aus der Tasche, um dann meine Mutter anzurufen. Dorian stand neben mir und beobachtete fasziniert, was ich tat. "Hey Mum, sag mal, machen du und Christopher heute irgendwas? Nein? Ach, ihr hattet überlegt, ob ihr zu der Grillparty gehen wollt? Nein, nein, ich wollte heute eh ein bisschen Ruhe haben. Ja, ihr könnt ruhig gehen, ich komm schon klar. Hab dich lieb."
Erleichtert atmete ich und legte auf. Das Problem hatten wir also schon mal gelöst. Anderenfalls hätte ich Dorian irgendwie in mein Zimmer schmuggeln müssen und darin war ich noch nie besonders geschickt. Dorian stand noch immer da und starrte auf mein Handy. Damals gab es so etwas ja noch nicht, fiel mir ein und dann stieg mir ein Duft in die Nase, auf den ich auch hätte verzichten können. Mir die Nase zuhaltend ging ich ein paar Schritte weiter.
"Kannst du vielleicht ein bisschen Abstand

halten? Du stinkst ja fürchterlich, wie ein nasser Hund! Vor dem Essen musst du erst einmal duschen!"
Dorian stimmte nicht zu, sagte aber auch nichts dagegen, also ging ich davon aus, dass er einverstanden war. Während wir weiter gingen, schrieb ich meiner Freundin schnell eine SMS, dass sie sich keine Sorgen zu machen braucht und ich nicht von einem Irren umgebracht wurde. Zumindest noch nicht, aber das behielt ich für mich. Als wir an meinem Haus ankamen, stiegen Charming und Mum gerade ins Auto. Nachdem das Auto außer Sichtweite war, schob ich Dorian schnell ins Haus und hoffte, keiner der Nachbarn hatte gerade aus dem Fenster geguckt.
"Puh, das wäre geschafft. Okay, ich such dir schnell ein paar Sachen von Christopher raus, die dir eigentlich passen müssten. Er ist zwar etwas kleiner als du, aber seine Sachen sind meistens etwas weiter, damit man seinen Schwabbelbauch nicht sehen kann. Dann gehst du duschen und lass dir bitte viel Zeit dabei und währenddessen mach ich dir was zu essen. Irgendwelche Wünsche?"
Dorian nickte zwischendurch und lächelte mich dann an. "Ich bin für alles dankbar,

aber es wäre schön, wenn auch ein bisschen Fleisch dabei wäre." So etwas hatte ich schon befürchtet und hoffte, dass wir noch Steaks oder so da hatten. Ich nahm ihn mit nach oben und stellte ihn schon mal im Bad ab, wo er auch geduldig wartete, bis ich alles rausgesucht hatte. Eilig kramte ich Dorian etwas zum Anziehen aus Christophers Fach im Schrank meiner Mutter, legte ihm Handtücher auf ein kleines Regal im Bad und gab ihm alles, was er zum sauber werden brauchte. Duschgel von Charming, sein Shampoo, eine Rückenbürste, einen Lappen und Zahnputzzeug für Gäste. "Komm dann runter, wenn du fertig bist und bitte benutz das alles." Er nickte und lächelte mich dankbar an, sagte aber nichts und ich machte mich auf in die Küche. Sich Zeit zu lassen hatte Dorian scheinbar ernst genommen, denn er war eine geschlagene Stunde im Bad. Die Zeit nutze ich und plünderte den Kühlschrank. Im Tiefkühler hatten wir tatsächlich noch Steaks, Schnitzel und Hühnerkeulen und ich machte ihm einfach von allem etwas. Woher sollte ich schließlich wissen, wie groß sein Hunger war und was für Massen er so hinunterschlang, aber bei den Muskeln und der Körpergröße schätzte

ich, dass er ziemlich viel futtern konnte. Für mich machte ich auch eine Kleinigkeit, aber am Ende stand der ganze Esstisch voll mit Essen für eine ganze Fußballmannschaft. Das ging bei Kartoffeln los und hörte beim Schokoladenpudding auf. Als Dorian herunter kam und die Anhäufung an Essen sah, schaute er nicht schlecht und auch ich hatte so einen Blick, aber nicht wegen des ganzen Essens. Die Klamotten, die bei Christopher wie Säcke gewirkt hatten, passten Dorian wie angegossen. Die Hose betonte gerade genug, um betäubte Blicke hinter sich herzuziehen und das Shirt ließ einen gut gebauten Körper vermuten, es war aber noch genug Platz für viel Fantasie. Mir kam die Erinnerung, als ich Charming das letzte Mal in dem Shirt gesehen hatte. Seine dünnen Ärmchen hätten glatt fünfmal in die Ärmel gepasst und bei Dorian passte sicherlich kaum noch ein Finger mit rein. Erst jetzt bemerkte ich, dass er mich ansah.
"Ist etwas nicht in Ordnung mit den Sachen?"
Er sah an sich runter, zupfte an dem Shirt und ich schüttelte benommen den Kopf.
"Nein, alles ok. Setz dich." Etwas peinlich berührt riss ich meinen Blick los und setzte

mich vor mein Essen. Dorian stand unschlüssig vor dem Tisch und musterte das ganze Essen. "Magst du das alles etwa nicht?" Vermutlich wäre ich ausgeflippt, wenn er bejaht hätte, aber die Antwort fiel anders aus.
"Naja, ich frage mich gerade, wo die Armee ist, die du noch so versorgst."
Er lachte und jetzt wusste ich, was Hanne meinte, als sie von einem Schwindelgefühl geredet hatte. Es war unfassbar, was er für eine Ausstrahlung hatte und dass das so eine extreme Wirkung auf mich hatte. Irgendwie versuchte ich mich auf das Essen zu konzentrieren, aber irgendwann starrte ich ihn einfach nur an und beobachtete ihn beim Essen. Er schien wirklich großen Hunger gehabt zu haben, denn von dem Fleisch blieb nur sehr wenig übrig und von den ganzen Beilagen ließ er kaum mehr als ein paar Stückchen liegen. Den Schokoladenpudding schlang er in zwei Schüben runter, dann strich er sich über den Bauch und schmatzte zufrieden. "Ich hab wirklich noch nie jemanden so viel essen sehen." Er grinste breit. "Naja, ich dachte mir, wo du jetzt so viel gemacht hast, wäre es unhöflich, viel übrig zu lassen und ich habe wirklich großen

Hunger gehabt."
"Wie konntest du eigentlich so lange ohne Essen und Trinken überleben?", fragte ich ihn, denn das brannte mir schon die ganze Zeit unter den Fingernägeln. Er zuckte mit den Schultern und machte ein nachdenkliches Gesicht. "Ehrlich gesagt, ich weiß es nicht. Ich hatte zwar unglaublichen Hunger und ich dachte das wäre mein Ende, aber irgendwann war das weg, genau wie der Durst. Ich lag einfach nur da." Seine Stimme klang etwas traurig und ich hoffte, ihm die Stimmung jetzt nicht verdorben zu haben. Nach dem Essen half er mir, das Geschirr abzuwaschen und die Reste einzupacken und dann setzten wir uns auf das Sofa, damit ich ihm meine Fragen stellen konnte. Vor lauter Fragen wusste ich gar nicht, womit ich anfangen sollte. Er saß ganz geduldig da und wartete, bis ich mir meine Fragen innerlich zurecht gelegt hatte und anfangen konnte. Meine vorerst wichtigste Frage hatte ich ja nun schon gestellt, also konnte ich mit dem Rest weiter machen. "Also zunächst würde ich gerne wissen, wie du es geschafft hast, mir und auch Hanne zu erscheinen, wie du mich anrempeln und Fußspuren hinterlassen konntest, obwohl du dich ja offensichtlich

nicht vom Fleck rühren konntest, weil du ja ans Bett gefesselt warst." Das waren zwar viele Fragen auf einmal, aber ich wollte alles wissen und es waren noch nicht einmal die Hälfte der Fragen gewesen, die ich auf dem Herzen hatte. Er wartete einen Augenblick, bevor er antwortete. Scheinbar suchte er nach den richtigen Worten. "Ich glaube, es war eine Art Astralprojektion. Mit den Jahren hat sich diese Fähigkeit scheinbar verbessert. Am Anfang konnte ich mir nur selbst zusehen, wie ich in dem Zimmer lag und ab und zu schaute ich zum Fenster raus. Vorher wusste ich nicht, dass ich das kann, aber wenn man nichts anderes tun kann, dann findet man interessante Dinge über sich heraus. Manchmal beobachtete ich die Jugendlichen, die vor unserem Haus standen und es anstarrten oder wie sie Steine schmissen und irgendwelche Sachen riefen. Irgendwann schaffte ich es durch das Haus zu wandern und nach etwa zehn Jahren konnte ich es verlassen und den Wald betreten. Nach und nach gelang es mir immer weiter zu gehen, Schritt für Schritt, aber das dauerte sehr lange. Ich bemerkte, dass Menschen mich sehen konnten und versuchte irgendwie, jemanden zu mir zu locken, aber es kam niemand und so zog ich einfach durch den Wald, bis ich eines Tages in der Lage war, Spuren zu hinterlassen und sogar Dinge zu berühren, doch das kostet mich unglaublich viel Kraft und in meinem Zustand hatte ich nicht viele Möglichkeiten, Kräfte zu sammeln. Demnach brauchte ich auch eine Weile, um mich wieder zu erholen. Dann sah ich dich zu dem See gehen, sah dich am Steg sitzen und ins Wasser gleiten. Du bist eine ganze Weile im Wasser getrieben und weil ich ja nichts sagen konnte, hinterließ ich meine Abdrücke im Boden, aber die hast du scheinbar nicht gesehen. Ich folgte dir in die Bibliothek und bündelte meine ganze Kraft, um dir zu zeigen, dass ich real bin und keine Einbildung. Ich hoffte so sehr, dass du mir folgen würdest. Dann bist du wirklich in den Wald gekommen und ich konnte dich zu mir führen. Tja und den Rest kennst du ja." Aufmerksam folgte ich seinen Worten, aber es war wirklich schwer, das alles zu glauben. Eigentlich dachte ich immer, ich würde solche Sachen sofort glauben, weil ich sie mir ja sozusagen herbei wünschte, aber scheinbar tat ich mich nun doch etwas schwer damit. Dennoch gab ich mein Bestes. "Okay und

wieso hast du niemals gesprochen? Geht das als Projektion nicht?" Dorian zuckte mit den Schultern und lehnte sich zurück. "Ich schätze mal, ich konnte nicht sprechen, weil mein Mund verbunden war und Durchbeißen hat nicht so gut funktioniert, also war ich auf deine unglaubliche Neugier angewiesen. Im Grunde habe ich aber keine Ahnung. Ich dachte ja auch nie, dass ich mich wirklich Projizieren kann. Am Anfang hielt ich es für Träume oder Halluzinationen, aber als ich das erste Mal gesehen wurde ist mir klar geworden, dass ich das tatsächlich kann." Er beugte sich wieder vor und sah mir in die Augen, was mich und meine Hirnfunktion für einen kurzen Moment lahmlegte.
"Ich bin dir wirklich überaus dankbar, dass du mir geholfen hast und ich weiß nicht, wie ich mich bei dir dafür erkenntlich zeigen könnte." Mein Kopf war leer und ich wusste nicht wieso. Wo waren die ganzen Fragen hin, die ich gerade noch alle schön zurechtgelegt hatte? "Ich hab‘ ... ich weiß nicht. Überleg ich mir noch", stammelte ich und wandte den Blick ab. Was war das denn bitte? Vollkommene Leere in meinem Kopf, weil er mich angesehen hat? Das muss einen anderen Grund gehabt haben, die Wärme

vielleicht, aber jetzt waren auch die Fragen wieder da.
"Ok, weiter im Text. Was war mit der Tür und den Wänden los? Wieso war die Axt da so nutzlos? Und warum ging die Tür dann von innen auf?" Das war wieder mehr als eine Frage auf einmal, aber ich konnte es nicht noch langsamer machen. Die Neugier ließ das nicht zu. Dorian ließ seinen Blick durch den Raum schweifen, machte den Eindruck, als würde er nachdenken. "Es lag so etwas wie ein Bann darauf, soviel weiß ich. Nach dem Brand war die Tür zehn Jahre lang unsichtbar, genau wie das Fenster, auch für mich. Ich dachte, ich wäre in einem Raum gefangen, der vier Wände hat und sonst nichts. Danach war niemand mehr da oben, wenn überhaupt mal jemand bei oder in dem Haus war, dann nur unten. Mir war klar, dass ich von den Schulkindern keine Hilfe erwarten konnte. Hätte ich mich ihnen gezeigt, wären sie schreiend davon gelaufen. Also ließ ich es, außer bei dem Mädchen, Hanne, das mich vorher schon gesehen hatte. Allerdings war sie auch ganz schnell wieder draußen, als sie mich sah. Ich kenne die Art des Bannes und wusste, dass man leicht raus kam, aber es war fast unmöglich,

hineinzugelangen. Ich war froh, dass du die Scheibe zerschlagen konntest. Ich hatte schon die Befürchtung, sie wäre auch resistent. Ich meine, vielleicht war sie das ja mal. Mit so etwas kenne ich mich eigentlich nicht so gut aus. Vielleicht wurde es im Laufe der Jahre einfach immer schwächer. Soviel ich über Zauber und solche Sachen weiß ist, dass sie nicht ewig halten und nur so stark sind, wie der, der sie ausspricht." In seiner Stimme lag Ratlosigkeit. "Warst du deshalb angekettet? Damit du nicht raus kommst? Und die Mullbinde war bestimmt, damit du nicht rufen konntest und das Gestell an deinem Kopf war ... keine Ahnung." Er lachte leicht und nickte zustimmend. Dieses Lachen, konnte er das nicht lassen? "Ja, du hast recht. Das Kopfgestell war vermutlich, um mir zusätzliche Qual zu bereiten, zumindest hätte es in dem Fall seinen Zweck erfüllt. Unbeweglich für immer. Zumindest für eine sehr lange Zeit." Er sah irgendwie traurig aus, als er das sagte, aber ich hatte jetzt keine Zeit für Mitleid, denn meine Neugier wollte gestillt werden. "Wer hat dich denn da bitte eingesperrt? War das deine Familie? Wieso ist das Haus denn abgebrannt und wo sind die Anderen?"

Schon wieder so eine Flut an Fragen, aber ich konnte sie nicht eine nach der anderen stellen. Sie mussten raus, wenn sie aufkamen. Er zuckte mit den Schultern, mal wieder.
"Ich kann dir auf keine der Fragen antworten. Ich war ohnmächtig, als das alles passierte und als ich wach wurde, lag ich gefesselt in dem Bett. Ich roch das verbrannte Holz und ich hörte die Leute vor der Tür, aber es kam niemand rein und meine Familie war verschwunden." Das galt es also noch herauszufinden und dann kam ich auf die eigentlich wichtigste Frage. "Was zum Henker bist du eigentlich? Ich meine gut. Das mit dem Hunger lässt sich vielleicht mit irgendeinem..." Mir fiel kein passendes Wort ein. Von was war hier die Rede? Von einem Bann? Hatte so etwas vielleicht etwas mit Zauberei zu tun? Oder mit Magie? "Nennen wir es einfach mal 'Zauber'. Vielleicht war es auch was anderes.", warf er ein und ich nickte. "Okay, also ein Zauber hat das mit deinem Hunger geregelt, aber wieso bist du nicht gealtert, oder schon tot? Ist das vielleicht auch ein Zauber?" Was redete ich hier eigentlich gerade? Allein das Wort zu benutzen kam mir irgendwie unrealistisch

vor, aber der ganze Tag war bisher auch nicht gerade das, was der Norm entsprach. Er antwortete nicht gleich, sondern stand auf und ging unruhig im Raum auf und ab. "Ich bin mir nicht sicher, ob du das wirklich wissen solltest." Er klang etwas aufgebracht und unsicher, aber ich wollte es wissen, egal was es war und wenn er mir jetzt sagte, er sei ein Dämon, Engel, oder sonst etwas, dann war das auch in Ordnung. Ich wollte es einfach nur wissen. Meiner Meinung nach war es auch mein gutes Recht, es zu erfahren. Entschlossen stand ich auf und stellte mich vor ihn. Sehr groß war ich nicht, doch ich versuchte durch meine Haltung etwas eindrucksvoller, größer und vor allem bedrohlicher zu wirken, als würde eine Maus versuchen, einen Löwen zu beeindrucken. Es misslang mir also kläglich. "Sag schon!", nuschelte ich dann und verschränkte die Arme.
Er setzte sich wieder hin und ich blieb stehen. Er brauchte nun seinerseits eine Weile und ich gab ihm die Zeit, bis er so weit war, auch wenn ich innerlich vor Ungeduld fast platzte.
"Also schön. Sagt dir das Wort Lykanthropie etwas?" Mit einem leichten Nicken beschloss

ich, mich wieder zu setzen. Schon viele Bücher hatte ich darüber gelesen, schnulzige Liebesbücher und ekelhafte Horrorbücher. "Also in meiner Familie gibt es ziemlich viele davon, also von ..."
"Werwölfen?", beendete ich seinen Satz und sah ihn mit großen Augen an. Dieses Geständnis schien ihm sehr unangenehm zu sein. Meine Gefühle waren gerade undefinierbar. War ich vielleicht auf den Kopf gefallen, lag nun im Koma und träumte meine Wunschträume? Dann würde bestimmt bald ein Szenenwechsel kommen, wo ich einen Vampir traf, der vielleicht Tee mit einem Alien trank oder eine Homeparty bei einem Trupp Elfen oder Feen? Vielleicht ging mein Verlangen nach dem 'unnormal' sein auch soweit, dass ich den Verstand verloren hatte und nun in irgendeiner Klapse im Rollstuhl am Fenster hockte und sabbernd in meiner eigenen kleinen Welt hing. Wer wusste das schon? Jetzt jedenfalls war ich relativ frei von irgendwelchen Gefühlen. Vermutlich stand ich einfach unter Schock und würde später wieder eine Meinung oder irgendein Gefühl dazu haben können. "Ich bin also auch Einer und mein Bruder und meine Mutter sind auch welche.

Aber soweit ich weiß, waren sowohl mein Vater, als auch meine Schwester keine, aber vielleicht wurden beide von meiner Mutter gebissen, damit sie sich nicht trennen mussten bei ihrer Flucht. Vielleicht hat sie die beiden zu Werwölfen gemacht, damit sie sicherer waren und sich zur Not wehren konnten. Jedenfalls weißt du es jetzt und ich muss dich wirklich bitten, das für dich zu behalten."
Als er mich darum bat nichts zu erzählen, musste ich leicht auflachen.
"Dorian, wer würde mir das denn bitte glauben? Hey Mum, ich hab‘ übrigens herausgefunden, dass diese Familie, dessen Haus vor einer Weile abgebrannt ist, zum Hauptteil aus Werwölfen besteht. Ja, ich schluck‘ ja schon die Pille. Mir geht's super. Ach ja, ich hab‘ übrigens auch die Astralprojektion von dem Einen gesehen und dann seinen Körper gefunden, ihn vom Bett befreit, mit zu uns nach Hause gebracht und bei uns durchgefüttert. Oh, was wollen denn die Männer mit der komischen Jacke hier?"
Dorian musterte mich einen Moment lang mit einem verwirrten Gesichtsausdruck. Dann schien er zu begreifen, dass ich ihm grade ein Gespräch mit meiner Mutter

demonstriert hatte und da musste er lachen. Niemand in dieser Stadt würde mir so eine Geschichte abkaufen, außer vielleicht Hanne. "Aber zurück zum Thema. Hast du eine Ahnung, wo sie sein könnten? Deine Familie meine ich." Dorian seufzte leise und sein Blick wurde wieder ernst.
"Nein, es gibt viele Möglichkeiten. Sie könnten überall sein. Vielleicht wieder in Frankreich, aber das bezweifle ich ehrlich gesagt. Wir hatten, seit ich mich erinnern kann, keinen Kontakt zu unseren Verwandten dort." Ich nickte. Dann konnten wir Frankreich als möglichen Aufenthaltsort seiner Familie von der Weltkarte streichen. "Und was hast du jetzt vor?" Eigentlich konnte ich mir das schon denken, aber ich fragte trotzdem nach. "Ich werde mich erst mal ein bisschen erholen und dann werde ich sie suchen und den, der mir das angetan hat, aufspüren. Ich will den Grund erfahren, weshalb mir das angetan wurde. Soweit ich weiß, habe ich nichts getan, was mich, meine Familie oder die Menschen hier in Gefahr gebracht hätte und ich habe auch immer meine Hausaufgaben gemacht." Das letzte sagte er so todernst, dass ich es zunächst nicht verstand, doch dann erkannte ich, dass

er einen Witz gemacht hatte und nun musste ich lachen. Der Typ hatte ja doch ein bisschen Humor. Es schien doch noch viel mehr mit dem Ganzen auf sich zu haben, als ich dachte und je mehr ich erfuhr, desto mehr wollte ich darüber wissen. "Ich werde dir helfen. Du hast schließlich fast fünfzig Jahre da rumgelegen, zumindest meinen Recherchen nach. Die Welt hat sich weiter gedreht und es gibt Sachen, die du nicht kennst." Er nickte. "Wie das Ding, mit dem du telefoniert hast. Ich habe alle diese Sachen schon gesehen, als ich unterwegs war, aber so richtig verstanden habe ich Manches noch nicht. Das, was du da hattest, scheint ein Telefon zu sein, also so schlimm ist es schon nicht mit meiner Unwissenheit und ich bin nicht so dumm, wie ich aussehe." Dazu sagte ich nichts. Er sah für mich nicht dumm aus und so hatte ich das auch bestimmt nicht gemeint.

Er stand auf, ging etwas umher und sah sich unsere Familienfotos an. "Ich kann dich nicht mitnehmen. Mein Weg führt mich vermutlich sehr weit weg von Gaping Hill und du kannst deine Familie nicht einfach allein lassen. Ich kann mir vorstellen, dass diese Erfahrung sehr reizvoll für dich wäre, aber es könnte auch gefährlich sein." Damit hatte er schon Recht, aber ich wollte mit, unbedingt. Die Gefahr nahm ich auch gerne in Kauf. "Na ja, ich habe Ferien und ... warte, ich hab‘ eine Idee! Ich frag einfach meine Mum, ob ich eine alte Freundin besuchen kann, die in New York lebt. Sie sagt bestimmt ja und dann kann ich mit dir gehen und dir helfen. Ist doch ein super Plan, oder?" Wie hieß es so schön? Jugendlicher Leichtsinn. Er sah mich überrascht an. "Du willst unbedingt mit, oder?" Eifrig nickte ich. "Ich bin dir bestimmt auch nicht im Weg und zu zweit ist immer besser als alleine." Er lächelte leicht und richtete seinen Blick zurück zu meinen Familienfotos. Damit schien das Thema erledigt zu sein, was mich erstaunte. Besonders hartnäckig war er ja nicht gerade. Das erinnerte mich an das, was Hanne zu mir gesagt hatte. Dorian schien eher der Unterwürfige von den Brüdern zu sein und nicht viele Widerworte zu geben. Das fiel mir auch schon auf. "Ok, also du bleibst dann heute hier und ich rede morgen mit meiner Mum und übermorgen können wir bestimmt schon los." Das Ganze stellte ich mir unglaublich einfach vor und war daher sehr optimistisch. Meine Mum war eigentlich eine ziemlich lockere Frau und ich hatte viele Freiheiten. Wieder kam nur ein zustimmendes Nicken von ihm. Seine Teilnahmslosigkeit machte mich schon ein bisschen sauer, doch das schien so seine Art zu sein, also musste ich mich wohl damit arrangieren. Es war nur noch die Frage, wo ich ihn am besten unterbrachte, sodass meine Mum und Charming ihn nicht entdeckten. Im Keller wollte ich ihn nicht einsperren müssen. Auf dem Dachboden knarrte es immer so sehr, wenn man da lang ging, also blieben eigentlich nur noch die Garage und mein Zimmer. Wollte ich ihn über die Nacht in meinem Zimmer haben? Über diese Frage nachdenkend, betrachtete ich ihn, wie er da stand und sich ein Bild von mir ansah, auf dem ich erst fünf Jahre alt war.

Auf dem Bild hatte ich kaum einen Zahn im Mund, grinste aber bis über beide Ohren, sodass jeder sehen konnte, wie schön meine drei Zähne waren. Dorian schien eigentlich zahm zu sein und er hatte mir versprochen, mir nichts zu tun und immerhin war ich schon so lebensmüde und habe ihn in mein Haus gelassen. Zumindest war er erst mal satt. "Na gut, du schläfst in meinem Zimmer.

Ich denke, in der Garage wirst du zu schnell entdeckt. Aber du schläfst auf dem Boden, damit das klar ist!" Er sah mich mit einem Blick an, den ich nicht richtig deuten konnte. "Ja, kein Problem und nochmals danke." Der Gedanke mit mir in einem Zimmer zu schlafen, schien ihm etwas unangenehm zu sein. Hatte er nun Angst vor mir? Dachte er, ich würde ihn im Schlaf überfallen und Dinge tun, die eine Frau und ein Mann nun mal so tun? Da brauchte er wirklich keine Angst zu haben. So ein Mädchen war ich auf keinen Fall. Wir gingen also in mein Zimmer und ich baute ihm aus Kissen und Decken einen Schlafplatz zwischen meinem Bett und dem Fenster. Sollte meine Mum also mal rein kommen, würde sie ihn nicht sehen können. "Sieht gemütlich aus." Er setzte sich gleich auf seinen Schlafplatz und sah mich mit großen Augen an. Mich überkam der Drang, ihm einen Knochen oder einen Hundekeks zu geben. Da fiel mir etwas ein und ich platzierte mich auf meinem Bett. "Sag mal, da war in unserem Garten neulich ein, tja keine Ahnung, ein Tier? Es war groß und ich dachte erst, es wäre ein Hund oder Wolf gewesen. Warst du das vielleicht? Ich meine, es hatte auch ganz große, blaue Augen, so wie

du." Innerlich hoffte ich, dass er bejahen würde, ansonsten bestand die Gefahr, dass hier irgendwo noch so ein Werwolf rumlief. "Ja, das war ich. Ich wollte deine Aufmerksamkeit erregen, aber ich vermute, das hat dir ein bisschen Angst gemacht?"
"Davon kannst du aber mal ausgehen. Wie siehst du eigentlich genau aus als Wolf? Ach ja, und was ich noch fragen wollte: Kannst du das kontrollieren oder kommt das nur bei Vollmond und bist du dann so eine hirnlose Tötungsmaschine oder weißt du, was du tust?" Für diese Frage hätte ich mir am liebsten selbst eine gepfeffert. Taktvoll war ich ja noch nie gewesen, aber das war mit Abstand meine direkteste Frage gewesen. Zu meinem Glück nahm er das sehr locker und bemühte sich, alle Fragen zu beantworten. Er überlegte kurz und lehnte sich gegen die Wand. "Ich sehe aus wie ein sehr muskulöser Wolf, würde ich sagen, größer als gewöhnliche Wölfe. Ich schätze meine Schulterhöhe so auf einen Meter fünfzig. Aber ich verwandle mich nicht immer in das komplette Tier. Ich kann auch nur die Klauen verwandeln oder nur die Augen und den Mund und so. Das muss man sich allerdings mühevoll antrainieren. Ein geborener

Werwolf lernt das natürlich von klein auf, so wie ich und mein Bruder. Wenn man gebissen und verwandelt wurde, ist das alles etwas schwerer. Sie haben bei ihrer Verwandlung keine Kontrolle und die sind dann, wie du so schön sagtest, hirnlose Tötungsmaschinen. Die Frischlinge oder Welpen verwandeln sich auch nur bei Vollmond, aber sie können auch lernen, wie man sich immer verwandeln kann, nur ist es bei ihnen schwieriger, sie unter Kontrolle zu halten. Nur sehr erfahrene und starke Werwölfe können einen Welpen bändigen. Einige haben so wenig Selbstbeherrschung, dass sie es nie schaffen sich auf kontrollierte Art zu verwandeln." Das war alles ziemlich aufregend für mich. So kannte ich das noch nicht.
"Mit erfahren und stark meinst du so was wie Alphatiere?" Er nickte. "Ja, genau. Oder eben sehr Starke, die aber keine Anführer sind. Die legen dann aber auch selten Wert auf ein Rudel."
"Und zu was davon zählst du?" Diese Frage brannte mir nun auch schon eine Weile auf der Zunge. "Na ja, ich bin schon mal kein Alpha und wie stark ich im Vergleich zu anderen bin, kann ich dir nicht sagen. Wir

haben ja sehr lange abgeschieden gelebt und mit meinem Bruder habe ich mich nie angelegt. Bei Vollmond sind wir übrigens um ein Vielfaches stärker und zugegebenermaßen auch brutaler und blutrünstiger." Mir wurde bei der Aussage schon etwas mulmig. Ein Werwolf in meinem Zimmer, der bei Vollmond gerne Blut vergoss. In welcher Mondphase befanden wir uns eigentlich gerade? "Mach dir da aber keine Sorgen, ich habe mich unter Kontrolle. Das einzige was passieren könnte, wäre, dass ich sehr schnell schlechte Laune bekomme."
"Oh, gut. Dann bin ich ja beruhigt. Ich dachte schon, ich müsste mir auch so eine Kette besorgen, wie sie bei euch im Keller lag. Wohin genau wollen wir dann eigentlich?"
"Nach New York, wäre mein Ersinnen. Bevor wir nach Gaping Hill kamen, waren wir dort oder zumindest meine Mutter und mein leiblicher Vater. Vielleicht ist da jemand, der uns weiter helfen kann. Zumindest ist das die einzige Idee, die ich habe." Während er sprach, fiel er manchmal in eine recht alte Ausdrucksweise, was mich zum schmunzeln bracht, aber ich sagte dazu nichts. Nach New York? Dann würde ich meine Mum zumindest nicht vollständig anlügen müssen.

"Na das passt ja. Ich sag meiner Mum schließlich auch, dass wir nach New York fahren oder besser gesagt, dass ich nach New York fahre. Wollen wir eigentlich fliegen? Obwohl, du hast ja bestimmt keinen Ausweis und Reisepass und so. Fahren wir lieber mit dem Zug, das ist anonymer." Dorian senkte den Blick. "Ich hab‘ außerdem Flugangst." Er nuschelte es nur, doch es war deutlich genug zu verstehen. Fassungslos starrte ich ihn eine Weile einfach nur an. Der große, böse Wolf da auf dem Boden hatte wirklich Flugangst? Wie passte das denn zusammen? "Ok, dazu sag ich jetzt einfach nichts. Weißt du eigentlich, wieso ihr nach Gaping Hill gekommen seid?" Immerhin war dieses kleine Städtchen nicht gerade sehr bekannt in der Welt.
"Nicht so richtig. Meine Mutter hat selten darüber geredet. Ich weiß nur, dass unsere Verwandten in Frankreich keinen Kontakt zu uns haben wollten und ich hatte oft das Gefühl, dass meine Mutter sich vor irgendetwas fürchtete. Wenn ich sie darauf ansprach, wich sie mir immer aus."
Noch mehr Fragen taten sich auf und ich dachte daran, mir vielleicht eine Liste zu machen, damit ich auch keine von ihnen

vergessen konnte. Für's Erste beließ ich es aber dabei. Dorian musste sich schon genug Fragen von mir anhören und eigentlich sollte er sich ausruhen. Obwohl er so lange rumgelegen und vermutlich auch viel geschlafen hatte, wirkte er sehr erschöpft auf mich.

Als es draußen dunkel wurde und meine Mum und Charming zurück kamen, schaute ich aus dem Fenster und stellte erleichtert fest, dass wir abnehmenden Mond hatten. Es war also noch viel Zeit bis zum nächsten Vollmond. Ich ging nach unten, machte ein bisschen Small Talk und nutzte die Gelegenheit, um sie gleich auf meine Reise vorzubereiten. Es bedurfte natürlich meiner gewitzten Überredungstaktik, die ich jahrelang trainiert hatte, damit meine Mum ja sagte. Anfangs war sie nicht so begeistert von meiner Spontanen Idee und es brach eine hitzige Diskussion aus. Letzten Endes erlaubte sie es mir und gab mir genug Geld für die Fahrt und zum Einkaufen. Das Einkaufsgeld würde allerdings eher für Dorians Fahrkarte draufgehen, aber das fand ich nicht so schlimm. Immerhin wollte ich ja nicht zum Shoppen nach New York. Etwas

überrascht war ich allerdings schon, dass meine Mum mich einfach so los ziehen ließ. Natürlich wirkte sie besorgt, aber sie schien sich auch ein bisschen darüber zu freuen, dass ich endlich beschlossen hatte, nicht mehr allein meine Ferien zu verbringen.
"Ich kann dich ja zum Bahnhof fahren, wenn du möchtest.", schlug Charming, der bisher nicht an der Unterhaltung teilgenommen hatte, vor. "Ach, Christopher. Das ist ein nettes Angebot, aber das ist meine erste Reise, die ich ganz allein antrete, also will ich auch allein zum Bahnhof gehen. Immerhin bin ich schon siebzehn. So weit ist der Weg ja auch nicht und wenn es regnet, kann ich mit dem Bus fahren."
Regen wäre mir wirklich willkommen gewesen, aber die Wettervorhersage versprach Sonnenschein bis zum Abwinken und das mindestens noch die nächsten zwei Wochen. Allerdings hatte ich nur für Gaping Hill nachgeguckt und nicht für New York. Vielleicht regnete es dort ja am laufenden Band. Natürlich musste ich meiner Mum versprechen, jeden Tag mindestens einmal anzurufen oder wenigstens eine SMS zu schreiben, um zu bestätigen, dass ich noch lebte und dass es mir gut ging. Immerhin war

es ja wirklich meine erste Reise alleine und dann gleich nach New York. Es liefen zwar überall auf der Welt Verbrecher rum, aber in großen Städten gab es mehr Menschen und folglich auch mehr Psychopathen. Eigentlich hatte ich auch mehr Widerstand bei ihr erwartet, aber ihr Vertrauen zu mir war sehr groß, immerhin hatte ich sie noch nie angelogen und irgendwelche schwerwiegenden Dummheiten gemacht.
"Mum, ich fahre doch nicht weg, damit ich dann die ganze Zeit mit dir telefoniere! Ich schick dir eine Postkarte, ja?" Mir war schon bewusst, dass sie mich eigentlich nicht gehen lassen wollte, aber sie war von ihrem Vater immer eingesperrt worden, durfte nie etwas unternehmen und dann war sie einmal weggelaufen. Vielleicht wollte sie vermeiden, dass ich das auch tat, also erlaubte sie mir die unmöglichsten Sachen, obwohl ich eigentlich selten oder besser gesagt nie sowas tat. "Ich hab‘ dich lieb, Mum."
Wir umarmten uns und sie gab mir noch einen Schmatzer, bevor ich wieder nach oben ging.
In meinem Zimmer hopste ich auf mein Bett und grinste den hübschen Werwolf breit an. Dorian hatte sich schon hingelegt und

schaute durch das Fenster den Mond an. Als ich rein kam, wandte er mir seinen Blick zu.
"Rate mal", strahlte ich ihn an.
"Deine Mum hat dir die Reise erlaubt und du willst sicher morgen schon los.", sagte er unvermittelt und lächelte leicht. Oh, dieses Lächeln. "Woher ... Hast du etwa mitgehört?"
Er nickte und sein lächeln wurde zu einem breiten Grinsen. In Zukunft sollte ich wohl aufpassen, wie laut ich redete oder was ich sagte. Scheinbar konnte Dorian sehr gut hören, was mich eigentlich auch nicht wunderte. So als Werwolf hatte man schließlich sehr gut ausgeprägte Sinne.
"Okay, dann sollten wir jetzt lieber schlafen, damit wir ausgeruht sind für die Fahrt."
Dorian nickte mir zu und drehte sich dann auf die Seite. Er schien wirklich müde zu sein.
Derweil huschte ich noch schnell ins Bad und machte mich bettfertig.
Es fiel mir nicht so leicht, einzuschlafen, weil ich so aufgeregt war und mein Herz pochte ganz schnell bei dem Gedanken, vielleicht noch mehr Werwölfe zu treffen und wer weiß was sonst noch. Eine Zeit lang lauschte ich Dorians gleichmäßigem Atem, der mich nach einer Weile selbst ganz schläfrig machte und

ich schließlich doch einschlief.

Als ich wieder aufwachte, hatte ich den ganzen Vortag in meinen Gedanken komplett umgemodelt und war nun davon überzeugt, dass ich das alles nur geträumt hatte. Das war doch einfach viel zu unglaublich gewesen. Ein Werwolf, mit dem ich nach New York reisen wollte? So ein Unsinn. Gähnend drehte ich mich um und kuschelte mich in mein Bettlaken, für mehr war es zu warm, und dann hörte ich ein lautes Aufschnarchen, was mich so aufschreckte, dass ich fast aus dem Bett fiel. Schnell setzte ich mich auf und schaute panisch auf den Boden. Dorian lag auf dem Rücken, Arme und Beine waren in alle Richtungen gestreckt und sein Mund stand weit offen, sodass ich seine schneeweißen Zähne sehen konnte. Er sah aus wie ein übergroßes Baby, irgendwie abstrakt und eigentlich doch ganz niedlich. "Also habe ich das doch nicht geträumt.", stellte ich flüsternd fest und stand auf. Einen Moment lang stand ich nur da, um mich wieder zu fangen und mir klar zu machen, dass diese Situation hier real war. Alles war genau so passiert, wie ich es in Erinnerung hatte und Dorian war ein Werwolf. Einige

Minuten verharrte ich schweigend und regungslos im Raum. In meinem Kopf herrschte vollkommene Stille, es gab nicht einen Gedanken. Dann, als hätte jemand einen Schalter betätigt, holte ich meinen Koffer aus dem Schrank und fing schon einmal leise an zu packen. Danach ging ich duschen, damit ich das Badezeug auch einpacken konnte und als ich fertig angezogen und schon fast abfahrbereit wieder ins Zimmer kam, war Dorian auch endlich aus seinem Koma erwacht. Ich beobachtete ihn, wie er die Kissen ordentlich auf mein Bett räumte und die Decken zusammen legte. "War's denn wenigstens ein bisschen bequem?", fragte ich ihn dann. Irgendwann hatte ich auch mal auf dem Boden bei jemandem geschlafen und ich fand es ganz und gar nicht bequem. In der Nacht hatte ich kaum ein Auge zugemacht und am nächsten Tag tat mir so der Rücken weh, dass ich mich fühlte wie eine alte Oma. "Bequemer als das Bett, in dem ich mehrere Jahrzehnte lag allemal. Ich habe so gut geschlafen wie schon lange nicht mehr." Erleichtert atmete ich auf. "Du hast auch sehr friedlich ausgesehen im Schlaf." Er lächelte mich an, bevor er mir mitteilte, dass er sich auch gerne noch frisch machen würde. Zuerst sah ich darin kein Problem, doch dann fiel mir etwas ein. "Du kannst nicht ins Bad. Wenn meine Mum oder Christopher reinwollen, was soll ich denn dann machen?" Ungläubig betrachtete er mich. "Es gibt aber gewisse dringliche Dinge, die ich unbedingt erledigen muss." Was für eine interessante Art mir zu sagen, dass er mal auf Toilette musste. Nervös stiefelte ich im Zimmer auf und ab. "Na schön, komm mit."

Vorsichtig steckte ich den Kopf aus der Tür und horchte, ob die Luft rein war, Dorian stand genau hinter mir.

"Deine Mum ist in der Küche und der Mann sitzt vor dem Fernseher.", flüsterte er mir dann ins Ohr, was mir eine Gänsehaut am ganzen Körper verschaffte und ich kurz die Luft anhalten musste.

Ohne ein Wort dazu ging ich zum Bad und wartete, bis er rein gegangen war, dann atmete ich tief ein, sagte mir selbst, dass ich das schon schaffen würde und ging auch rein.

"Was soll denn das werden?", Dorian sah mich irritiert an, als ich hinter ihm ins Bad kam.

"Na was glaubst du wohl. Bei meinem Glück

kommen meine Mum oder Christopher genau dann hier hoch und wollen ins Bad, wenn du hier drin bist. Also werde ich mich hier in die Ecke setzen und so tun, als wäre ich allein hier." Ein stiller Moment verging und ich wusste schon, was er jetzt dachte, denn ich dachte das Gleiche. Während er die Toilette benutzte, würde ich anwesend sein und für keinen von uns würde das ein tolles Erlebnis werden.
"Dann dreh dich wenigstens um." Das tat ich natürlich und schnaufte. Natürlich drehte ich mich um, was sollte ich auch sonst machen, ihm interessiert dabei zuschauen? "Ich halt mir auch die Ohren zu, wenn du dich dann besser entspannen kannst", murrte ich und betrachtete die Kacheln an der Wand. Unglaublich, dass er dachte, ich würde ihn dabei beobachten wollen. Es dauerte allerdings tatsächlich etwas, bis er loslegte.
"Das ist wirklich peinlich", merkte er dann an und spülte. Nickend drehte ich mich wieder um, als ich den Wasserhahn hörte.
"Sei froh, dass ich nicht gesagt habe, du sollst dich hinsetzen." Dazu sagte er nichts und somit hatten wir das Thema und diese unglaublich unangenehme Situation hinter uns gebracht. Im Nachhinein fand ich es

allerdings irgendwie witzig. Dorian wusch sich das Gesicht ein paar Mal mit kaltem Wasser. Duschen musste er noch nicht, schließlich war er am Vorabend erst gewesen und noch eine Unterhose von Charming wollte ich ihm nicht zumuten. "Also, ich versuche etwas zu Essen zu organisieren und du setzt dich einfach ganz still in mein Zimmer und bist einfach nicht da." Mit Erleichterung atmete ich auf, denn weder meine Mum, noch Christopher waren auf die glorreiche Idee gekommen, im oberen Stockwerk ins Bad zu müssen. Das kam wirklich öfter vor, als man dachte. Essen schmuggeln erwies sich als schwieriger, als ich erwartet hatte. "Ich dachte, wir frühstücken zusammen?", sagte meine Mum, als ich die Reste vom Vorabend aus dem Kühlschrank holte. "Hast du dir gestern Abend eigentlich noch Schnitzel und Steaks gemacht? Ich habe irgendwie das Gefühl, der halbe Kühlschrank ist leer, obwohl er gestern noch voll war." Jetzt geriet ich in Erklärungsnot und stotterte ertappt irgendeinen Unsinn. "Ja, weißt du, ich hatte eine Fressattacke, ist bei Teenagern ja manchmal so. Es gelüstete mich dermaßen nach Fleisch, dass ich von allem etwas haben musste, bis ich zufrieden war und logischerweise fühle ich mich jetzt so fett, dass ich noch mehr Fleisch in mich reinstopfen muss, bevor es nach New York geht. Allerdings kann ich das auch unterwegs essen, wenn du mit mir zusammen frühstücken möchtest. Dann bring ich das vorher schon hoch und pack es in meinen Rucksack." Ich ließ meiner Mum keine Zeit, um etwas dagegen zu sagen und raste förmlich aus der Küche nach oben und in mein Zimmer. Dorian saß auf meinem Bett und las in einem von meinen vielen Fantasybüchern. Etwas peinlich berührt, hoffte ich, es war keines von den Schnulzromanen. "Hier, was zu essen. Ich werde wohl mit meiner Mum und Christopher essen und dann können wir los." Irgendwie hatte ich ein schlechtes Gewissen, als ich ihn da so ganz allein ließ und er allein essen musste, aber was sollte ich machen. Schließlich wollte ich mich von meiner Mum verabschieden und noch ein wenig ihre Gesellschaft genießen. Immerhin war ich vorher noch nie lange und weit weg von ihr gewesen und ich vermisste sie jetzt schon, genau wie Christopher, was mich ein bisschen irritierte. Als ich nach dem Essen wieder in mein Zimmer kam, stand das Fenster offen und Dorian war weg. Ein Zettel lag auf meinem Bett und die leeren Teller standen daneben.

"Wir treffen uns am Bahnhof. Lass dich ruhig fahren und verabschiede dich richtig von deiner Familie."

Lächelnd las ich den Zettel noch einmal und war etwas überrascht, dass er so einfühlsam war, obwohl er nicht danach aussah. Dass er allerdings so eine Seite an sich hatte, wusste ich eigentlich bereits aus Hannes Erzählungen. Nun ließ ich mich also doch von Prinz Charming und meiner Mum zum Bahnhof fahren. Auf dem Weg dahin dachte ich wieder daran, dass ich die beiden vielleicht eine ganze Weile nicht sehen würde und ein kleiner Kloß wurde in meinem Hals immer größer. Nach ein paar Anläufen ihn wieder runterzuschlucken, gelang es mir zum Glück und schnell ging es mir dann auch wieder besser. Dorian wartete schon am Gleis auf mich, doch er ließ sich nicht anmerken, dass wir uns kannten. Er stand ganz ruhig da und schaute auf die Gleise. Weder Christopher, noch meine Mum

nahmen Notiz von ihm. Ein letztes Mal schloss ich meine liebste Mum, meine Mami in meine Arme, gab ihr einen langen, feuchten Knutscher auf die Wange und sogar Charming bekam ein Küsschen.
"Pass mir bloß auf meine Mum auf und wehe, ich höre Klagen!" Wir konnten uns alle ein Lachen nicht verkneifen und die Abschiedsstimmung lockerte sich ein bisschen.
"Natürlich. Deine Mutter ist bei mir in den besten Händen."
Auf diesen Satz umarmte Mum mich gleich noch mal und knuddelte mich so fest, dass ich kaum noch Luft bekam.
"Komm heil an und schreib mir oder ruf mich an. Am besten du machst beides. Viel Spaß in New York und pass gut auf dich auf! Ich hab‘ dich lieb, mein Schatz."
Da war wieder dieser Kloß in meinem Hals und zuerst konnte ich nichts sagen. Sicherlich hätte ich sofort geweint, wenn ich versucht hätte zu reden. Erst nachdem ich tief ein und wieder ausgeatmet hatte, nickte ich eifrig, lächelte glücklich und dann wandte ich mich dem einfahrenden Zug zu und stieg ein, als er angehalten hatte.
Aus dem Augenwinkel konnte ich sehen, wie

Dorian ebenfalls in den Zug stieg.
Es war nicht schwer, einen freien Platz für zwei Personen zu finden, auf den ich mich setzte und nach draußen schaute, wo Mum und Charming standen und mir zuwinkten. Lächelnd hob ich die Hand, winkte ihnen zurück und seufzte leise. Der Kloß in meinem Hals steckte noch immer hartnäckig in meinem Hals fest. Langsam fing der Zug an zu rollen und wurde zunehmend schneller. Als Mum und Christopher außer Sicht waren, setzte sich Dorian neben mich. "Ist dir nicht wohl?" Mir rollte nun doch eine Träne über die Wange. Nie hätte ich gedacht, dass mir das so schwer fallen würde, aber ich würde ja nicht für immer weg bleiben und das tröstete mich zumindest ein wenig. Es war nur eine Reise nach New York und nicht auf den Mond.
"Doch, alles in Ordnung. Es fällt mir nur schwer, sie zurückzulassen." Dorian legte seine Hand auf meine Schulter, drückte leicht zu und seltsamerweise ging es mir gleich besser.
Während der Fahrt redeten wir kaum miteinander.
Er hatte scheinbar verstanden, dass mir nicht nach einer Unterhaltung zumute war und

schon nach kurzer Zeit schlief er ein. Erst kurz vor unserer Ankunft wachte er wieder auf. Aus dem Fenster starrend dachte ich über meine Situation nach, in der ich mich gerade befand.

Mir wurde die Chance gegeben, etwas Unglaubliches zu erleben, etwas, von dem ich mir nie hätte träumen lassen, dass es wirklich geschehen könnte. Der Drang, nicht normal sein zu wollen und meine unerschütterliche Neugier hatten mich in diese Situation geschoben und nun musste ich mit der Realität klar kommen, die mir zunehmend surrealer wurde. Sollte ich das gut finden oder lieber Angst haben? Zwar wollte ich es auf mich zukommen lassen, hatte aber gleichzeitig das Gefühl die Kontrolle über die Realität zu verlieren.

3

Auf unserer halbtägigen Reise nach New York, mussten wir dreimal umsteigen. Es hätte auch die Möglichkeit gegeben, mit einem luxuriösen, schnellen Superzug zu fahren, aber dafür hätte das Geld leider nur für mich gereicht und der arme Dorian hätte vermutlich hinterher rennen müssen. Allerdings bezweifelte ich nicht, dass ihm das gelungen wäre. Nach knapp zehn Stunden Fahrt, fand ich mich auf einem riesigen Bahnhof wieder und wusste, alleine würde ich mich niemals zurecht finden. Hier gab es tausend Möglichkeiten, den Bahnhof zu verlassen und ich hätte mich vermutlich sogar mit einem Bahnhofsplan gnadenlos verlaufen. Menschenmassen strömten um uns herum und viele Schultern rempelten mich so doll an, dass ich da schon wusste, wie mein Arm wohl am nächsten Tag aussehen würde.

Dorian stand still da und schien zutiefst konzentriert zu sein. Mir war nicht im Geringsten bewusst, was der da tat und wie uns das weiter helfen sollte, doch nach ein paar Minuten erwachte er aus seiner Starre und ging ohne ein Wort einfach los. Mir fiel es wirklich schwer, ihm zu folgen und ich fragte mich, wie er es schaffte, dass ihm die ganzen Leute, die uns entgegen kamen, auswichen. "Hey, lauf doch nicht so schnell.", rief ich ihm noch hinterher, doch da hatte ich ihn schon aus den Augen verloren. "Dorian?" Nun stand ich draußen auf dem Gehweg und die Menschen strömten um mich herum wie das Wasser in einem reißenden Fluss um einen Felsen strömt. Nur dass ich kein Felsen war und das strömende Wasser in Menschengestalt mich einfach nicht voran kommen ließ. Hilflosigkeit machte sich in mir breit und ich fühlte mich verloren und innerlich verfluchte ich diesen Werwolf, der mich hier einfach allein gelassen hatte. Panisch überlegte ich, was ich jetzt machen sollte, als jemand meine Hand griff und mit sich zog. Bei den ganzen Leuten konnte ich kaum erkennen, wer mich an der Hand gefasst hatte. Alles was ich sah war die Hand, auf die ich mich konzentrierte und ich hoffte einfach, dass es Dorians Hand war. Der Griff war so fest, dass ich mich nicht daraus hätte befreien können, also ließ ich mich einfach

mitziehen. Wenn das jetzt irgendein Fremder war, konnte ich ja immer noch um Hilfe rufen. Es waren schließlich genügend Leute um uns herum.
Die Hand zog mich in eine Seitenstraße, wo die meisten Menschen nicht lang wollten. Nur ein paar Leute standen rum oder waren irgendwo hin unterwegs. "Entschuldige, ich hab‘ nicht aufgepasst.", sagte Dorian und ließ meine Hand los. Wütend boxte ich ihm in den Arm und bereute das gleich wieder. Mir schmerzte die Hand nun und vermutlich hatte er nicht mal was gemerkt. Gleichzeitig fiel mir aber auch ein Stein vom Herzen, dass es wirklich Dorian war und kein Fremder, der mir etwas Schlimmes antun wollte.
"Bitte mach das in Zukunft nicht mehr oder ich muss dir leider Halsband und Leine anlegen."
Er lachte, doch ich meinte das todernst. "Weißt du denn überhaupt, wo wir hin müssen?"
Dorian schüttelte leicht den Kopf. "Nicht direkt. Ich muss erstmal alle Gerüche verarbeiten und filtern, aber ich glaube, ich habe schon die Fährte von Werwölfen aufgenommen." Er hatte eine Fährte aufgenommen. Diese Tatsache beunruhigte

mich schon ein wenig. Andererseits suchten wir schließlich auch nach anderen. "Bist du deswegen so los gerannt?"
"Ja, ich dachte, ich könnte einen einholen, aber er war zu schnell weg." Die Tatsache, dass unmittelbar in unserer Nähe ein Werwolf gewesen sein muss, hinterließ eine Gänsehaut auf meinem Körper. Dorian fand die Fährte leider auch nicht wieder, obwohl er ziemlich lange und zutiefst konzentriert durch die Gegend schlich und seine Nase in den Wind hielt. Er konnte alles riechen, angefangen bei den ganzen Zigaretten, die geraucht wurden, über das Essen, das überall verteilt und gegessen wurde, bis hin zu den Obdachlosen, die in den Seitenstraßen rumlagen und seit Wochen nicht mehr geduscht hatten. Einerseits stellte ich mir so einen starken Geruchssinn schon ganz praktisch vor, aber andererseits hatte man vermutlich Gerüche in der Nase, auf die man auch verzichten konnte. Fasziniert beobachtete ich Dorian dabei, wie er seinen Kopf drehte und dann sein Gesicht verzog, wenn er einen unangenehmen Geruch in der Nase hatte.
Irgendwann jedoch war er davon überzeugt, die Fährte nicht mehr aufnehmen zu können,

also suchten wir uns ein billiges Hotel in der Nähe. In einer der dunkleren Gassen wurden wir schließlich fündig und wir mieteten uns in einem Zimmer mit zwei Schlafräumen ein. Mein Geld gab leider nicht mehr her, denn immerhin wollten wir uns ja in den kommenden Tagen noch irgendwie ernähren, also musste es das Billigste vom Billigen sein und solange ich ein Bett und eine Dusche hatte, war ich zufrieden und tatsächlich war dieses Hotel ungewöhnlich preiswert. Als wir unten an die winzige Rezeption kamen, begrüßte uns der Besitzer mit einem unheimlichen, viel sagenden Grinsen im Gesicht und es wurde immer breiter, als er uns in das Zimmer brachte.
"Ich wünsche viel Spaß, einen angenehmen Aufenthalt und vor allem eine erlebnisreiche Nacht."
Er gab Dorian den Schlüssel für das Zimmer und zwinkerte ihm zu, bevor er wieder verschwand. Mir schwante schon, was es mit seinem Verhalten auf sich hatte und das gefiel mir nicht wirklich.
"Was glaubt der bitte, was wir hier machen. Wir wollten ein Zimmer mit getrennten Betten und sogar mit getrennten Räumen, was erwartet der also?" Meine Stimme klang

etwas empörter als ich beabsichtigt hatte, aber Dorian zuckte nur mit den Schultern und sah sich konzentriert die Zimmer an, während ich einen Blick aus dem Fenster riskierte. Die Aussicht war atemberaubend, aber nur für Blinde. Der Ausblick bot eine perfekte Sicht auf eine Hauswand, die ich auch hätte berühren können, wenn ich mich weit genug aus dem Fenster gestreckt hätte. "Ich kann nicht verstehen, wieso Leute gerne hier leben. Ich meine, wenn man viel Geld hat und sich eine Wohnung mit einer schönen Aussicht leisten kann, ist das bestimmt alles andere als ungemütlich, aber viele Leute wohnen ja in solchen Wohnungen wie dieser und manche leben sogar nur in Kellerwohnungen. Vielleicht bin ich aber auch nur zu viel Gutes gewöhnt, immerhin lebe ich in einem schönen Haus und mein Zimmer ist fast so groß wie unsere beiden Schlafräume zusammen." Ob Dorian mir überhaupt zuhörte, wusste ich nicht, aber das war mir eigentlich egal. Als ich von der verstaubten Fensterbank aufsah und in die Fensterscheibe blickte, erschrak ich, als ich Dorian darin entdeckte und er so nah hinter mir stand, dass ich seinen Atem im Nacken hatte. "Hier sind überall Kameras installiert.

Zieh dich also nur unter der Decke um und benutz am besten gar nicht das Bad.", flüsterte er mir ins Ohr und mir schoss ein eiskalter Schauer über den Rücken. Der Vermieter war so ein ekelhafter Kerl, jetzt wurde mir klar, wieso er so dämlich gegrinst hatte. Das würde bestimmt lustig werden mit dem Umziehen und wie sollte ich bitte die Toilette benutzen? Angespannt ging ich Dorian hinterher, der grade auf dem Weg ins Bad war und sich dort genau umsah. Vermutlich hatte er den gleichen Gedanken gehabt wie ich. Wir konnten ja schlecht alles zurück halten und duschen wollte ich schon noch gehen. Dorian stand schweigend in der Mitte des winzigen Badezimmers und horchte konzentriert in die Stille. Derweil sah ich mich ein bisschen um, während ich in der Tür stand. Die Dusche sah nicht gerade einladend aus und ich beschloss sie nur mit meinen Badelatschen zu betreten. Innerlich beglückwünschte ich mich, dass ich an sie gedacht hatte, denn mir war schon zu Hause der Verdacht gekommen, dass unsere Unterkunft vermutlich nicht wirklich reinlich sein würde. Die Fliesen waren bestimmt mal weiß gewesen, doch jetzt waren sie gelblich und an einigen Stellen schimmerten sie sogar

in einem leichten grün. Zuerst traute ich mich gar nicht zur Toilette zu gucken, aber ich tat es doch und fast wäre mir mein Frühstück wieder hochgekommen. Wann war die wohl zum letzten mal sauber gemacht worden, nach dem ersten Weltkrieg? "Ich hoffe, die haben hier irgendwo Putzmittel, sonst habe ich ein Problem.", murmelte ich leise und hoffte, Dorian jetzt nicht in seiner meditativen Lauscherei gestört zu haben. Das Waschbecken war noch das Sauberste in dem Raum, aber das konnte ich nur von Weitem beurteilen. Unter dem Becken stand ein kleiner Schrank und ich betete, dass ich dort wenigstens ein Lappen und irgendwas zum Reinigen finden würde. "Zwei.", sagte Dorian dann unvermittelt und drehte sich zu mir um. Er nahm ein Handtuch und hängte es über eine Kamera, die über der Tür angebracht war. "So ein Unmensch. Vielleicht sollten wir in ein anderes Hotel gehen." Mir wäre das nur Recht gewesen, aber ich bezweifelte, dass wir unser Geld wiederbekommen würden.
"Dafür haben wir keine Zeit. Es wird schon dunkel und wir sollten nachts nicht noch durch die Gegend stromern. Meine Mutter

hat zwar selten von New York gesprochen, aber sie tat es immer mit Angst in der Stimme. Scheinbar ist es hier am Tag ziemlich gefährlich, doch in der Nacht grenzt es schon an Selbstmord sich in so einer Gegend draußen rumzutreiben." Dorian nickte verstehend und stülpte einen Handschuhlappen über die andere Kamera, die auf dem oberen Rand der Dusche hing. "Die anderen sind ja nicht so schlimm. Er bekommt schließlich nichts zu sehen, was er wohl gerne hätte."

Er ließ mich allein im Bad zurück und ich fühlte mich wirklich sehr unwohl. Dorian hatte ruhig gewirkt, aber ein merkwürdiges Funkeln in den Augen gehabt. Eigentlich wäre ich auch in finsterer Nacht noch durch die Straßen gewandert, um ein Hotel zu finden, in dem nicht überall Kameras hingen und wo das Wort Sauberkeit wenigstens ein bisschen ernst genommen wurde. Allerdings hätte ich mich selbst mit einem Begleitschutz wie Dorian wohl nicht raus getraut.

Schnell eilte ich zu dem Waschbecken und öffnete den Schrank. Eine einsame Kakerlake kam mir entgegen und ich erstarrte vor Schreck und Ekel zu einer Salzsäule. Mit den Augen verfolgte ich sie und als sie irgendwohin verschwunden war, konnte ich mich wieder bewegen. Normalerweise wäre ich schreiend raus gerannt und hätte mir einen mutigen Helden gesucht, der das große Monster für mich tötete. Das wäre dann in dem Fall wohl Dorian gewesen. Monster gegen Monster, von Angesicht zu Angesicht. Außer der bösen Kakerlake war in dem Schrank eine Sprühflasche und nachdem ich den Staub von dem Etikett abgewischt hatte, konnte ich erleichtert aufatmen. Ein Reinigungsmittel für Keramik. Schleunigst machte ich mich daran das Bad zu putzen. Zuerst war das Waschbecken dran, was es auch bitter nötig hatte. Danach folgte die Dusche und dann kam die Toilette, bei der ich mich mehrmals fast übergeben hätte. In meinem Kopf schwirrten Bilder von dicken, schmierigen Männern, die sich gerade mit einer Prostituierten vergnügt hatten und danach ein großes Geschäft machen mussten. Mit ihrem ekelhaften Hintern saßen sie dann für Stunden auf der Toilette und hinterließen ihre Keime darin. Nachdem ich diese Aufgabe bewältigt hatte, zog ich mich um und machte mich zum Schlafen fertig. Dabei sah ich mich immer nach den beiden Kameras um, um zu sehen, ob sie noch verdeckt waren. Das letzte was ich wollte war, diesem Ekeltypen von Vermieter eine Show darzubieten. In meinem Zimmer suchte ich die Wände und die wenigen Möbel ab, bei denen es sich nur um eine kleine Kommode für Klamotten und einem Nachtschränkchen neben dem Bett handelte, aber ich fand keine Kameras. "Dorian?" Er kam aus seinem Zimmer und sah mich fragend an. "Wo sind sie hier?" Während er lauschte, versuchte ich weiter mit den Augen welche zu finden. "Eine ist ziemlich geschickt in dem Bild getarnt und zeigt genau auf das Bett. Hier neben dem Fenster ist auch eine, die ebenfalls auf das Bett zeigt. Bei mir drüben das gleiche Spiel. Ich will nicht wissen, wie viele ahnungslose Leute ihm hier schon in die Falle gegangen sind." Über diese Tatsache konnte ich nur fassungslos mit dem Kopf schütteln. Ob die Polizei sich wohl für solche Typen interessierten? Vermutlich schmierte der Kerl die netten Beamten, damit sie ihn weiter machen ließen. "Und ich will nicht wissen, was er mit dem Videomaterial so gemacht hat." Obwohl ich diesbezüglich schon die ein oder andere Vermutung hatte. Mein Blick ging zu dem Bild, das neben der Eingangstür hing, aber ich konnte die Kamera nicht entdecken. "Versuch einfach nicht daran zu denken. Am Besten, du legst dich gleich hin, damit du morgen ausgeruht bist." Dorian hatte leicht reden. Ihm schien das nicht so viel auszumachen, beobachtet zu werden, aber bei Männern war das vielleicht etwas anderes, ich kannte mich da ja nicht wirklich gut aus. Der Gedanke, dass ich von Kameras gefilmt wurde, ließ mich nicht einschlafen, aber irgendwann übermannte mich die Müdigkeit und ich hoffte, Dorian würde schon auf mich aufpassen. Falls dieser ekelhafte Typ also herkommen sollte, musste Dorian ihn einfach nur mal anknurren. Andererseits schien er einen sehr festen Schlaf zu haben, wenn ich so daran dachte, wie er bei mir auf dem Boden geschnörchelt hatte. Langsam ging ich vom Wachen ins Träumen über.

Als ich aufwachte, öffnete ich die Augen nicht. Mir war, als würde ich noch träumen, also blieb ich einfach liegen und hielt die Augen geschlossen. Jemand lag neben mir und beobachtete mich. Im ersten Moment dachte ich, es wäre Dorian, aber dann dachte ich an den Vermieter und öffnete panisch die

Augen. Grüne Augen leuchteten mich bedrohlich und entzückt zugleich an.
Erschrocken schrie ich auf, fiel nach hinten vom Bett und hing dann irgendwie mit den Beinen noch auf dem Bett da. Mein Kopf fing sofort an zu schmerzen, denn die Landung war alles andere als weich gewesen. Es war nicht Dorian, der da lag und mich beobachtete und es war auch nicht der Vermieter, was mich erstmal beruhigte, aber ich kannte diesen Mann nicht und das fand ich dann wieder sehr beunruhigend. "Wer sind sie?" Etwas unbeholfen stand ich auf und starrte ihn an. Er hatte sich mittlerweile aufgesetzt und beobachtete mich belustigt. Erst hatte ich ihn nicht erkannt, aber dann traf mich die Erkenntnis wie ein Vorschlaghammer. "Louis.", hauchte ich ungläubig.
"Bravo. Nein ehrlich, ich bin wirklich beeindruckt von deiner Fähigkeit, Dinge zu einem logischen Schluss zu kombinieren." Er stand auf, rückte sein Jackett zurecht und kam ums Bett auf mich zu. Die Tatsache, dass er hier war, schockierte mich dermaßen, dass ich mich kaum bewegen konnte.
"Wie hast du uns gefunden? Oder hat Dorian dich gefunden?" Er lachte leise und stellte

sich direkt vor mich und dann schnupperte er an mir. Unsicher beugte ich mich leicht zurück, das war mir irgendwie unangenehm. "Dorian hat mich nicht gefunden. Ich bin erstaunt, dass er überhaupt auf den Gedanken kam, hier her zu kommen. Er hat ja nur fast fünfzig Jahre gebraucht, um endlich nach seiner Familie zu suchen. Scheinbar hat er jetzt seine eigene kleine Familie. Er hatte ja schon immer einen guten Frauengeschmack." Verwirrt sah ich ihn an, bis ich begriff, worauf er hinaus wollte. "Oh Gott, nein. Ich bin doch nicht....Ich meine, ich begleite ihn zwar, aber wir sind nicht..." Was dachte er sich eigentlich? "Ich hab‘ euch gestern gesehen und dachte, ich träume. Ich bin euch gefolgt und habe gesehen, wie ihr in dieses Hotel gegangen seid. Ich wollte euch nicht stören, also habe ich gewartet, bis Dorian raus geht, um was zu Essen zu besorgen und dann habe ich mich neben dich gelegt. Wenn du nicht sein Mädchen bist, wieso riecht dann alles an dir nach ihm?"
Zuerst konnte ich darauf gar nichts antworten, aber dann fand ich meine Sprache wieder.
"Keine Ahnung wieso. Ich bin jedenfalls NICHT sein Mädchen!" Empört verschränkte

ich die Arme.
Louis lächelte mich vielsagend an und kam noch näher und irgendwann konnte ich nicht mehr zurück weichen, denn mein Rücken berührte die Wand leider eher, als ich gehofft hatte.
"Tja, wenn das so ist, muss ich mir ja keine Sorgen machen, dass er sauer sein könnte."
Sauer sein? Worauf sollte Dorian denn sauer sein? Immerhin suchten wir ja schließlich nach seiner Familie und nun stand sein Bruder genau vor mir. Mission erfüllt, hätte man dazu sagen können.
"Wie bitte? Ich will dich nur darauf hinweisen, dass ich dich gar nicht kenne und du bist echt ganz schön aufdringlich und hier sind überall Kameras, also halte bitte ein bisschen mehr Abstand, okay."
Er rührte sich nicht und ich wurde langsam immer nervöser. "Ich weiß, dass hier Kameras sind.", hauchte er frech und drückte sich an mich. Er lehnte seine Hände an die Wand, direkt neben meinem Kopf, sodass ich wie eingeschlossen war. Dass er nichts mehr sagte, beunruhigte mich zunehmend und dass er mir immer näher kam, machte die Sache auch nicht besser.
"Louis!" Erschrocken zuckte ich zusammen

und gleichzeitig war ich so froh diese Stimme zu hören. Louis grinste mich verschmitzt an, drehte sich um und tat, als hätte er sich nichts zu schulden kommen lassen.
"Brüderchen. Schön, dass du endlich wieder da bist. Wir haben dich schon vermisst. Ich habe mich derweil schon mal deiner kleinen, süßen Freundin hier vorgestellt."
Er breitete seine Arme aus, ging auf ihn zu und schloss sie um ihn. Dorian verzog keine Miene und sah zu mir rüber, wie ich noch immer an der Wand stand und mich nicht rühren konnte.
"Keine Sorge, ich war ganz lieb.", sagte Louis im Unschludston. Dorian löste sich aus der übertriebenen Umarmung, kam zu mir rüber und drückte mir eine braune kleine Papiertüte in die Hand. Scheinbar war er beim Bäcker gewesen und hatte mir belegte Brötchen gekauft. Das kam mir wirklich gelegen, denn dann konnte ich meinen Hunger stillen und die beiden Männer im Raum schön sich selbst überlassen. Von dem Erlebnis musste ich mich erst mal erholen. Ein bisschen wunderte es mich schon, dass Dorians Reaktion auf seinen Bruder so kalt ausfiel. Eigentlich hatte ich mit einer herzzerreißenden Szene gerechnet, bei der

mindestens einer von beiden weinen musste, doch die blieb aus.
"Mutter wird sich sicher sehr freuen, wenn ich dich zu ihr bringe." Louis klang nicht sehr begeistert von der Idee. "Mutter ist auch in New York? Und was ist mit Amélie und Vater?"
Unschuldig tat ich so, als würde ich nur das Knirschen des Brötchens wahrnehmen, doch in Wahrheit lauschte ich der Unterhaltung. "Ja ist sie und nein. Amelie ist nicht hier und Vater ist..." Louis machte eine kleine Pause. "...er ist tot." Dorian sagte nichts, sondern setzte sich auf die Bettkante. "Tut mir leid, Bruderherz. Wir haben ihm den Biss angeboten, doch du kennst ihn ja. Er akzeptierte, was wir waren, aber er wollte nicht dazugehören." Louis zuckte mit den Schultern, als würde ihm der Tod seines Vaters nichts ausmachen. "Was ist mit Amélie?" Dorians Stimme war irgendwie schwach und machte mich traurig. Den Verlust seines Vaters verkraftete er scheinbar nicht so gut, was irgendwie verständlich war. "Amélie ist verschwunden. Auf dem Weg nach New York im Zug. Wir haben alles abgesucht, aber sie nicht gefunden. Mutter und ich waren allein, doch wir sind irgendwie

durchgekommen und leben jetzt versteckt in einer alten Villa am Stadtrand. Ich würde sagen, wir machen uns gleich auf den Weg." Er ging zur Tür und hielt sie auf. Schnell drehte ich mich zu Dorian um und sah ihn eindringlich an. Er erwiderte den Blick und schaute dann zu seinem Bruder. "Sie kommt mit." Louis lachte laut auf. "Kommt nicht in Frage."

"Ohne sie gehe ich nicht." Diese Aussage verursachte ein leichtes Flattern in meinem Bauch.

"Ach, dann gehört sie also doch zu dir? Sie behauptete steif und fest das Gegenteil."

Louis grinste wieder so allwissend und zweideutig wie in dem Moment als wir noch allein waren.

"Nein, so ist das nicht. Sie hat mir geholfen. Ohne sie würde ich noch immer angekettet sein und mich nicht bewegen können."

"Was?" Louis schloss die Tür wieder. "Was meinst du mit angekettet?" Er wirkte geschockt.

Dorian erzählte ihm alles, was er wusste. Dass er ohnmächtig wurde und erst nach dem Feuer wieder wach wurde und dann das ganze Drama mit mir. "Wer soll sowas gemacht haben? Es war doch niemand im

Haus, außer uns." Dorian seufzte nur hilflos und zuckte mit den Schultern.
"Na gut, dann kommt sie eben mit. Aber ich warne dich, in der Villa leben einige von uns, die nicht so gut auf Menschen zu sprechen sind." Mir wurde mulmig, als ich das hörte. Vielleicht sollte ich doch hier bleiben, aber ich wollte nicht alleine sein und schon gar nicht umringt von Kameras und einem Perversen, der mich die ganze Zeit beobachten konnte. "Und wenn ich sage, dass sie zu mir gehört?" Louis schüttelte den Kopf. "Das wird denen herzlich egal sein. Du hast da nichts zu melden. Für sie bist du ein Fremder, aber ich könnte sie für mich beanspruchen."
In dem Moment reichte es mir. Ruckartig stand ich auf und stapfte zur Tür.
"Also meine lieben Herren. Ich bin kein Gegenstand, den man rum schieben kann wie Figuren auf einem Schachbrett. Ihr könnt gerne allein gehen, wenn es so ein Problem ist."
Louis kam zu mir und nahm meine Hand. "Wie heißt du eigentlich?" Der hatte echt Nerven, mich erst wie einen Koffer beanspruchen zu wollen und dann auch endlich mal nach meinem Namen zu fragen.

Dorian hatte es ja irgendwie versäumt, mich vorzustellen. Andererseits hatte Louis zu ihm gesagt, wir hätten uns schon vorgestellt. "Michelle.", murmelte ich schmollend und dann gab er mir einen Handkuss. Ein wenig geschmeichelt fühlte ich mich nun schon, obwohl es etwas feucht auf der Hand war. "Freut mich wirklich, dich kennen zu lernen, Michelle. Das ist ein sehr schöner Name und passt wirklich ausgezeichnet zu dir." Erst starrte ich ihn an, dann realisierte ich, was gerade vor sich ging und rollte mit den Augen. "Mein Gott, gibt es Mädchen, die sich davon einlullen lassen?"
Louis sah erstaunt zu Dorian, der nur hilflos die Szene beobachtet hatte. "Ich wollte nicht respektlos sein, entschuldige. Du kannst ruhig mitkommen, aber damit die anderen die Finger von dir lassen und dich nicht in der Luft zerreißen, solltest du lieber so tun, als würdest du zu mir gehören. Es mag dir zwar schwer fallen, doch zu deiner eigenen Sicherheit solltest du einfach die Zähne zusammen beißen und mitspielen."
Letzten Endes war ich doch damit einverstanden und nachdem ich aufgegessen und mich frisch gemacht hatte, konnten wir auch endlich los gehen. Dorian und Louis

saßen währenddessen nebeneinander auf dem Bett und schwiegen sich an. Eigentlich hatte ich damit gerechnet, dass sie sich zumindest ein bisschen unterhalten würden. Immerhin hatten sie sich eine ganze Weile nicht gesehen. Auf dem Weg nach unten fiel mir auf, dass niemand an der Rezeption stand. Es war mir nur recht, diesen ekelhaften Menschen nicht sehen zu müssen. Vor dem Hotel stand ein schickes, leuchtend rotes Auto, in das Louis einstieg.

"Ist ja nicht gerade unauffällig.", merkte ich an und stieg hinten ein. Louis drehte sich zu mir um. "Willst du nicht lieber zu mir nach vorn kommen?" Dorian hatte sich aber bereits neben ihn gesetzt und ihn merkwürdig genervt angesehen. Louis startete seufzend den Motor und der ganze Sitz fing an zu vibrieren. Meine Hände legte ich auf das schwarze Leder und grinste etwas, als es in meinen Fingern summte, doch als er los fuhr, hörte es auf. Nur wenn das Auto stand, vibrierte alles.

Wir fuhren eine Weile durch die überfüllte Innenstadt, bis die Umgebung etwas düsterer und verlassener wurde. Irgendwann kamen wir an alten Lagerhallen vorbei. Wir fuhren ein Stück an einem Fluss entlang und dann

konnte ich die vermeidliche Villa sehen. Sie stand recht einsam in der Gegend rum und ich hatte den Eindruck, dass sie dort eigentlich gar nicht hingehörte. Links und rechts befanden sich Kiesparkplätze, die mit allem möglichen Gerümpel vollgestellt waren. Ein paar wenige Bäume erhellten das Bild zwar, aber als wir hielten, konnten auch die Bäume die vermodernde Villa nicht mehr hübsch aussehen lassen. Als ich ausstieg, betrachtete ich das alte Gebäude vor mir und fragte mich, wieso sie überhaupt noch stand, denn es war offensichtlich, dass diese Villa reif für den Abriss war. "Ist nicht der Palast, in dem unsere Familie in Frankreich lebt, aber es reicht aus." Vermutlich hatte sie einmal einen weißen Anstrich bekommen, doch durch die vielen Abgase und der industriellen Umgebung, war die Fassade grau geworden und an vielen Stellen schon abgeblättert. Ein paar morsche Stufen führten auf die kleine Veranda und bevor Louis dir Tür öffnete, legte er seinen Arm um mich und drückte mich an sich.
"Bleib schön ruhig und sag am besten nichts." Zugegeben, ich war wirklich nervös und das aus verschiedenen Gründen. Zum einen, weil ich gleich in ein Haus voller

Werwölfe gehen würde, von denen mich einige, vermutlich sogar alle wahrscheinlich am liebsten auffressen würden und zum anderen, weil ich einem Mann noch nie so nahe war, wie Louis jetzt. Außerdem konnte ich mich auch nicht entscheiden, welcher Umstand mich nervöser machte. Der Geruch, den Louis an sich hatte, benebelte mich leicht. Es war ein Parfüm, dass jedoch schon länger an dem Jackett haftete und schon fast verflogen war, aber ab und zu konnte man es noch leicht riechen.
Wir gingen also ins Haus und ich hörte schon, dass einige Leute hier waren. Der Flur war nur sehr wenig beleuchtet und es standen keine Möbel darin. Die Tapete blätterte langsam ab und war schon ganz vergilbt. Kurz nach der Eingangstür ging ein Raum nach rechts ab, aus denen die meisten Stimmen und das leise Gebrabbel eines Nachrichtensprechers aus einem Fernseher kamen. Diesem Raum gegenüber war ein weiterer Raum, aus dem noch mehr Stimmen drangen. Ganz hinten im Flur führte eine Treppe nach oben. "Louis, da bist du ja wieder. Wer ist das?"
Eine hübsche blonde Frau kam um die Ecke und ihr strahlendes Lächeln verschwand, als

sie mich in seinen Armen sah. Kurz betrachtete ich sie und konnte mir gut vorstellen, welche Art Beziehung sie zu Louis hatte. Sie war nicht nur unglaublich hübsch, mit ihren dunkelbraunen Augen, sie war dazu gebaut wie ein Supermodel.
Vermutlich war sie etwa 1.75m und damit fast genauso groß wie Louis. Ihre Figur war so perfekt, dass ich sofort neidisch wurde, denn sie betonte wirklich alles, was sie zu bieten hatte. In einer engen Lederjacke, dessen Reißverschluss sie ziemlich weit offen trug, stand sie da und stützte ihre Hand in ihre Taille. Unter der Lederjacke schien sie nichts weiter, als einen Spitzen-BH zu tragen und um ihre Oberschenkel schmiegte sich eine enge Ledershorts. Teuer aussehende High Heels rundeten das Bild noch ab. Eigentlich sah sie aus, als würde sie gleich zu einer Party gehen wollen oder zur Arbeit. "Das ist Michelle. Michelle, das dort ist Nadine." Als ich sie anlächelte, strafte sie mich mit einem tödlichen Blick. Sie kam zu mir und schnupperte an mir, wie zuvor Louis. "Sie riecht nach einem anderen." Ihr Blick fiel auf Dorian. "Nach dem da. Wer ist denn der hübsche Kerl?" Nadine ging mit einem wahnsinnigen Hüftschwung zu ihm

und ich hatte das Gefühl, sie würde an seinen Lippen schnuppern. Ein seltsames Bild. Dorian bewegte sich nicht, er lächelte sie sogar etwas an.
"Er hat sie mir mitgebracht, also denk nicht mal daran, sie anzurühren. Den kannst du haben, der hat ne Weile geschlafen und hat bestimmt nichts gegen eine Gesellschaft wie die deine." Nadine lachte leise auf.
"Ein Fremder also. Wir sollen doch keine Fremden mitbringen. Hat er dich mit der Göre bestochen, dass du ihn zu Ihr bringst?" Louis ließ mich los, schlug seine verwandelte Klaue in ihren Hals und drückte sie an die Wand. Das alles ging so schnell, dass ich es erst gar nicht realisierte, aber dann erschrak ich so sehr, dass ich mir die Hände vor den Mund schlug, damit ich nicht aufschrie.
"Du wirst gefälligst ein bisschen Respekt zeigen. Dorian ist mein Bruder und du wirst nett zu ihm sein, sonst reiß ich dich in Stücke." Dorian tat noch immer nichts, sondern stand einfach nur da. Nadine kicherte etwas, aber es klang mehr wie ein ersticktes Gurgeln. Fassungslos fiel mir auf, dass ihr diese Behandlung scheinbar zusagte.
"Oh Louis, ich liebe es, wenn du mir drohst. Du bist dann immer so unglaublich

männlich.", raunte sie unter dem Druck der Klaue in ihrem Hals, an dem schon leicht das Blut runter lief.
"Louis!"
Erschrocken drehte ich mich um und sah zur Treppe, an dessen oberen Ende eine Frau stand. Sie war wunderschön und nahm sofort den ganzen Raum für sich ein, so fühlte ich mich zumindest. Als hätte ich nur das Recht zu existieren, weil sie es erlaubte. Sie sah mit strengem Blick zu Louis, der Nadine sofort los ließ und demütig den Kopf senkte, was Nadine im gleich tat, nachdem sie sich wieder etwas gefangen hatte. Dann wanderte ihr Blick zu Dorian und ihr Blick erstarrte für einen Moment. Ihre Augen weiteten sich und auf einmal lächelte sie und sah aus, als könnte sie keiner Fliege etwas zu Leide tun.
"Dorian.", hauchte sie atemlos und ging ein paar Stufen hinunter. Dorian starrte die Frau an, ging dann langsam auf sie zu und wurde mit jedem Schritt schneller. Als er sie erreichte, schloss er sie in seine Arme. Sie verschwand fast gänzlich unter den starken Armen und kam mit ihren Armen kaum um seinen Körper. So hätte ich mir die Begegnung der Brüder eigentlich auch vorgestellt. Mir war eigentlich sehr schnell

klar, dass es sich um Dorians Mutter handelte und nach dieser Umarmung war ich mir sicher, dass sie es war. "Mein Junge. Du bist wirklich wieder da. Wo warst du nur all die Jahre?" In ihrer Stimme klang nicht nur Wiedersehensfreude, sondern auch etwas Ängstliches.

"Lange Geschichte." Dorian war sehr aufgeregt und ich glaubte, ihn ein wenig zittern gesehen zu haben. "Na gut, komm mit nach oben. Louis, kümmere dich um unseren Gast.", damit meinte sie wohl mich. "Ja, Mutter." Louis klang genervt und sah mich an, doch er lächelte.

Dorian verschwand mit seiner Mutter im oberen Stock und Louis kam zu mir, nahm meine Hand und zog mich stumm in den Raum mit dem Fernseher. "Raus.", sagte er schroff und sofort sprangen alle Anwesenden auf und eilten aus dem Raum. Der letzte schloss die Tür hinter sich und ich war allein mit dem Werwolf, der gerne mal etwas aufdringlich wurde. Als ich mich in dem Raum umsah, fragte ich mich, ob es für Werwölfe normal war, sich so spartanisch wie möglich einzurichten. Außer dem kleinen Fernseher in einer Ecke, stand noch ein altes, zerfleddertes Sofa dort. Außerdem gab es

einen kleinen Bartresen, aber keine Hocker dazu. Dafür stand der ganze Tresen voll mit Alkoholflaschen und Gläsern. An den Wänden, von der sich die Tapete schon in Wellen absonderte, hingen keine Bilder. Die Tapete an sich war gelblich mit fliederfarbenen Blumen, die man allerdings nur erkannte, wenn man sich ganz dicht davor stellte. Von weitem sah es eher aus, als wäre jemand nicht schnell genug auf die Toilette gekommen. Auf dem Boden unter dem Sofa lag ein ausgefranster Teppich, auf den ich mich lieber nicht setzen wollte. Er sah aus, als hätten sich zehn vollgeschlammte Hunde darauf rum gewälzt.
Louis ging zu der kleinen Bar und kippte sich eine braune Flüssigkeit in ein Glas, trank es in einem Zug aus und füllte gleich nach. "Wieso trinkst du nicht gleich aus der Flasche?", sagte ich entgeistert und schaute ihn verwundert an. Er hielt inne und sah mich vorwurfsvoll an. "Das gehört sich nicht.", nuschelte er und kippte den Inhalt des zweiten Glases mit einem Zug hinter und füllte gleich wieder nach.
"Willst du auch was davon?" Er hielt mir die Flasche hin, damit ich sehen konnte, um welches Getränk es sich handelte. Ich hatte

schon einige Filme gesehen, wo sie dieses Zeug tranken und nie nahm das ein gutes Ende. "Ich bin erst siebzehn. Also vielen Dank, aber nein danke." Einen Moment dachte ich über etwas nach und dann seufzte ich. Eigentlich wollte ich nicht wirklich mit ihm reden, aber irgendwie musste ich ja die Zeit überbrücken, bis Dorian wieder herunter kam und betretenes Schweigen war nicht gerade das, was ich mochte. Also ging ich zu dem Sofa, das bestimmt mal wirklich hübsch gewesen war und ließ mich darauf nieder. Nachdem ich den Fernseher leiser gemacht hatte, sah ich zu Louis rüber und lächelte ihn so lieb an, wie ich konnte.

"Also. Ich würde gerne deine Seite der ganzen Geschichte hören, wenn das okay ist." Er lachte etwas und setzte sich neben mich. "Wenn du was willst, kannst du ja sogar nett sein.", stellte er fest und betrachtete sein Glas.

"Da gibt es eigentlich nicht viel zu erzählen. Wir mussten verschwinden, weil irgendjemand unser Haus angezündet hatte. Wir vermuteten, dass jemand herausgefunden hat, was wir waren und davon nicht so begeistert war. Wir haben Dorian überall gesucht, aber er war nirgends

zu finden. Letzten Endes mussten wir wohl oder übel ohne ihn gehen. Wie du schon erfahren hast, ist unsere kleine Schwester Amélie auf dem Weg nach New York ebenfalls spurlos verschwunden. Als wir hier ankamen wurde unser Vater krank und starb ein paar Jahre nach der ganzen Sache. Mutter hat den Verlust von ihm bis heute nicht verkraftet. Ich meine, überleg mal. Zuerst verschwindet dein lieber, kleiner, perfekter Sohn, dann brennt dein Haus nieder, auf der Flucht geht deine Tochter verloren, die du über alles liebst, dann stirbt die Liebe deines Lebens und du hast nur noch den unnützen Sohn, den einzigen Menschen, oder Werwolf in dem Fall, der für dich entbehrlich war."
Louis klang sehr verbittert und irgendwie tat er mir jetzt leid. "Das klingt fast so, als würde deine Mutter dich nicht lieben." Louis lachte leicht und seufzte etwas. "Doch, sie liebt mich schon, aber nicht so sehr wie Dorian oder Amélie und von Vater fang ich gar nicht erst an."
Nun empfand ich noch mehr Mitleid mit ihm, denn scheinbar sehnte er sich sehr nach der Liebe seiner Mutter, die er wohl nicht in dem Maße bekam, wie er es gerne gehabt

hätte. Ich legte meine Hand auf seine und lächelte ihn aufmunternd an. In dem Moment ging die Tür auf und Dorian und seine Mutter standen im Raum. Dorian stand entspannt da, die Hände in seinen Hosentaschen. Seine Mutter hatte die Arme verschränkt und musterte mich mit ihren intensiven Augen.
"Ich hoffe, wir stören euch nicht.", meinte sie mehr oder minder freundlich und kam zu uns rüber.
Schnell zog ich meine Hand wieder weg und versuchte sie freundlich anzulächeln, aber ich will mir lieber nicht vorstellen, wie dumm ich dabei ausgesehen haben muss. Vor Nervosität muss ich ziemlich blöd gegrinst haben. "Ich muss dir danken, dass du meinen Sohn gerettet hast. Wer weiß, wie lange er da noch gelegen hätte. Du bist in diesem Haus willkommen und keiner hier wird Hand an dich legen, es sei denn, du willst es." Irgendwie lähmte mich ihre Ausstrahlung so sehr, dass ich gar nicht wirklich reagieren konnte. Sie wartete allerdings auch nicht auf eine Antwort, sondern ging sofort wieder raus und ließ uns drei allein. Sobald sie draußen war, fand ich meine Sprache wieder, als wäre ein schweres Gewicht von mir

abgefallen oder als hätten sich Fesseln gelöst. "Also das letzte hab‘ ich jetzt nicht verstanden." Louis lachte leise. "Sie hat dir angeboten, dich zu beißen damit du eine von uns werden kannst. Das ist sozusagen ein Privileg." Mit großen Augen sah ich ihn an.
"Also wenn ich ein Werwolf werden wollen würde, dann würde sie mich beißen, einfach so?"
Mir war nicht bewusst, welche Ehre das für mich gewesen wäre. Zu diesem Zeitpunkt fand ich den Gedanken, ein Werwolf zu werden, doch recht unvorteilhaft. "Aus Dank. Für sie ist das eine Belohnung." Dorian klang, als würde er das genauso sehen. "Und was wirst du jetzt tun?", fragte Louis schließlich seinen Bruder. "Ich will noch immer wissen, wer das getan hat." Dorian klang sehr ernst und etwas wütend. Louis sah zu mir. "Und du bleibst hier, bei uns? Bei mir?" So wie er das sagte, klang das schon fast wie ein Antrag. "Ehm. Nein, ich gehe mit Dorian. Und nein, nicht weil ich zu ihm gehöre oder sonst was. Er hat mir versprochen, dass ich ihm helfen darf und dazu gehört auch, dass ich ihm folge und wenn er geht, dann geh ich mit." Louis sah zwischen mir und Dorian hin und her. "Okay,

dann komme ich auch mit. Drei sind besser als zwei."
"Nein!", sagte Dorian schroff. Louis stellte sich vor seinen Bruder und ich hatte das Gefühl, ein leises Knurren zu hören. Das Bild sah etwas verdreht aus, denn Louis war mehr als einen Kopf kleiner als sein Bruder und dennoch bäumte er sich so bedrohlich vor ihm auf, dass ich das Flattern bekam - Dorian sah relativ unbeeindruckt aus, doch dann knickte er ein. "Na schön. Dann komm mit." Er sah zu mir und lächelte nun wieder. "Michelle. Mutter wollte noch allein mit dir reden. Du kannst zu ihr nach oben gehen."
Allein mit mir reden? Ich fürchtete nichts Gutes, doch sie war mir noch immer dankbar und das mit dem Biss war meine Entscheidung, also hatte ich ja nichts zu befürchten, hoffte ich. Also ging ich zu der strengen Frau hinauf und fand sofort das richtige Zimmer. Es zog mich praktisch an. Sie schien schon auf mich zu warten. Der Raum war dunkel, aber irgendwie gemütlich. Es stand viel Zeug herum und ich erinnerte mich an Hannes Wohnzimmer. Sicher gab es zu vielen dieser Gegenstände eine aufregende Geschichte, doch ich wusste, dass ich nie in ihren Genuss kommen würde. "Du begleitest

also meine Söhne auf der Suche nach dem Ungeheuer, dass meinen liebsten Dorian so gequält hat? Ich hoffe du weißt, worauf du dich einlässt. Schließ die Tür hinter dir." Ihre ruhige und bestimmte Art zu reden flößte mir irgendwie Angst ein, aber nicht auf die Art, wie es eine Mutter tat oder eine Autoritätsperson. Es war eher ein Gefühl, dass ich mich lieber nicht mit ihr anlegen sollte, egal in welchem Thema.
Der Fernseher unten war sehr laut und selbst nachdem ich die Tür geschlossen hatte, wie sie es wollte, konnte ich ihn zwar jetzt sehr dumpf, aber dennoch deutlich hören. Ich setzte mich in einen Sessel, sie in den anderen und sie schlug ihre schlanken Beine übereinander. Die mir nun gegenüber sitzende Frau trug einen knielangen, schwarzen Rock, Seidenstrümpfe, schlichte schwarze Pumps und einen edel geschnittenen Blazer. An den Fingern, die sie ineinander verschränkt hatte, trug sie ein paar einfache Goldringe, die zu ihren Ohrringen passten. Ihre hellblonden Haare hatte sie zusammengebunden, aber die Leichtigkeit, mit der ihre Haare zusammengehalten wurden, verlieh ihr etwas Freundlichkeit. Geschminkt war sie

eigentlich kaum und das war auch nicht nötig, denn bei dieser Porzellanhaut brauchte sie sicher niemals Make Up. Nur ihre Lippen hatten einen dunklen Rotton. "Ich werde dir jetzt ein paar Dinge erzählen, die dich vielleicht umstimmen könnten. Womöglich möchtest du danach wieder nach Hause und dein normales Leben weiter leben und so tun, als hätten wir alle niemals existiert. In diesem Fall wäre ich dir nicht böse, ich könnte es sogar verstehen, also triff deine Entscheidung bitte mit Bedacht."
Mit Spannung wartete ich auf das, was folgte, aber ich war definitiv nicht darauf vorbereitet.
"Der Grund, weshalb ich mich entschied, meine Familie in Frankreich zurückzulassen war, dass wir mitten in einem Krieg steckten. Dieser Krieg ging mich persönlich und nach meinem Empfinden nicht das Geringste an. Also entschied ich mich, zu gehen. Ich hatte ein schweres Leben mit den ganzen anderen Werwölfen und der Konkurrenzkampf unter uns war unerträglich. Trotz des Krieges gab es doch nur wenig Zusammenhalt bei uns. Dann kamen irgendwann Leute, die auch keine richtigen Menschen waren. Du würdest sie vermutlich Hexen oder Zauberer nennen.

Mein erster Ehemann war einer von ihnen. Wir standen genau zwischen den Fronten. Ich wusste nie, wieso sie uns vernichten wollten und er auch nicht." Sie machte eine Pause und hatte einen wehmütigen Ausdruck in den Augen. Sie schien ihn immer noch zu vermissen.

"Sie zogen gegen uns und versuchten alle von uns zu töten und so brach der Krieg endgültig aus. Wir sind geflohen und nach Amerika gekommen, doch auch hier wimmelte es von diesem Hexenpack, die uns verfolgten und angriffen. Mein Mann erschuf ein Amulett, das uns warnte, wenn Hexen in der Nähe waren. Er kalibrierte es so, dass es bis zu zehn Kilometer entfernte Hexen aufspüren konnte. Leider wurde mein Mann von seinen eigenen Leuten umgebracht. Er hatte sich mit dem Feind vereint und das war nicht tragbar - ich musste allein weiter gehen. Auf der Suche nach einem sicheren Ort, lernte ich einen menschlichen Mann kennen und verliebte mich in ihn. Er akzeptierte, was ich war und kam mit mir. Das alles geschah natürlich nicht in wenigen Tagen, sondern zog sich über einige Jahre hinweg. Gaping Hills war der erste Ort, an dem das Amulett nicht anschlug und wir

siedelten dort an. Meine Söhne und kurze Zeit später meine kleine Amélie bekam ich noch hier in New York, von meinem ersten Mann. Die drei waren allerdings noch viel zu klein und bekamen von der ganzen Sache kaum etwas mit. Den Rest kennst du. Wir kamen wieder her. Ich suchte mir eine Horde Straßenköter, wie sie dort unten lungern, damit sie uns schützen können. Sollten wir also angegriffen werden, haben wir ein Schutzschild und meine Söhne und ich können fliehen."
Von den letzten Worten war ich ziemlich schockiert. All diese Leute in diesem Haus dienten dieser Frau als Ablenkung, damit sie sich in Sicherheit bringen konnte. Mir kam die Frage auf, ob sie wohl davon wussten.
"Sie meinen, dass die Hexen dann auf die anderen los gehen und sie wollen sie dann einfach so ihrem Schicksal überlassen?" Sie lachte und das jagte mir einen Schauer durch den ganzen Körper.
"Das wäre kein Verlust. Dir ist sicher schon aufgefallen, dass man von denen nicht viel erwarten kann. Sie fühlen sich so überlegen und sind zu dumm zu erkennen, dass sie verloren sind, wenn sie sich nicht anpassen können. Ich habe es satt, ständig auf der

Flucht zu sein, doch der Krieg läuft noch immer in vollen Zügen. Nichts hat sich geändert und diese Hexen spüren einen Werwolf auf hundert Meter Entfernung. Wir allerdings erkennen eine Hexe nur sehr schlecht. Ich vermute, dass es auch eine Hexe war, die meinen Dorian eingesperrt und das Haus angezündet hat.
Das wird sicherlich keine einfache Suche und wenn ihr sie gefunden habt, gibt es nur einen Weg, um sie zu töten. Hexen sind gewitzt und nur schwer umzubringen. Zu unserem Glück sind wir Werwölfe auch nicht so einfach zu töten, aber auch nicht unverwundbar. Vor allem gegen Zauber sind wir weitestgehend machtlos."
Das alles war schwer zu begreifen. Jetzt kamen zu den Werwölfen auch noch Hexen, die alles andere als gut auf die Werwölfe zu sprechen waren. Sie hatte Recht mit der Vermutung, dass ich womöglich wieder nach Hause wollte, aber jetzt war ich schon so weit gekommen, dass ich nicht einfach so umkehren konnte. Niemals könnte ich vergessen, was ich erlebt und erfahren hatte und ich wusste, dass ich mich bis an mein Lebensende ärgern würde, wenn ich jetzt umkehrte.

"Ich werde trotzdem mit ihnen mit gehen.", sagte ich entschlossen und tatsächlich hatte ich in dem Moment nicht den geringsten Zweifel daran, dass sich alles irgendwie aufklären würde. Die Frau mir gegenüber wirkte leicht überrascht, doch sie fasste sich schnell wieder.
"Darf ich fragen, wieso du so unbedingt mitgehen willst? Ist Dorian dir wichtig oder willst du einfach aus deinem langweiligen Leben als Sterbliche entfliehen und etwas Besonderes erleben?"
Die Frage brachte mich in Verlegenheit. Eigentlich tat ich das hier bis zu einem gewissen Punkt aus purem Eigennutz. Allerdings hatte ich Dorian in der kurzen Zeit irgendwie in mein Herz geschlossen, aber das konnte ich ja nicht einfach so offen sagen, oder? Anlügen wollte ich sie aber auch nicht, denn ich war mir sicher, dass sie mich sofort durchschauen würde. Also erzählte ich ihr von meinem Hang für das Ungewöhnliche und dass ich tatsächlich der Normalität entfliehen wollte.
Dann beichtete ich ihr noch, dass Dorian mir wichtig war und ich ihm wirklich helfen wollte. Als ich ihr das erzählte, fing mein Herz vor Aufregung an schneller zu schlagen

und ich schwitzte leicht. "Deswegen hast du auch so gut auf die ganze Sache reagiert, ich verstehe. Nun denn. Meine Söhne werden dich sicher beschützen so gut es geht, aber ich bitte dich, bring sie nicht unnötig in Gefahr. Sollten sie wegen dir Schaden nehmen, werde ich dich langsam und Stück für Stück verspeisen und ich werde dich nicht vorher töten." Diese Drohung hat gesessen und mir blieb fast das Herz stehen. Keine Sekunde zweifelte ich daran, dass sie das wirklich machen würde. Diese Frau schützte ihre Söhne und gab sie nicht gerne in fremde Obhut. "Schon klar, keine Gefahr, die nicht nötig ist." Das Gespräch war damit wohl beendet und ich wurde wieder entlassen und eilte zurück zu den Brüdern, die stumm auf dem Sofa saßen und zusammen den Fernseher anstarrten. Vermutlich hatten sie wirklich kein einziges Wort miteinander gewechselt.

Auf mich machten sie in dem Moment den Eindruck, als wären sie Zombies. Weder konnte ich eine Regung in ihren Gesichtern sehen noch irgendeine Emotion erkennen. Als würden sie gleich aufstehen und versuchen mein Hirn zu essen. "Hey, ich bin fertig."

Sie drehten gleichzeitig ihre Köpfe zu mir. Louis setzte ein strahlendes Lächeln auf, dass ich nicht ernst nehmen konnte. Es sah einfach zu aufgesetzt aus und Dorian zog nur einen Mundwinkel etwas nach oben. Das allerdings sah nach ehrlicher, leichter Freude aus.
"Na endlich, dann können wir uns ja auf den Weg ins Hotel machen und dort entwickeln wir dann einen Plan, was wir als nächstes tun." Louis schien schon ganz aufgeregt zu sein. Wie ein kleiner Junge, der sich mit seinen Freunden auf die Suche nach einem Schatz machen will.
"Wieso machen wir das nicht hier schon?" Dieses Haus war zwar nicht das gemütlichste, aber dennoch angenehmer als ein mit Kameras überwachtes Hotelzimmer.
"Er will nicht, dass Mutter den Plan mithört." Dagegen hatte ich dann doch nichts mehr einzuwenden. "Na gut, dann gehen wir." In dem roten Auto von Louis fuhren wir zurück zum Hotel, wo uns im Hausflur der Vermieter entgegen kam. Als er uns drei sah, grinste er noch breiter als am Vorabend und mir wurde richtig schlecht. Louis grüßte den Mann mit seiner falschen Freundlichkeit, während Dorian und ich so taten, als hätten

wir ihn nicht gesehen. Im Hotelzimmer ging Dorian unerwartet aggressiv auf die Kameras los und schmiss sie gegen die Wände. Scheinbar hatte das schon die ganze Zeit in ihm gebrodelt und nun war das Fass übergelaufen. Derweil ging ich hinter Louis in Deckung, bis der Wutausbruch nachgelassen hatte und Dorian sich schnaufend auf das Bett setzte.
"Was war das denn bitte?" Louis stemmte seine Hände in die Hüften und ich stellte mir die gleiche Frage.
"Dieser Perverse da unten hofft, er würde was Nettes vor die Linse bekommen und dieses schmierige, ekelhafte Grinsen, am Liebsten würde ich meine Klaue in sein Gesicht schlagen." Dorian war so aufgebracht, dass ich mich nicht traute etwas zu sagen oder mich auch nur zu bewegen. Louis allerdings ließ mich da stehen und ging zu seinem Bruder. "Wenn er dich so aufregt, solltest du deinem Drang lieber nachgeben, damit deine Wut nicht aus Versehen jemanden trifft, der nichts dafür kann." Er schaute zu mir und Dorian auch. "Ich würde nie auf sie los gehen.", meinte Dorian entsetzt. "Du weißt selbst, mein lieber Bruder, wenn du richtig ausflippst, würdest

du auch mich in Stücke reißen oder es zumindest versuchen. Du denkst dann einfach nicht nach." Louis nahm Dorians Hand und zog ihn mit sich nach draußen. Nach einem kurzen gedankenlosen Moment erwachte ich aus meiner Starre und folgte ihnen in den Flur. "Moment, was hast du denn jetzt vor Louis?"
Eigentlich war ich mir nicht so sicher, ob ich das wirklich wissen wollte, aber wenn es das war, was ich vermutete, konnte nichts Gutes dabei rauskommen. "Du willst doch nicht, dass Dorian dich zerfleischt?" Louis grinste mich breit an, während Dorian seinem Bruder einen strafenden Blick zuwarf. "Nein.", flüsterte ich und wurde langsamer, bis ich stehen blieb.
Dorian würde das nicht tun, zumindest war ich davon überzeugt. Selbst wenn dieser Kerl der ekelhafteste Mensch auf der Welt war, konnte Dorian ihn doch nicht einfach umbringen, nur weil er wütend auf ihn war. Meine Hoffnung bezog sich darauf, dass die beiden sich nur einen Scherz mit mir erlaubten und diesem Vermieter maximal etwas Angst einjagten. Langsam ging ich wieder weiter, aber die beiden waren schon außer Sicht. Schnell lief ich die Treppen nach

unten, wo ich schon Stimmen hörte. Auf der Hälfte der letzten Treppe blieb ich stehen und konnte die Brüder dort stehen sehen. Den Vermieter sah ich nur zur Hälfte. Mein Herz pochte so schnell und doll, dass es fast schon schmerzhaft war. Mein Atem ging schneller und die folgenden Minuten hatte ich ein Rauschen in den Ohren und alles verlief wie in Zeitlupe. "Wie kommst du eigentlich dazu, in dem Zimmer Kameras zu installieren?" Dorians Stimme war tief und bedrohlich und das üble Gefühl in meinem Bauch wurde immer stärker. Der Vermieter fing an aufgeregt zu schreien und beleidigte Dorian. Am Ende zog er sogar eine Waffe, die er Dorian vors Gesicht hielt. "Du wirst mir die Kameras ersetzen, du kleiner Scheißkerl!", fluchte er und mein Herz pochte noch doller. Dorian stand still da und auch Louis regte sich nicht, dann drehte er sich zu mir um und lächelte und dieses Lächeln machte mir mehr Angst, als alles andere jemals zuvor. Es war das Lächeln eines kaltblütigen Mörders. Eines Mannes, der keine Gefühle für jemanden hatte. Das Lächeln eines Mannes, dem es Spaß machte, andere zu quälen und zu ermorden und ich hatte auch noch Mitleid mit ihm, als er von

der mangelnden Liebe seiner Mutter zu ihm gesprochen hatte.
Es dauerte keine Sekunde, da hatte Dorian dem Mann die Waffe aus der Hand geschlagen und ihm am Kragen gepackt, um ihn hinter seinem Empfangstresen hervorzuziehen. Als wäre dieser Mann eine Puppe, schleuderte er ihn gegen die Wand. Der ekelhafte Mann sackte am Treppenende zusammen, sodass er mir fast vor den Füßen lag. Der Zeitlupenmoment dauerte noch immer an und ich betrachtete den wimmernden, dicken Mann. Sein durchgeschwitztes Hemd war hochgerutscht und gab nun freie Sicht auf seinen behaarten schwabbeligen Bauch, der über den Rand seiner abgetragenen Jeans hing. Mit jedem schmerzerfüllten Seufzer wackelte das Fett wie Wackelpudding. Es war beinahe ein belustigender Anblick, wenn der Umstand nicht so beängstigend gewesen wäre. Dorian reichte das aber noch nicht. Er ging zu ihm, packte ihn am Hals, zog ihn wieder hoch und dann flehte der Mann ihn an, ihm nichts zu tun. Er hatte seine Wurstfinger um Dorians Handgelenke gelegt und atmete schwer. Tränen rollten über seine ungewaschene, fettige Haut und verfingen sich in seinem

Fünftagebart. "Bitte, ich werde alle Kameras abbauen und sie nie wieder anbringen, bitte töte mich nicht." Dorian schien ihn gar nicht zu hören und alles was er von sich gab war ein bedrohliches Knurren, was mir einen Schauer über den Rücken jagte. Langsam ging ich rückwärts zwei Stufen nach oben, den Blick auf Dorian und sein Opfer geheftet. Er holte aus und ich konnte beobachten, wie seine Hand zu einer großen Klaue mit langen, spitzen Krallen wurde. Dann knurrte er abermals und versenkte die Klaue im Gesicht des Vermieters. In dem Moment schrie ich auf, drehte mich weg und hielt mir die Hände vor die Augen. Das wollte ich nicht sehen und selbst bei dem Geräusch, wie die Krallen in das Fleisch eindrangen, wurde mir so schlecht, dass ich mich auf der Treppe übergeben musste. Das Rauschen in meinen Ohren war so stark, dass ich kaum noch ein Geräusch wahrnahm. Louis war nun zu mir gekommen und hielt meine Haare fest, damit sie nichts abbekamen.
Er sagte kein Wort, sondern zog mich eilig die Treppe zurück nach oben und in das Zimmer. Dort angekommen brach ich sofort in Tränen aus und ließ mich auf den Boden sinken. "Wieso?", schluchzte ich nur immer

wieder und konnte einfach nicht fassen, was da gerade passiert war.
Louis holte Toilettenpapier und wischte mir den Mund ab. Wie gelähmt saß ich da und konnte mich nicht rühren. Die Tränen liefen einfach und ich konnte es nicht aufhalten. Immer wieder sah ich die Szene und Dorians gefühlloses Gesicht und in meinem Kopf hallte dieses tiefe Knurren wieder.
Louis versuchte gar nicht erst mich zu beruhigen, sondern holte mir Wasser, reichte mir immer wieder Toilettenpapier und strich mir über den Rücken. So furchtbar hatte ich mich noch niemals zuvor gefühlt, aber immerhin hatte ich so etwas Schlimmes auch noch nie mit ansehen müssen. Irgendwann hörte ich auf zu weinen und Louis hob mich hoch, um mich auf das Bett zu legen und dort blieb ich liegen. Ein Gefühl der Leere machte sich in mir breit. Verschwommen bekam ich mit, dass ich irgendwann ganz allein im Raum war und dann kam irgendwann wieder jemand rein, aber ich sah nicht hin. Mein Blick war starr an die Decke gerichtet, kein Gedanke war in meinem Kopf, nur Stille und irgendwann schlief ich vermutlich ein. Als ich wieder aufwachte, war ich zugedeckt und es war stockfinster.

Langsam drehte ich den Kopf und ein unangenehmes Wummern breitete sich in meinen Schläfen aus. Meine Nase drückte pochend und meine Augen brannten. Meine Lippen fühlten sich an, als hätte ich sie mit Schleifpapier bearbeitet und im Mund hatte ich einen säuerlichen, widerlichen Geschmack. Meine Sicht war verschwommen, doch ich hatte das Gefühl, nicht allein im Raum zu sein. "Dorian?", fragte ich leise und jemand bewegte sich durch den Raum auf mich zu. Er legte sich neben mich und nahm mich in die Arme. Mir war bewusst, dass es Louis war, denn ich roch dieses leichte, abgetragene Parfüm und seine Arme waren nicht so kräftig wie die von Dorian, aber das war mir in dem Moment auch egal. Vielleicht hätte ich Dorian auch einfach weggeschickt. Statt dessen kuschelte ich mich einfach an den warmen Körper, der nun neben mir lag und lauschte dem Rhythmus seines Herzens. Der Rhythmus beruhigte mich und er strich mir durch die Haare, sagte aber noch immer kein Wort und dafür war ich ihm dankbar. Er war einfach nur da und das reichte mir schon, um wieder einzuschlafen.

Am nächsten Morgen wurde ich von einem lauten Grollen wach. Regen prasselte gegen die Scheibe und ich lag eingekuschelt unter einer Decke, alleine im Bett. Verschlafen setzte ich mich auf und sah mich um. Im ersten Moment hatte ich Panik, dass sie mich alleine gelassen hatten und ohne mich weiter gezogen waren. Vielleicht fanden sie, dass ich viel zu übertrieben reagiert hatte und sie sowas nicht gebrauchen könnten. In ihrer Welt war so eine Aktion vielleicht halb so wild, aber für mich war das ein schwerer Schock gewesen. Bis jetzt hatte ich in einer sicheren Umgebung gelebt und nichts hatte mich auf diesen Moment vorbereitet. Es war einfach so passiert und ich musste irgendwie damit klar kommen. Angespannt lauschte ich den Geräuschen, die der Regen verbreitete und dann donnerte es wieder. Langsam stand ich auf und schlich zu der Tür, die zu Dorians Zimmer führte und lauschte wieder konzentriert, aber ich hörte nichts, also ging ich rein. Das Zimmer war leer und auch seine Sachen waren weg. Sofort liefen mir wieder die Tränen und ich verfluchte mich, dass ich so eine Heulsuse war. Eigentlich weinte ich nicht so viel, aber diese Sache mit dem Vermieter hatte mich wirklich fertig gemacht. Eilig ging ich ins Bad und auch da war keine Spur von Dorians Sachen, als wäre er nie hier gewesen. Hilflos setzte ich mich wieder auf mein Bett und überlegte, was ich jetzt machen sollte. Vor meinem geistigen Auge sah ich mich schon meinen letzten Rest an Geld zusammen kratzen und wieder nach Hause fahren. Meine Mutter würde sich wundern, dass ich so schnell wieder zurück war. Vermutlich hätte ich ihr erzählt, dass ich mich ganz schlimm mit meiner Freundin gestritten hatte. Sie hätte es mir sicher geglaubt, denn meine Stimmung wäre alles andere als gut gewesen. Meine Hoffnung, Louis und Dorian jemals wieder zu sehen, war verloren. Gerade wollte ich anfangen meine Sachen zusammenzupacken, als die Tür aufging und die Beiden reinkamen. "Ach, das Prinzesschen ist auch endlich wach. Wir dachten schon, du schläfst den ganzen Tag. Wir haben deine Sachen schon ins Auto geräumt und dir was zu essen geholt." Louis grinste breit und zufrieden, doch Dorian hatte den Blick gesenkt. Wie in Trance starrte ich die beiden an. Vor Verzweiflung hatte ich nicht bemerkt, dass auch meine Sachen weg waren. Meine Gedanken drehten sich nur darum, ob Dorian noch da war. "Wie lange hab‘ ich denn geschlafen?" Louis schaute auf seine Uhr. "Tja, also es ist jetzt fast zwölf Uhr. Du bist gestern so gegen neun in dein Schockkoma gefallen, also würde ich sagen, du hast knapp fünfzehn Stunden geschlafen, von denen du allerdings mehrere Stunden geweint hast." Daran konnte ich mich nicht erinnern. "Ich habe im Schlaf geweint?" Louis nickte und schaute mich betroffen an. "Das hat dich wirklich ziemlich mitgenommen. Ich konnte dich nicht allein lassen. Du hast erst geschlafen, als jemand neben dir lag. Da Dorian sich außer Stande sah, sich in deine Nähe zu begeben, blieb das an mir hängen. Geht es dir denn jetzt etwas besser?" Mein Blick ging zu Dorian, der mich reumütig ansah. Seine Stirn lag etwas in Falten und sein Kopf war gesenkt. Er sah aus, wie ein kleiner, süßer, geschlagener Hund. Auf Louis Frage hin nickte ich leicht. Es ging mir nicht wirklich besser, aber auch nicht schlechter, also konnte man das dabei belassen. "Am Besten, du gehst dir einen Schwung Wasser ins Gesicht hauen und dann sollten wir auch bald los fahren. Essen kannst du im Auto." Louis wuselte durch den Raum, half mir beim Aufstehen und brachte mich ins Bad, wo er mich allein ließ. Die

Freude darüber, dass sie doch noch da waren und mich nicht allein gelassen hatten, milderte den Umstand, dass ich etwas Grauenhaftes gesehen hatte und ich konnte sogar etwas lächeln. Als ich allerdings in den Spiegel sah, wäre ich fast umgefallen vor Schreck. So schlimm hatte ich noch nie ausgesehen. Mein Anblick war alles andere als schön, als wäre ich gestorben und die Nacht über im Wasser getrieben. Eine aufgedunsene Wasserleiche. Intensiv wusch ich mir das Gesicht und versuchte dann mit dem Bisschen Make-Up das ich besaß, zu retten was zu retten war. Als ich fertig war, sah ich schon gar nicht mehr so schlimm aus, auch wenn meine Augen knallrot waren und ich sie nicht richtig offen halten konnte, weil sie noch ein bisschen brannten. Dorian stand noch in der Tür zum Hotelzimmer, als ich aus dem Bad kam. Louis war scheinbar schon vor gegangen, um im Auto auf uns zu warten. Unschlüssig wartete ich und er stand da und sah sich verunsichert im Raum um. Gerade wollte ich die Situation einfach verlassen, aber dann fing er doch an zu reden.

"Es tut mir leid." Er sah mich an und sagte es noch mal. "Es tut mir wirklich leid, dass du mich so gesehen hast. Es gibt eben auch diese Seite von mir." Er sprach ruhig und sah mir direkt in die Augen. Was sollte ich machen? Ich hätte ihn anschreien können, ich hätte ihn hassen können, aber alles was ich tat war, ihn zu umarmen. An ihm haftete auch ein gewisser Geruch. Kein abgetragenes Parfüm und dennoch roch es unglaublich anziehend. Hassen konnte ich ihn nicht und er hatte auch niemanden getötet, der ein guter Mensch gewesen war. Damit will ich nicht sagen, dass der Mann es verdient hatte ermordet zu werden, aber die Tatsache, dass er die Menschen hier einfach ohne ihr Wissen gefilmt hatte -und das auf eine sehr ekelhafte Art und Weise- machte es für mich einfacher, die Sache zu akzeptieren. Im Prinzip war ich nicht in der Position, über ihn zu urteilen, denn er war kein Mensch. In ihm schlummerte ein wildes Tier. Diese Situation hatte mir Angst gemacht und ich war mir der Tatsache seines Wesens mehr als deutlich bewusst geworden. Ihn zu tadeln hätte die Sache nicht ungeschehen gemacht. Hassen konnte ich ihn aber auch nicht. Diese Situation ist eskaliert, Dorian hatte die Kontrolle verloren und ich musste mich entscheiden. Rückblickend betrachtet hätte ich vielleicht spätestens an dieser Stelle nach

Hause fahren können, doch vergessen hätte ich es niemals. Es gab nicht nur zwei Seiten, nicht nur schwarz oder weiß, sondern viele Schichten und eine von seinen hatte er mir nun gezeigt. Ohne ein weiteres Wort gingen wir nach unten. Auf der Treppe war nur noch ein dunkler Fleck von meinem Erbrochenen zu sehen und da, wo der Mann sein Ende gefunden hatte, klebte nur ein kleiner Rest Blut.
Was sie mit ihm angestellt hatten, wollte ich lieber nicht wissen.
Als wir das Hotel verließen, hatte es kurz aufgehört zu regnen und ein kleiner Sonnenstrahl brach durch die Wolkendecke und wärmte mir das Gesicht. Es dauerte nur ein paar Sekunden und als es wieder dunkel wurde, fühlte ich mich schon viel besser. Im Auto machte ich mich erstmal über das Essen her und dann trank ich fast eine halbe Flasche Wasser auf einmal aus. Meine Kopfschmerzen waren nur noch ein leichtes Hämmern, das ich ausblenden konnte. "Wo fahren wir eigentlich hin?" Das hatte ich in der ganzen Aufregung ganz vergessen. Hatten wir denn schon einen Plan, eine Idee?
"So ein kleiner Vorort. Ich habe mich etwas im Untergrund erkundigt und

herausgefunden, dass es auch neutrale Hexen und Hexenmeister gibt, die uns vielleicht zumindest schon mal sagen können, wie stark die Hexe mindestens gewesen sein muss, um so einen Bann zu sprechen und vielleicht finden wir ja noch mehr heraus."

Louis schien schon alles genau geplant zu haben und ich war froh, dass er mir die Arbeit abgenommen hatte. Dorian hatte nämlich noch weniger Ahnung was zu tun war als ich.

4

Wir fuhren etwa drei Stunden, bis wir an unser Ziel gelangten. Als wir an dem Willkommensschild vorbei fuhren, versuchte ich, den Ortsnamen zu lesen, aber das Schild war so verrostet und verwittert, dass man nur noch den Anfangsbuchstaben lesen konnte. Willkommen in A.
Louis hatte mir den Namen verraten, als wir losgefahren waren, aber durch die Vorkommnisse am Vortag war ich noch etwas durch den Wind und hatte den Namen schon nach wenigen Minuten wieder vergessen. Allerdings wollte ich auch nicht noch mal nachfragen, denn er hätte sich sicherlich über mich lustig gemacht, also entschied ich mich, den Ort einfach 'A' zu nennen. Wir kamen also in A an und ich hatte mit einer schönen kleinen Siedlung gerechnet, aber hier schien alles irgendwie schon halb zerfallen zu sein, wie man es am Ortsschild schon erahnen konnte. Ungepflegte Grünflächen und ranzige Hausfassaden säumten die Straße, die fast

nur aus Schlaglöchern zu bestehen schien. Bei der Nummer 68 fuhren wir in die Einfahrt und stiegen aus. Das Haus war vermutlich einmal gelb gewesen, aber die Farbe war schon so verwittert und ausgeblichen, dass die Wand wie angepinkelt aussah. Der kleine Vorgarten diente als Abstellplatz für Gerümpel und ich fragte mich, was für ein Mensch in so einer Umgebung leben konnte. Trotz der heißen Temperaturen des Sommers schien mir dieser Ort trist, grau und kalt zu sein, als wäre es hier immer Winter. Der wolkenverhangene Himmel komplettierte das Bild. Sicher war dieser Ort einmal schön und friedlich gewesen, bevor die Wirtschaft oder dergleichen ihn in dieses Tal der Trauer verwandelt hatte. Dorian klopfte an die ungewöhnlich stabil wirkende Tür und nach einer Weile öffnete jemand. Da stand ein junges Mädchen, das vermutlich sogar noch jünger war als ich, vielleicht zwölf oder dreizehn Jahre. Sie hatte schwarze Haare, die von einer blauen Schleife zusammengehalten wurden, blasse Haut und grüne Augen. Es war nicht dieses stechende Grün, wie bei Louis, sondern machte eher einen blassen, verwaschenen Eindruck. Ihr vermutlich einst

weißes Kleid war von frischen Farbflecken übersät, was mich vermuten ließ, dass sie gerade gemalt hatte.
"Hallo, wir wollen zu..."
"Mein Dad ist in der Bar, die Straße runter."
Sie klang nicht sehr begeistert und wollte uns offensichtlich schnell wieder los werden, bevor einer von uns etwas sagen konnte, ging die Tür wieder zu und wir standen da wie begossene Pudel und starrten die verschlossene Tür an.
"Dann also in die Bar.", meinte Louis und ging voran.
Unterwegs schrieb ich meiner Mum eine von den kurzen Nachrichten, die ich ihr schon die letzten Tage geschickt hatte. Auf Telefonieren hatte ich keine Lust, also schrieb ich ihr immer, dass es mir gut ging, ich viel Spaß hatte und sie vermisste und das schien ihr sogar zu reichen. Sie vermutete wahrscheinlich, dass ich so viel Spaß hatte, dass ich es sogar kaum schaffte, ihr die Nachrichten zu schreiben und manchmal wünschte ich, dass ich tatsächlich diesen Spaß hätte. Stattdessen war ich irgendwo in Tristhausen mit zwei, mir eigentlich fremden Männern und suchte nach irgendwelchen Leuten, die in irgendwelchen Bars

rumhingen.
Die Bar war recht abgelegen von den Häusern und sah aus, als würde sie gleich einstürzen. Über der Eingangstür hing ein Leuchtschild, dass nicht mehr funktionierte, auf dem "MugPup" stand. "MugPup? Was ist das denn für ein komischer Name für eine Bar?"
Dorian sah zu dem Schild und zuckte mit den Schultern. "Keine Ahnung, aber das passt irgendwie zum Ortsnamen." Louis kannte den natürlich und ich nickte, als würde ich den Zusammenhang auch sehen, obwohl dieser Ort für mich noch immer A hieß und ich somit gar keinen Zusammenhang sehen konnte. Als wir rein gingen, knallte mir eine dicke Qualmwolke entgegen und ich musste husten.
Es waren nicht viele Leute hier. Ein Mann saß, von vielen Gläsern umringt, schlafend an einem Tisch. Aus seiner Ecke kam der Geruch von Urin und mir wurde gleich wieder ein bisschen schlecht. Sofort versuchte ich, an schöne Gerüche zu denken, wie etwa Rosenduft, frisch gebackener Kuchen oder frisch gemähtes Gras.
"Willst du vielleicht draußen warten?", fragte Dorian, als er den angewiderten Ausdruck in

meinem Gesicht sah.
"Nein, geht schon. Ich atme einfach nicht so viel." Bei dem Versuch ihn anzulächeln, scheiterte ich allerdings kläglich. Drei Männer, die wie Obdachlose aussahen und schon sehr betrunken waren, spielten Poker und beachteten uns gar nicht. Dann gab es noch den Barkeeper und ein einzelner Mann saß an der Bar und ließ sich einen halben Liter Bier schmecken. Eigentlich hatte ich immer gedacht, solche heruntergekommenen Bars gäbe es nur in Filmen, aber ich wurde soeben eines Besseren belehrt. Dass der Laden überhaupt Umsatz hatte, wunderte mich schon, denn keiner hier machte einen besonders wohlhabenden Eindruck und die Preise waren auch nicht wirklich hoch. Mir kam es so vor, als existierte diese Bar nur, damit diese Leute nicht zu Hause rumsitzen mussten und sich so gemeinsam hier betrinken konnten. Von innen sah der Schuppen nicht besser aus, als von außen. Die Holzvertäfelung hatte ihre besten Tage schon lange hinter sich, genau wie der Boden. Auch die Möbel waren reif für den Sperrmüll und von den fünf vorhandenen Lampen leuchteten nur noch zwei, wobei eine von ihnen ab und zu flackerte. Sie würde

bestimmt auch bald den Geist aufgeben, dachte ich abwesend. Louis ging zu dem Barkeeper, der ebenfalls wie ein Barkeeper aus einem Film aussah.
Ein etwas älterer, pummeliger Mann mit Schnauzbart. Er trug ein kariertes Hemd und Hosenträger, die sich über seinen Bauch spannten. Er polierte ein Glas und ich fragte mich, wie lange er das wohl schon tat. Vielleicht war das ja seine Beschäftigung, bis jemand etwas bestellte. Louis fragte nach einem Mann namens Posey. Der Gefragte zeigte stumm auf den Mann mit dem Bier, der sich im gleichen Moment zu Louis umdrehte und ihn zu sich winkte. Dorian und ich stellten uns auch zu ihm. "Ach, so viele. Na dann sollten wir uns vielleicht an einen Tisch setzen." Er rutschte von seinem Hocker und nahm sein Bier mit in eine Ecke, die am weitesten von dem Mann, der sich pepinkelt hatte, weg war.
Wir setzten uns und der Mann namens Posey musterte mich eingehend mit seinen müden grünen Augen. Er war eindeutig der Vater des Mädchens, denn das Grün war genauso blass wie Ihres. "Du bist aber ein Mensch, oder täusche ich mich da?" Er wirkte stocknüchtern, was mich zu der Annahme

brachte, dass er wohl noch nicht lange hier war. Er hatte so einen leichten, freundlichen Schwung in der Stimme, die mein Vertrauen weckte. Beeindruckt von seiner Auffassungsgabe, nickte ich leicht. Woher wusste er nur, dass ich ein Mensch war und scheinbar wusste er auch sofort, dass Louis und Dorian keine waren.

Wir nannten alle nacheinander unsere Namen und er stellte sich mit Posey vor. Scheinbar wollte er uns seinen Vornamen nicht verraten. Posey war kräftig gebaut, aber nicht dick. Seine Haut war dunkelbraun von der Sonne. Durch diese Bräune und den schwarzen Haaren, sah er ein bisschen aus, wie mein Onkel. Es fehlte nur noch der Schnauzbart, aber den hatte er nicht. Unter seinen Augen waren dunkle Ringe, als hätte er seit Wochen kaum oder gar nicht geschlafen und seine Haut machte einen recht ungesunden Eindruck. Das schob ich allerdings auf die schlechte Luft hier, denn ansonsten schien er nicht kränklich zu sein. Seine Sachen waren auch nicht so durchgeschwitzt und dreckig, wie die der anderen Gäste. Er trug ein sauberes Flanellhemd und eine dunkle Jeans und er roch nach Seife. Alles in allem machte er

einen gepflegten und durchaus sympathischen Eindruck.
Dorian erzählte ihm von dem Vorfall mit dem Brand und was wir bisher über die Umstände herausgefunden hatten und Posey schien äußerst beeindruckt zu sein.
"Tja. Es wird euch nicht gefallen das zu hören, aber so einen Bann für eine so lange Zeit auf einen Raum zu legen ist nicht so einfach. Da war eine starke Hexe am Werk.
Es wundert mich, dass euer Amulett sich nicht gemeldet hat. Es sei denn...." Er machte eine Pause und ich platze fast vor Spannung.
"Es sei denn, das Amulett wurde in der Anwesenheit der Hexe erstellt und war nicht auf ihre Energie geprägt. So, als hätte sich die Hexe eine Art Schutzschild gemacht, mit dem das Amulett gar nicht erst auf die Idee kam, dass eine Hexe da ist. Es gibt aber auch die Möglichkeit, dass die Hexe nicht von außen kam, sondern aus dem Inneren der Familie. Damit meine ich, sie ist nicht zum Haus gekommen, sondern war schon die ganze Zeit dort. Das könnte eine Art Fehlfunktion in dem Amulett verursacht haben und deswegen hat es sich nicht gemeldet. Dann gibt es da noch eine dritte Möglichkeit, die euch aber auch nicht

gefallen dürfte. Es könnte sein, dass einer von euch die Hexe ins Haus gelassen hat und dabei das Amulett bei sich hatte, damit kein anderer mitbekommen konnte, dass jemand Fremdes im Haus war."
Mit diesen Informationen konnte ich eigentlich nichts anfangen und sah unbeholfen zu Dorian und Louis rüber, die ein Gesicht machten, als hätte man ihnen grade gesagt, ihr Hamster sei von der Katze gefressen worden.
"Was soll das jetzt bedeuten?" Offensichtlich war ich die Einzige, die auf dem Schlauch stand.
Dorian sah mich an. "Das bedeutet, dass jemand aus unserer Familie den Bann gesprochen, oder sich mit einer Hexe verbündet hat." Es verschlug mir den Atem und mein Mund blieb offen stehen. Das würde bedeuten, dass jemand von ihnen das Haus angezündet und Dorian in diesem Zimmer eingesperrt hatte. "Die Frage ist nur, wer es war." Louis stand auf und sah uns aufgebracht an. "Es gibt nicht viele, die dafür in Frage kommen, Dorian. Mutter kann es nicht sein, weil sie ein Werwolf ist, dazu noch ein Alpha, sie kann also nicht zaubern, nicht mal, wenn sie wollte. Du und ich können es

demnach auch nicht. Es bleiben also noch Vater und Amelie. Wenn du mich fragst, es war Amelie." Dorian stand nun auch auf. "Du spinnst doch. Amelie war keine Hexe! Selbst wenn sie eine war, wieso sollte sie mir sowas antun?" Sie wurden lauter und ich rutschte nervös auf meinem Stuhl hin und her. Es war mir unangenehm, wenn sich jemand stritt und wusste nie, was ich machen sollte. Meistens hielt ich mich raus und wartete ab, bis der Trubel sich legte und sich die Gemüter beruhigten. "Weil sie dich gehasst hat? Sie war eifersüchtig, weil du Mutters perfekter, kleiner Sohn warst. Sie hat dich uns allen vorgezogen, sogar Vater."
Dorian schnaufte wütend und ich sah vor meinem inneren Auge schon wieder Blut spritzen, Möbel zerbersten und große Werwolfklauen. "Das ist nicht wahr. Mutter hat uns alle gleich geliebt und behandelt und nur weil du eifersüchtig bist, heißt es nicht, dass Amélie es auch war." Louis' Gesichtsausdruck veränderte sich ein wenig. Darin lag nun völlige Verständnislosigkeit. "Du willst mir doch nicht wirklich erzählen, dass du das nie bemerkt hättest. Das hat doch schon beim Essen angefangen. Immer hast du den Löwenanteil bekommen und wir

nur das, was dann noch übrig war. Du sollst doch schließlich groß und stark werden. Dir hat sie immer Geschichten vor dem Schlafen erzählt. Sie hat dich getröstet, wenn du traurig warst, weil niemand mit uns befreundet sein wollte. Sie hat alles für dich getan und du hast alles bekommen, was du wolltest und Amelie und ich mussten immer zusehen, wie sie dich mit Liebe überschüttete, die sie uns vorenthielt. Du hast das vielleicht nicht mit Absicht gemacht, aber es war nun mal so, sieh es ein." Es herrschte für eine Sekunde Stille im ganzen Raum und ich spürte ein flaues Gefühl im Magen, als würde es gleich ein Erdbeben geben. Für einen kurzen Moment wollte ich einfach raus gehen, mir irgendwo ein Eis kaufen und den warmen Tag auf mich wirken lassen, doch ich blieb natürlich. Außerdem hatte es auch wieder zu regnen angefangen. Dorian holte aus und verpasste Louis eine Ohrfeige, die sich gewaschen hatte. Es klatschte so laut, dass es sogar einen Hall gab. Louis riss die Augen auf und knurrte seinen Bruder bedrohlich an. Posey griff nach meinem Arm und zog mich vom Stuhl hoch, wobei ich mich am Tischbein stieß. Bevor ich auch nur auf die Idee kam, mir das

Knie zu halten und zu jammern, zog mich der Mann eilig in ein Hinterzimmer. "Ich finde, wir sollten uns da nicht einmischen und die Sache aussitzen. Sich in den Streit von zwei so jungen Wölfen einzumischen kann tödlich enden. Stell dir nur mal vor, du bekämst das ab, was für den anderen bestimmt war. Ihre Wunden heilen wieder, aber dir würde dann alles raus hängen." Er hatte eine interessante Wortwahl. Bei mir würde alles „raus hängen", vermutlich meinte er mein Inneres, was er auch anders hätte formulieren können. Immerhin war ich ein zartes, unschuldiges Mädchen und empfindlich, wenn es um solche Sachen ging. Wieder musste ich an den schmierigen Mann mit den Kameras in dem Hotel denken und wie Dorian ihn zugerichtet hatte. Es lähmte mich noch immer und auch jetzt würde ich mich vermutlich übergeben, wenn ich so etwas noch mal sehen müsste. Posey hatte sicher Recht damit, sich zu verstecken, damit ich nicht in Mitleidenschaft gezogen wurde.
Er setzte sich auf einen Stuhl und trank sein Bier aus, was er offensichtlich mitgenommen hatte. Was mich betraf, stand ich unschlüssig im Raum und starrte die Tür an. Schon nach kurzer Zeit hörte man es rumpeln und

knallen und klirren. Es klang, als würde eine Horde von zwanzig Mann die Bar auseinander nehmen wollen, doch es waren nur zwei Brüder, die lange aufgestaute Frustration raus ließen.
Die Schlägerei dauerte nicht sehr lange, klang aber sehr intensiv und als es ruhig war, schaute ich zu Posey, der nur nickte. Also ging ich schnell wieder raus. Die Bar sah aus, als hätte eine Bombe eingeschlagen. Die Männer, die gepokert hatten, waren scheinbar geflüchtet. Ihr Tisch war in zwei Hälften gebrochen und die Karten lagen überall im Raum rum. Die meisten Stühle hatte es komplett zerfetzt und an den Wänden waren tiefe Einkerbungen von Krallen zu sehen. Der Mann in der Ecke saß noch an Ort und Stelle und schnarchte leise, aber die Gläser waren alle zerbrochen. Der Barkeeper tauchte hinter seiner Bar auf und schaute sich erschrocken um. Äußerlich ganz ruhig und innerlich sehr panisch, ging ich ein paar Schritte und sah Dorian auf dem Boden, an der Bar lehnend, sitzen.
Vorsichtig hockte ich mich neben ihn. Seine Sachen waren voller Blut und seine Hände auch. Im Gesicht hatte er auch Blut, aber nicht eine einzige Wunde. Der

Selbstheilungprozess hatte ganze Arbeit geleistet.
"Es war nicht Amelie. Es kann nicht Amelie gewesen sein. Sie ist doch meine Schwester."
Er sprach mehr mit sich selbst, schien mich gar nicht zu bemerken. Vorsichtig legte ich meine Hand auf seine Schulter und er hob den Kopf und sah mich mit einem Blick an, der mir eine Gänsehaut verpasste. Diese tiefe Emotion konnte ich nicht zuordnen und plötzlich zog er mich zu sich und umarmte mich.
Nach kurzer Zeit spürte ich, wie sein Körper ab und zu zuckte und dann hörte ich ein Schluchzen. Er konnte doch nicht einfach so weinen. Er war doch ein Mann, ein gefährlicher Werwolf, doch er weinte einfach so und hielt mich im Arm und ich war fest entschlossen, ihn erst dann loszulassen, wenn er es zuerst tat.

5

Das Beben dieses starken Körpers ließ langsam nach und seine Atmung wurde wieder ruhiger. Er lehnte sich wieder etwas zurück, aber nur soweit, bis wir Stirn an Stirn da saßen.
Es vergingen viele Sekunden, bevor er anfing zu sprechen. "Was soll ich denn jetzt machen?"
Seine Stimme war nur ein leises, brüchiges Flüstern. Nie hätte ich gedacht, dass seine Stimme so klingen konnte. Auch ich brauchte einen Moment, bevor ich antworten konnte, denn Dorians traurige Stimmung hatte auch mich betrübt und ich musste einen dicken Kloß runter schlucken.
"Wir sollten erst mal versuchen, Amelie zu finden und dann wird sich sicher herausstellen, ob sie es getan hat, oder nicht. Ich finde, bis wir es nicht genau wissen, sollten wir uns nicht fest legen und vor allem solltest du dich deswegen nicht so fertig machen."

Er nickte leicht, lehnte sich dann an die Bar und ließ den Kopf in den Nacken fallen. Seine Augen waren ganz rot und sein Gesicht war nass von den Tränen. Noch nie zuvor habe ich einen Mann weinen sehen und dieser Anblick raubte mir den Atem. Er sah noch immer irgendwie stark und unbesiegbar aus und gleichzeitig so zerbrechlich, wie eine Porzellanfigur.

Erst jetzt, als ich mich umsah stellte ich fest, dass ja einer fehlte. Die Tür stand weit offen und ließ Tageslicht in die dunkle Bar fallen. "Wo ist er denn hin?" An Louis hatte ich nicht mehr gedacht und ich hatte ein schlechtes Gewissen deswegen. Immerhin war er sicher genauso verletzt und aufgebracht wie Dorian und nun ganz alleine. "Zurück zum Auto, denk ich mal. Wie sollen wir denn bitte herausfinden, ob sie eine Hexe ist. Sie könnte uns auch genauso gut anlügen. Wenn sie nämlich eine ist, dann können wir nicht erkennen, ob sie lügt. Hexen sind schlau und hinterlistig." Dorians Stimme war nun wieder fester und ich konnte einen unheimlichen Unterton in seinen Worten hören. "Nehmt doch das Amulett.", schlug Posey vor, der nun hinter mir stand und seufzend das Chaos betrachtete. Dorian aber

schüttelte müde den Kopf und wischte mit der Hand übers Gesicht.
"Das Amulett hat die Hexe in unserem Haus schon nicht erkannt. Wie sollte es denn jetzt besser funktionieren, wenn sie es war." Er sprach nun ganz sachlich, als ob es ihn eigentlich nichts angehen würde.
"Ich kann es neu kalibrieren und zwar so, dass wirklich jede Hexe gefunden wird. Jimmy, mach unserem Freund hier doch schnell einen Drink für die Nerven, damit wir uns um die anderen Sachen kümmern können."
Der Barkeeper nahm eins der wenigen Gläser, die noch nicht kaputt waren und kippte irgendeinen straken Alkohol hinein. Posey reichte das Glas dann Dorian weiter, der es ohne mit der Wimper zu zucken in einem Zug leerte. Allein bei dem Geruch hätte ich schon husten können, weil es so stark nach Alkohol und Kräutern roch, dass es mir in der Nase zog. Oft fragte ich mich, wie manche Leute dieses Zeug wie Wasser trinken konnten.
"Also gehen wir jetzt erst mal zu Louis und dann beschaffen wir das Amulett." Den Plan fand ich gut. Posey und ich halfen Dorian hoch, der noch ein bisschen wacklig auf den

Beinen war, doch als wir draußen waren, konnte er schon wieder ganz normal laufen und löste sich aus unserer Stütze. Dorian bewegte sich langsamer als er Louis sah, der an seinem Auto lehnte, die Arme verschränkt hatte und scheinbar in Gedanken war. Durch den Regen war er nun ziemlich nass. Das Wasser tropfte von Nase, Kinn und seinen Haaren. Auch er sah ziemlich ramponiert aus, zumindest seine Kleider, denn seine Wunden waren sicherlich schon verheilt, bevor er das Auto überhaupt erreicht hatte. Dorian und er schienen sich wirklich nichts geschenkt zu haben. Noch nie zuvor habe ich erlebt, wie zwei Leute sich so sehr gestritten haben. Allein das Wortgefecht war schon sehr erbarmungslos gewesen. In dem Moment konnte ich mir gut vorstellen, dass die Worte, die sie sich an den Kopf geschmissen hatten, mehr Schmerzen verursacht hatten als die Schläge.

"Du kannst das Auto stehen lassen, es ist nicht weit bis zu mir.", rief Posey Louis zu und steuerte auf sein Haus zu, bei dem wir zuvor schon gewesen waren. "Ich weiß.", murmelte der blonde Mann und folgte uns langsam, den Blick auf den Boden gerichtet. Mich überkam das Bedürfnis, etwas

Schlichtendes zu sagen, doch mir fiel absolut nichts ein, was die Situation hätte besser machen können. Die Brüder sahen sich noch immer nicht an, als wir dem Haus näher kamen und Posey verschwand erst mal darin. Frostiger hätte die Atmosphäre nicht sein können und langsam reichte es mir. "Weißt du, wo das Amulett ist?" Ich tat einfach so, als wäre dieser ganze Unsinn nicht passiert.
Louis überlegte einen Moment. "Ich hab keine Ahnung, aber Mutter weiß es sicher. Ich glaube manchmal, es gibt nichts was diese Frau nicht weiß."
Er zog ein Handy aus seiner Hose und ging ein Stück von uns weg, um zu telefonieren und vermutlich, um der Situation mit Dorian aus dem Weg zu gehen. Mir wurde es in dem Regen langsam ein wenig zu nass, also stellte ich mich vor Posey's Tür, denn darüber befand sich ein kleines Dach. Dorian stellte sich neben mich. Er sah so unglaublich traurig aus und ich wusste nicht, wie ich ihn aufmuntern konnte. "Es wird bestimmt alles gut. Ich bin mir ganz sicher, dass das Ganze nur ein Missverständnis ist."
Dorian sah mich an und lächelte, als würde er meinen kläglichen Versuch schätzen, es aber nicht glauben. "Und wenn nicht? Wenn

sie eine Hexe ist und mich für immer einsperren wollte, aus Eifersucht?" Darauf wusste ich keine Antwort. Die Wahrscheinlichkeit, dass das zutraf, war erdrückend hoch. Hilflos lehnte ich mich an ihn und bettete meinen Kopf an seinen Arm. Im Hintergrund konnte ich Louis Stimme hören und als er aufgelegt hatte, kam er wieder zu uns.

"Mutter hat es nicht mehr. Ist wohl bei dem Feuer verloren gegangen. Sie konnte kaum etwas mitnehmen." Kurz herrschte Stille und dann fiel mir etwas ein. "Ich glaube, ich weiß wo es ist. Hanne war doch mal im Haus und hat etwas mitgenommen. Sie hat es mir gezeigt und jetzt ratet mal, was das war." In meinem Bauch machte sich ein merkwürdiges Kribbeln breit. Es war die ganze Zeit da gewesen und es ist mir nicht in den Sinn gekommen.

"Das Amulett? Sie hat es mitgenommen?" Louis schien erstaunt und erbost gleichermaßen, doch sein Blick erhellte sich dennoch.

"Ich glaube zumindest, dass es das war. Es war eine Kette mit einem großen Anhänger, aber der war so verkohlt, dass man kaum noch etwas erkennen konnte."

"Und wo wohnt sie?" Posey stand nun in der Tür und hatte eine Jacke unter dem Arm und Autoschlüssel in der Hand. Scheinbar hatte er meine kleine Epiphanie mitbekommen.
"Gaping Hill.", antwortete Dorian trocken. Scheinbar war seine Stimmung noch immer nicht die beste.
"Dann also nach Gaping Hill. Ich fahre euch hinterher. Nehmt es mir nicht übel Jungs, aber nach der Show gerade fahre ich lieber mit meinem Auto." Das klang sehr vernünftig und einen Moment lang überlegt ich, ob ich nicht lieber bei Posey mitfahren sollte, doch wer sollte sich dann als Schlichter zwischen die Brüder stellen, wenn sie wieder anfingen sich gegenseitig aufzustacheln.
Dann war es also beschlossene Sache. Wir mussten nach Gaping Hill zurückfahren und der alten Hanne einen Besuch abstatten, denn scheinbar hatte sie das Amulett, mit dem wir herausfinden konnten, ob Amelie eine Hexe war, oder nicht.

Diesmal saß ich vorne und Dorian auf der Rückbank. Es war meine Entscheidung gewesen. Die beiden brauchten jetzt ein bisschen Ruhe voneinander, damit sie alles verarbeiten konnten und so fiel es ihnen

auch leichter, sich ein bisschen zu ignorieren, was sie auch taten.
Auf der Fahrt döste ich immer wieder weg, bis Louis das Radio anschaltete und ich gänzlich einschlief. Erst als wir in Gaping Hill ankamen wurde ich wieder wach.
Es wurde langsam dunkel draußen und den Regen hatten wir weit hinter uns gelassen. Als ich mich umsah stellte ich fest, dass wir schon bei Hanne in der Einfahrt parkten und nachdem ich ausgestiegen war, musste ich mich erst mal ausgiebig strecken und lange gähnen. Anschließend sah ich mich genau um, ob auch niemand auf der Straße war, der mich erkennen könnte und dann zu meiner Mum rannte, um ihr zu berichten, dass ich mit zwei Fremden Männern unterwegs war. Zumal es im Moment ja sogar drei Männer waren. Posey hatte sein Auto an den Bürgersteig gestellt und sah sich interessiert um. Schnell und geduckt huschte ich zu Hannes Tür und klingelte. Innerlich betete ich, dass sie da war, was ja eigentlich Quatsch war. Diese Frau verließ schließlich so gut wie nie das Haus. Sie hatte sogar jemanden, der die Einkäufe für sie erledigte. Mir fiel ein, dass ich sie nie gefragt hatte, wieso sie die Außenwelt so scheute.

Allerdings war jetzt auch nicht der richtige Zeitpunkt, um solche trivialen Fragen zu stellen. Tatsächlich öffnete sich die Tür und Hanne stand lächelnd da. "Michelle, schön, dass du mich wieder besuchst." Ihr Lächeln erstarrte als sie zuerst Dorian und dann Louis ansah und ich fürchtete, sie würde jeden Moment in Ohnmacht fallen, doch sie blieb standhaft.
"Das ist ja merkwürdig.", sagte sie nur nachdenklich, ging dann ins Haus zurück und ließ die Tür offen, damit wir ihr folgen konnten. Toby kam um die Ecke geschossen, um mich zu begrüßen, blieb abrupt stehen und starrte die Männer an. Sein buschiger kleiner Katzenschwanz stellte sich auf und sein gesamtes plüschiges Fell stellte sich auf. Er fauchte aufgebracht und weg war er wieder.
Hanne war derweil in der Küche verschwunden, um für alle Tee zu machen und wir machten es uns inzwischen im Wohnzimmer gemütlich. "Hat ja ganz schön viel Kram, die alte Dame.", stellte Louis fest und sah sich interessiert um. "Und sie hat zu allem hier eine Geschichte auf Lager.", antwortete ich ihm und hoffte, er würde sie nicht dazu bringen, über irgendein

belangloses Stück zu erzählen. Das würde uns nämlich wertvolle Stunden kosten, die wir auch mit der Suche nach Amelie verbringen konnten. Zudem waren auch nicht alle Geschichten wirklich spannend und unterhaltend. Schon nach kurzer Zeit kam Hanne mit einem Tablett voller klappernden Tassen in den Raum und verteilte den Tee. Dann setzte sie sich in ihren Sessel und rührte in ihrer Tasse herum.
"Also, was kann ich denn für euch tun?"
Sie tat so, als ob es völlig normal war, dass zwei ihrer damaligen Mitschüler noch so aussahen, wie vor fünfzig, fast sechzig Jahren und nun in ihrem Wohnzimmer saßen und Tee tranken.
"Wir haben uns doch neulich über das Haus der Familie Chien unterhalten und dann hast du mir eine Kette gezeigt, die du in dem Haus gefunden hast. Kann ich die vielleicht noch mal sehen?"
Hanne schaute mich überlegend an, als ob sie sich nicht sicher war, wovon ich überhaupt redete.
"Bitte, es ist sehr wichtig." Dorian sah sie eindringlich an und irgendetwas passierte in ihrem Gesicht, das ich nicht deuten konnte. Es war, als hätte sie grade eben erst bemerkt,

wen sie vor sich hatte. Sie nickte wie hypnotisiert, stellte ihre Tasse weg und ging zu dem Schränkchen, aus dem sie auch zuvor schon die Kette rausgeholt hatte. Die kleine Schachtel ging nun an Dorian, der sie öffnete und das Amulett heraus nahm.
"Das ist es.", sagte Louis mit einem Hauch Freude in der Stimme und seine Augen fingen an zu glänzen. Dorian betrachtete das verkohlte Stück und drehte es zwischen seinen Fingern, als ob er etwas suchen würde.
"Lass mal sehen."
Dorian gab es Posey, der noch im Türrahmen lehnte und als er es berührte leuchtete es, als ob jemand auf einen Lichtschalter gedrückt hätte. "Es funktioniert also noch. Im Moment aber nur, wenn eine Hexe, oder ein Hexer in meinem Fall, es berührt. Durch das Feuer und die lange Zeit ist der Zauber darauf abgeflaut, aber ich kann ihn erneuern und stärker machen."
"Na das klingt doch super." Louis' Optimismus ging weder auf mich, noch auf Dorian über, aber wenigstens einer sah darin etwas Gutes. Genau genommen war ich auch froh darüber, dass wir das Amulett so schnell gefunden hatten. Andererseits hatte ich

Angst davor, ob es bei Amelie reagieren würde und ich vermutete, dass es Dorian nicht anders ging.
"Ich werde es mit zu mir nach Hause nehmen. Es wird wahrscheinlich ein, oder zwei Tage dauern, bis es sich aufgeladen hat, aber ihr könnt gerne in meinem Haus übernachten. Allerdings unter der Bedingung, dass ihr euch benehmt. Wenn ihr zwei wieder anfangt euch zu prügeln, werde ich ungemütlich und glaubt mir, das wollt ihr ganz sicher nicht."
Louis und Dorian tauschten kurz beschämte Blicke aus. "Ja, kein Problem, aber ich schlafe mit Michelle in einem Zimmer.", meinte Louis eilig und grinste mich breit an.
Zunächst war ich etwas sprachlos, doch dann stemmte ich gespielt empört die Hände in die Hüften.
"So weit kommt's ja noch." Louis konnte schon wieder Witze machen, also schien es bei ihm schon nicht mehr so schlimm zu sein.
"Wir werden ja noch sehen. Du kannst ruhig zugeben, dass du gerne das Bett mit mir teilen würdest, das würde uns viel Zeit ersparen."
Dorian schüttelte leicht den Kopf und senkte

den Blick. "Ein Gentleman warst du in dieser Hinsicht ja noch nie, Louis. Lass das arme Mädchen in Ruhe." Hanne klang belustigt und dennoch lag ein gewisser Ernst in ihrer Stimme. Überrascht sah ich Hanne an, als sie das sagte. Scheinbar hatte sie schon ihre Erfahrung damit gemacht. Louis hob resignierend die Hände hoch und grinste frech in die Runde. "Ich tue nichts, was sie nicht will." Kurz herrschte Stille und ich vermutete, jeder dachte darüber nach, was man ihm darauf antworten konnte, aber scheinbar beschloss jeder für sich selbst, das Thema einfach bleiben zu lassen.
"Also dann. Hanne, es war wirklich atemberaubend dich wieder zu sehen und ich freue mich, dass du dich noch so guter Gesundheit erfreust, aber wir müssen dich jetzt leider wieder verlassen. Der Tee war übrigens wunderbar." Louis stand auf, gab Hanne einen Handkuss und verließ, wie ein stolzer Gockel, zuerst den Raum.
"So ein Lümmel. Der wird sich wohl nie ändern.", wetterte Hanne amüsiert hinter ihm her und schüttelte den Kopf. Dorian wandte sich ihr zu und nahm ebenfalls ihre Hand. "Danke für alles, Hanne.", auch er küsste ihre Hand und die alte Dame wurde

auf einmal ganz verlegen. Sie sagte nichts weiter dazu, sondern lächelte ihn nur lieb an. Die beiden sahen in diesem Moment unglaublich vertraut aus, als hätten sie eine gemeinsame Vergangenheit, aber von Hannes Erzählungen her kannten sich die beiden doch kaum. Nachdem Dorian seinem Bruder nach draußen gefolgt war, stand ich auch auf. Posey verbeugte sich vor Hanne wie ein Ritter. "Ich danke für den Tee und wünsche ihnen einen schönen Tag." Hanne lächelte ihn an und hob zum Abschied ihre Hand. Nachdem auch er gegangen war, umarmte Hanne mich. "Mach mir keinen Kummer, Michelle. Wenn du wieder da bist, musst du mir alles erzählen und bring mir irgendetwas mit, ja?" Vermutlich wollte sie eine weitere Erinnerung in ihrem kleinen privaten Museum lagern.
Fest drückte ich sie an mich und dann gab ich ihr einen Kuss auf ihre faltige Wange.
"Natürlich bring ich dir was mit." Auf dem Weg nach draußen lief ich Toby über den Weg, doch er kam nicht zu mir, sondern starrte mir unsicher hinterher als ich vorbei ging. Scheinbar hatte ich es mir bei ihm verscherzt oder ich stank für ihn bestialisch nach nassem Hund. Es schmerzte mich

schon, dass unsere Beziehung so ein plötzliches und unschönes Ende genommen hatte und Toby schien sich mit der Situation auch nur schwer anfreunden zu können, denn als ich wieder zurück zum Auto geschlichen war und mich auf den Beifahrersitz drückte, saß Toby am Fenster und beobachtete mich mit wachen Augen. Entweder er vermisste mich jetzt schon oder er passte auf, dass auch alle Besucher wieder verschwanden.
Als wir wieder los fuhren, rutschte ich so weit in den Sitz, wie ich konnte.
"Was soll eigentlich diese Ninjanummer die ganze Zeit?" Louis wusste ja nicht, dass ich in der gleichen Straße wohnte und meine Mum davon ausging, dass ich noch eine ganze Weile in New York bleiben wollte. "Siehst du das Haus da hinten, mit dem hübschen Vorgarten und dem gelben Zäunchen? Da wohne ich und wenn meine Mum mich hier mit euch sieht, wird sie ausrasten, also frag nicht weiter nach, sondern fahr endlich." Louis lachte und startete den Wagen. Nachdem wir außer Sichtweite waren, konnte ich mich auch wieder normal hinsetzen. Während der Fahrt, fragte ich mich immer wieder, was wir ein, oder zwei Tage in diesem

heruntergekommenen Kaff machen sollten. Am aller wenigsten wollte ich die ganze Zeit in dem Haus hocken müssen und die Bar war auch nicht gerade das Richtige für ein siebzehnjähriges Mädchen, obwohl es bis zu meinem achzehnten Geburtstag auch nicht mehr allzu lange hin war und dennoch wollte ich nicht in so einer Bar meine Zeit verbringen. "Ob Posey interessante Bücher hat?" Mir die Zeit mit lesen zu vertreiben, war nicht der schlechteste Gedanke. "Wenn wir da sind, kannst du ihn ja fragen. Aber wenn du eine Beschäftigung suchst, hätte ich da vielleicht eine Idee." Louis schaute mich mit einem eigentlich eindeutigen und alles sagenden Blick an und zusätzlich wippte er noch mit den Augenbrauen, was ihm irgendwie die Ernsthaftigkeit nahm. Kurz starrte ich ihn an, dann sagte ich trocken "Ich denke, ich werde sicherlich irgendwo ein interessantes Buch finden. Zur Not hat die kleine Tochter sicherlich irgendwo noch ein Bilderbuch aus ihren Kleinkindtagen." Die Anspielungen von Louis machten ihn immer richtig unsympathisch, dabei konnte er so nett sein. Durch die Nummer mit den Augenbrauen wirkte das zwar wie ein Witz, aber mir war dabei trotzdem unwohl zumute.

Zu sagen, dass er sich ein wenig Taktgefühl und Zurückhaltung von seinem Bruder abgucken könnte, verkniff ich mir. Vermutlich hätte er uns aus dem Auto geschmissen und laufen lassen, wenn ich es gewagt hätte, ihn mit seinem Bruder zu vergleichen und dann auch noch auf so eine Art und Weise.

6

Als ich vor Poseys Haus stand, sträubte sich etwas in mir drin, es zu betreten. Wenn es von außen schon so heruntergekommen aussah, wie würde dann erst das Innere aussehen? Seine kleine Tochter tat mir irgendwie schon ein bisschen leid. In so einer Umgebung zu wohnen erschien mir eine Herausforderung für ein kleines Mädchen.
Wohl oder übel musste ich aber reingehen. Im Auto schlafen konnte ich ja schlecht und sicherlich würde ich auch irgendwann auf die Toilette müssen. Büsche waren absolut keine Option für mich, also überwand ich mich und trat ein. Zunächst musste ich mir die Augen reiben und mehrmals blinzeln, um zu begreifen, dass ich mich wirklich in diesem Haus befand. Eigentlich hatte ich eher den Eindruck, ich wäre ganz woanders. Das Innere des Hauses war sauber und schön und alles strahlte und blitzte.
Auf dem Boden waren dunkle Holzdielen verlegt, die scheinbar auf Hochglanz poliert wurden. Mir war es richtig unangenehm, mit

meinen staubigen Schuhen darauf zu gehen. Die Wand im Flur war weiß und überall hingen Fotos von Posey, seiner Tochter und einer wunderschönen Frau.
"Ich bin beeindruckt." Damit sagte Louis das, was ich dachte. "Ihr glaubt doch nicht, dass ich meine Tochter in einem versifften Haus aufwachsen lasse. Ich zeig euch eure Zimmer." Sofort bekam ich ein schlechtes Gewissen, weil ich so schlecht von Posey gedacht hatte. Er führte uns die Treppe nach oben und auch hier wollte ich kaum auftreten, denn auf den Stufen lag ein Teppich, der aussah, als wäre er unbezahlbar. Es war merkwürdig, denn das Haus schien nicht nur blitzeblank zu sein, sondern auch größer, als es von außen den Eindruck gemacht hatte. Als wir oben ankamen, streckte sich der Flur scheinbar wie von selbst aus. Links von der Treppe gab es drei Räume, von denen eines ein Bad, eines Poseys Schlafzimmer und das letzte ein Gästezimmer war. Louis hatte den Entschluss gefasst, auf jeden Fall das Zimmer neben meinem zu nehmen. Dorian rollte mit den Augen und nahm einfach das Zimmer, neben Poseys Schlafzimmer. Sonderlich begeistert war ich zwar nicht von

der Idee, sagte aber auch nichts dazu. Streiten konnten wir uns später noch genug über unwichtige Dinge. Direkt daneben, also genau gegenüber vom Treppenende war das nächste Gästezimmer, in das Louis schon stürzen wollte, aber ich hielt ihn zurück mit der Begründung, die beiden ganz sicher nicht nebeneinander bleiben zu lassen. Posey hatte sich bezüglich einer Prügelei sehr deutlich ausgedrückt und ich war bereit alles zu tun, um das zu vermeiden, also nahm ich das Zimmer neben Dorians und Louis bekam dann das daneben. Demnach war ich also genau zwischen den beiden. Zusätzlich zu diesen Zimmern gab es noch ein weiteres großes Bad, ein kleineres Bad, wo es nur eine Toilette gab und noch zwei weitere Zimmer. Eines davon schien das Zimmer von Poseys Tochter zu sein und bei dem letzten stellte er sich davor und sah uns ernst an. "Keiner von euch darf jemals in dieses Zimmer gehen. Das ist mein Arbeitszimmer und ihr habt dort nichts zu suchen. Ich sage das nicht nur, weil es dort viele wertvolle Sachen gibt und ich euch nicht vertraue. Vielmehr können viele dieser Gegenstände bei falschem Gebrauch sehr gefährlich werden. Zu falschem Gebrauch gehört in diesem Fall auch unwissentliche Benutzung." Seine Stimme war klar und präzise und brannte sich förmlich in meinen Kopf ein. Meine Neugier setzte komplett aus und irgendwie blendete ich sogar aus, dass dieses Zimmer überhaupt in diesem Haus war. Wir drei nickten einverstanden. Vermutlich war keiner von uns besonders erpicht darauf, eines dieser gefährlichen Gegenstände in die Finger zu bekommen, außer vielleicht Louis in einem Anflug von übermütigem Größenwahn. Ich fragte mich, ob Posey irgendeinen Zauber angewandt hatte, der das Haus größer machte, oder es kleiner aussehen ließ, als es eigentlich war. Die Frage lag mir schon auf der Zunge, doch ich verschob das auf später, denn die Führung war noch nicht beendet. Nachdem das mit den Zimmern geklärt war, gingen wir wieder nach unten und setzten uns in die große Küche, die aussah, als wäre sie aus einem Katalog eins zu eins übernommen worden. Ob sie schon jemals benutzt worden war, fragte ich mich, denn alles sah nigelnagelneu aus. Sogar die hübschen Barhocker, auf denen wir saßen, machten den Eindruck, dass noch nie zuvor jemand auf ihnen gesessen hatte. Das Leder knarrte sogar

noch, wenn man sich bewegte.
Posey verschwand kurz nachdem er uns etwas zu trinken hingestellt hatte und kam mit seiner Tochter wieder, um sie uns offiziell vorzustellen. Ihr Name war Nora und sie sah der Frau auf den Bildern sehr ähnlich, also vermutete ich, dass es sich um ihre Mutter handelte. Sie hatte ebenfalls sonnengebräunte Haut und dunkle Haare und ein sehr süßes, kleines Gesicht. Bei Dorian und Louis war Nora sehr vorsichtig und zurückhaltend, aber ich verstand mich auf Anhieb mit ihr. Louis schien ihr etwas Angst zu machen und man merkte ihm an, dass er nicht so viel mit Kindern anfangen konnte. Er redete hauptsächlich mit Posey und ignorierte Nora förmlich.
Dorian schien sie zwar etwas einzuschüchtern, aber sie sah ihn immer wieder verstohlen und fasziniert an. Nachdem sie eine Weile bei uns gesessen hatte, fing sie an sich mit ihm zu unterhalten und ich bekam das Gefühl, dass sie sich mochten. Es war allerdings auch nicht sehr schwer, Dorian zu mögen, was man von Louis nicht behaupten konnte.
"Ihr seid Werwölfe? Kann ich das mal sehen?", fragte sie dann ganz unverblümt

und mit vor Erwartung glänzenden Augen. Posey sah sie erschrocken an, als hätte sie einen zweideutigen Witz gemacht, was in ihrem Alter eher unwahrscheinlich gewesen wäre.
"Nein! In diesem Haus werdet ihr euch nicht verwandeln. Ich will nicht mal eure Augen leuchten sehen, verstanden?" Dorian und Louis nickten eilig. Posey hatte einen ziemlich strengen Ton angeschlagen, also schien ihm das sehr wichtig zu sein. Das konnte ich natürlich gut nachvollziehen. Wenn ich mir das so überlegte, würde ich auch nicht wollen, dass meine Tochter zusah, wie sich ein normaler Mann in eine große, blutrünstige Bestie verwandelte. Kuscheltiere waren die beiden sicherlich nicht. Obwohl ich zu gerne auch mal gesehen hätte, wie sie sich verwandeln, doch das hatte noch Zeit.
Posey nahm mich kurz zur Seite und trug mir auf, ein Auge auf Nora zu haben und darauf zu achten, dass sie den Brüdern nicht auf die Nerven ging. "Es gibt wirklich nichts Schlimmeres, als einen genervten Werwolf." Sein Blick ruhte bei der Aussage auf Louis, der das sehr wohl gehört hatte und nun dämlich grinste.
Posey verkroch sich in seinem

Arbeitszimmer, um sich dem Amulett zu widmen und überließ uns dem angebrochenen Abend, der allmählich zur Nacht wurde. Wir redeten nicht sehr viel miteinander. Eigentlich hingen wir nur gelangweilt in der Gegend herum und versuchten irgendwie die Zeit rumzubekommen. Zuerst saß ich mit den anderen vor dem Fernseher und bemerkte, dass Dorian fasziniert von allem zu sein schien. Er starrte gebannt auf den viereckigen Kasten, selbst wenn nur Waschmittelwerbung lief. Darüber musste ich schmunzeln, aber es war schon verständlich. Immerhin konnte er in seinem Gefängnis kein Fernsehen gucken. Irgendwann ging ich nach draußen und lief die Straße auf und ab. Es war menschenleer, heiß und trocken, obwohl es schon nach Mitternacht war. Hier bekam ich das Gefühl, in einer Wüste gelandet zu sein und deshalb hielt ich es auch nicht sehr lange draußen aus. Deshalb setzte ich mich dann in die Küche, wo es einen Ventilator gab und las mir irgendwelche Zeitschriften durch, die dort herum lagen. Louis war seit einer Weile schon wieder in die Bar gegangen und ich sah mir dann mit Dorian einen lustigen Film im

Fernsehen an. Nora schlief bereits friedlich in ihrem Bett und langsam überkam auch mich die Müdigkeit. Dass ich überhaupt noch wach bleiben konnte, wunderte mich schon. Irgendwann hörte ich von Dorian's Seite aus ein leichtes Schnarchen und ich musste leise kichern, als ich ihn ansah. Er hing in einer unbequem aussehenden Pose an der Sofalehne und schlief tief und fest. Gerade wollte ich ins Bett gehen, als oben die Tür aufging und Posey heraus kam. "Ich mach mir noch schnell was zu essen, möchtest du auch was?" Verdutzt sah ich ihn an. Scheinbar hatte er noch nicht auf die Uhr geguckt. Allerdings konnte ich noch etwas zu essen vertragen, also ging ich mit ihm in die Küche und half ihm dabei. Er erzählte mir ein bisschen über das Amulett und was genau er damit machte, damit es aufgeladen wurde. Allerdings verstand ich nur die Hälfte davon und viele Wörter, die er benutzte, kannte ich nicht mal, aber die Warnung, die er aussprach, prägte sich ein.

"Wenn ihr einer Hexe begegnet, die euch erkennt und euch nicht wohl gesinnt ist, lauft einfach weg. Besonders die zwei Werwölfe sollten rennen, so schnell sie können. Eine Hexe kann ihnen unerträgliche Schmerzen

bereiten, ohne sie nur einmal zu berühren."
Wie schlimm so eine Begegnung werden konnte, wollte ich mir gar nicht erst vorstellen.
"Ich werde aufpassen und ich hoffe, wenn ich sage sie sollen wegrennen, dass sie das dann auch tun."
"Ich schätze Dorian wird sicher auf deinen Rat hören, aber Louis scheint zu denken er sei unbesiegbar. Ich hoffe er fällt nicht auf sein freches Mundwerk mit dieser Einstellung. Oder vielleicht würde genau das ihm mal ganz gut tun, aber ich würde es ihm nicht empfehlen, denn wenn er erst mal ausgeknockt ist kann er schnell getötet werden." Das waren ja keine rosigen Aussichten.
"Weißt du, was besonders wirkungsvoll gegen Werwölfe ist?"
Keine Ahnung, wieso ich das wissen wollte, aber vielleicht war es mein Selbsterhaltungstrieb, oder meine Neugier, oder weil ich dann besser darauf achten konnte, wann sich die beiden in Gefahr brachten.
"Ach, eigentlich kannst du sie mit allem, was spitz und scharf ist, angreifen. Zumindest um zu entkommen ist es ganz gut. Wenn du

einem Werwolf wirklich Schmerzen bereiten willst, setz sie unter Strom, oder benutz etwas mit Widerhaken, dass sie sich nicht so einfach wieder raus ziehen können." Er redete ganz ruhig, als ob er mir gerade erklären würde, wie man Nudeln kocht, oder so etwas in der Art. "Was ist mit Silber, oder diesem Gewächs?" Posey lachte. "Also Silber, na ja. Es ist schon etwas stärker, als anderes Metall. Ich schätze mal sie sind geringfügig darauf allergisch, aber töten würde es sie nicht. Es sei denn, du übergießt sie mit flüssigem Silber, aber wer würde da nicht draufgehen... und was das Gewächs angeht, das du meinst... Das hat keine Wirkung auf sie. Einige brühen sich sogar sehr gerne einen Tee daraus. Ich habe mal einen getroffen, bei dem hatte das eine Wirkung wie Katzenminze auf ein Kätzchen." Wir mussten beide lachen und ich stellte mir vor, wie Louis sein Gesicht an der Pflanze rieb und dabei genüsslich schnurrte. Bei Dorian war es gar nicht so abwegig, dass er so darauf reagieren würde. Es war einfach ein zauberhaftes Bild, dass sich da vor meinem inneren Auge auftat.
"Und wie kann man sie töten?", fragte ich dann, noch immer ein bisschen

schmunzelnd.
"Mach Hackfleisch aus ihnen. Am besten, du hackst den Kopf ab und zur Sicherheit auch die Gliedmaßen und dann verbrenn alles und um ganz sicher zu sein, veranstalte eine Seebestattung."
Einen Werwolf zu töten war scheinbar aufwändiger, als ich gedacht hatte, oder Posey übertrieb ein wenig und dann kam mir eine Frage in den Sinn.
"Ich frage mich gerade, wenn die Hexen es so leicht haben einen Werwolf zumindest kampfunfähig zu machen, wieso sind sie dann noch nicht intensiver gegen sie vorgegangen? Ich meine, ich wünsche es mir nicht, aber es wundert mich schon." Posey sah mich eine Weile nachdenklich an bevor er antwortete. "Auch Hexen brauchen für solche Kräfte ein gewisses Maß an Erfahrung und müssen viel Kraft für einige Zauber aufbringen. Wir können nicht einfach mit den Fingern schnipsen und Hokus Pokus rufen. So ein Lähmungszauber ist nicht einfach auszusprechen. Ich sage ja nicht, dass jede Hexe, die euch begegnet das tun kann, oder wird. Ich sage nur, dass ihr vorsichtig sein solltet, denn theoretisch könnte jede, die ihr trefft dazu in der Lage

sein." Die Erklärung leuchtete mir ein und beruhigte mich tatsächlich ein bisschen. Wenn Zaubern doch nicht so einfach war, dann hatten Dorian und Louis vielleicht doch eine Chance gegen diese Hexen.

Als Posey und ich unseren Mitternachtssnack einnahmen, war Louis immer noch nicht wieder da. Ein bisschen machte ich mir schon Sorgen, was mich vom Einschlafen abhielt, denn ich war danach eigentlich sofort nach oben gegangen. Dorian hatte sich, während Posey und ich uns unterhalten haben, scheinbar in sein Zimmer verkrümelt, denn er lag nicht mehr schief auf dem Sofa. Zaghaft klopfte ich bei Dorian an die Tür, der scheinbar schon wieder tief und fest geschlafen hatte, denn als er die Tür öffnete, sah er ganz verschlafen aus und gähnte.
"Entschuldige, ich wollte dich nicht wecken, ich dachte du bist noch wach."
"Ich bin mehr oder weniger im Halbschlaf hier hochgekommen und einfach nur noch ins Bett gefallen. Komm rein."
Verwundert stellte ich fest, dass sein Zimmer fast genauso aussah, wie meins. Das Bett stand vor dem Fenster, gegenüber stand ein alter Schrank aus Eiche und neben der Tür

befand sich ein kleiner Schreibtisch. Außerdem gab es überall Pflänzchen, die den Raum lebendig wirken ließen.
Er setzte sich auf sein Bett und versuchte seine Augen wach zu halten.
"Ich kann auch wieder gehen, ich meine... es ist nicht so wichtig." Nun hatte ich ein schlechtes Gewissen, weil ich Dorian geweckt hatte wegen meiner Sorgen um Louis und kam mir deshalb irgendwie blöd vor. "Nein, schon okay. Was gibt's denn?" Dorian versuchte zu lächeln, musste aber wieder gähnen.
Unschlüssig stand ich im Raum und überlegte, ob es wirklich so klug war, ihn jetzt nach Louis zu fragen.
Immerhin war das im Moment ein heikles Thema bei uns allen. Wenn Dorian mich wütend nach draußen geschickt hätte, dann wäre ich nicht böse gewesen, denn es wäre durchaus verständlich, zumindest für mich. Also teilte ich ihm meine Gefühle mit.
"Also, ich weiß, das kommt jetzt bestimmt merkwürdig rüber, aber ich mache mir Sorgen um Louis. Er ist schon so lange weg. Ich glaube, er fühlt sich hier nicht willkommen. Nicht nur wegen Posey, sondern auch wegen...."

"... wegen mir.", beendete er den Satz und ließ sich auf den Rücken fallen.
Unsicher ging ich zu ihm und setzte mich neben ihn. "Mach dir keine Sorgen. Dem geht's gut. Vermutlich sitzt er in der Bar und genehmigt sich ein oder zwei Bier und morgen früh steht er frisch und munter auf der Matte und baggert dich wieder an." Er klang nicht sehr überzeugend und zum Ende hin schien er zynisch zu werden. "Ich finde es auch nicht so toll, dass er dauernd solche Sachen zu mir sagt. Ich meine, ich bin schließlich erst siebzehn und ich hatte noch nie einen Freund, oder auch nur ansatzweise jemanden, der sich für mich interessiert hat und damit hatte ich auch überhaupt keine Probleme. Wieso kann er das nicht einfach lassen." Dorian stützte sich auf seine Arme und sah mich verwirrt an. "Du hattest noch nie einen Freund und keiner hat sich für dich interessiert? Das ist ungewöhnlich." Inständig hoffte ich für Dorian, dass er jetzt nicht auch noch damit anfing, dass ich ja total hübsch sei und den ganzen Kram, den Louis immer zu mir sagte. "Ich meine, in deinem Alter hat man doch eigentlich wenigstens schon darüber nachgedacht, oder nicht?"

Zugegeben, auch ich hatte gewisse Gedanken in diese Richtung, doch ich hatte bisher noch keine Gelegenheit, mich einem Jungen wirklich zu nähern. Vielleicht war ich auch zu sehr in meine kleine Welt vertieft und ließ unbemerkt niemanden an mich heran. Ein Seufzen kam mir über die Lippen. "Manche Mädchen in meinem Alter haben sogar schon Kinder." Wieso ich das jetzt so emotionslos sagte, wusste ich selbst nicht. Meiner Meinung nach sollte kein Mädchen mit sechzehn ein Kind bekommen.
"Es gab eine Zeit, da waren Mädchen in deinem Alter schon verheiratet." Dorian schmunzelte.
"Da kann ich ja von Glück reden, dass wir nicht mehr im Mittelalter leben und ich das selbst entscheiden kann." Mir war bewusst, dass es auch heutzutage noch zu Kinderheirat kam und das behagte mir ganz und gar nicht. "Oder magst du keine Jungs?"
Geschockt riss ich die Augen auf und starrte ihn ungläubig an. Fragte er mich gerade, ob ich lesbisch bin? "Also, ich habe zwar keinerlei Probleme mit Homosexualität, aber ich kann doch behaupten, dass ich eindeutig zu den Heteros dieser Welt gehöre."
In seinem Gesicht zeichnete sich ein

glückseliges Lächeln ab, als ob er zutiefst froh über diese Antwort war. "Das war ja eine sehr diplomatische Antwort. Entschuldige, ich wollte dich nicht in Verlegenheit bringen. Ist Louis nicht dein Typ, oder kommst du einfach nur mit seiner Art nicht klar?" Nun war ich doch sehr verwundert über diese Fragerei. So interessiert war Dorian doch sonst nicht und vor allem nicht, wenn es um Louis ging.

"Keine Ahnung. Hässlich ist er nicht, aber sein Charakter ist so verworren. Ich kann ihn einfach nicht einschätzen. Ich weiß nicht, was von dem Zeug, das er so sagt, auch wirklich ehrlich gemeint ist und was er einfach nur so sagt, weil er denkt, dass ich es hören will."

Dorian seufzte. "Ja, so hat er das schon immer gemacht, sogar als wir noch ganz klein waren. Ich habe das gleiche Problem. Manchmal ist er so freundlich zu mir, dass ich mich frage, ob er das nur macht, um mich zu verwirren, damit er mir dann umso heftiger in den Rücken fallen kann. Er hat aber auch seine Momente, wo er es wirklich ehrlich zu meinen scheint, aber das alles verschwimmt so sehr. Ich werde auch nicht schlau aus ihm und ich bin sein Bruder."

Dorian klang irgendwie traurig als er das sagte.
"Ich glaube, eigentlich ist er ein guter Kerl, hat aber Angst, verletzt zu werden. Deswegen stößt er andere vor den Kopf, bevor sie es bei ihm tun können." Ob meine Vermutung nun stimmte, oder nicht, war in dem Moment eigentlich egal. Es tat gut zu wissen, dass Dorian auch nicht viel leichter mit seinem Bruder klarkam, ihn aber scheinbar noch nicht aufgegeben hatte. Erschöpft ließ ich mich auch sinken und dann lagen wir nebeneinander und schwiegen uns an. Diese Stille empfand ich aber nicht als unangenehm, sondern eher einschläfernd. Bevor ich den Entschluss fassen konnte, wieder in mein Zimmer zu gehen und zu schlafen, schlummerte ich schon tief und fest neben Dorian.

Es war schon hell, als ich wach wurde, aber ich hätte am liebsten weitergeschlafen. So gemütlich hatte ich es schon lange nicht mehr gehabt. Es war so warm um mich herum und ein gleichmäßiges Pochen hielt mich im Dämmerzustand. Dazu kam, dass sich mein Kissen scheinbar in einem langsamen Rhythmus hob und senkte, was

ich faszinierend fand. War das vielleicht ein angenehmer Zauber von Posey, um uns sozusagen in den Schlaf zu wiegen? So musste sich ein Baby fühlen, das in den Armen der Mutter, oder des Vaters sanft hin und her gewogen wurde.
Irgendwann öffnete ich dann doch meine Augen, schließlich konnte ich ja nicht den ganzen Tag schlafen. Erst jetzt viel mir wieder ein, dass ich ja gar nicht in meinem Zimmer war, sondern in Dorian's. Dann fiel mir auf, dass das Zauberkissen gar kein Kissen war, sondern Dorian's Brust, auf der mein Kopf lag und die Wärme kam auch von ihm, wir waren nämlich nicht zugedeckt. Wir lagen auch noch immer irgendwie schräg auf dem Bett und meine Beine hingen halb runter.
Dorian war scheinbar schon wach, denn als ich den Kopf hob, sah er mich lieb an und lächelte umwerfend. Da war es wieder, das Schwindelgefühl. "Tschuldige.", nuschelte ich und versuchte mich hinzusetzen, was nicht so leicht war. Bei dem Versuch fiel ich fast vom Bett, aber ich konnte mich gerade noch so halten, an Dorians Shirt. Er zog mich dann wieder richtig hoch, weil ich noch irgendwie auf halb acht hing und in eine Starre

verfallen war, damit ich nicht runterrutschte. So eine peinliche Aktion schon am frühen Morgen. Der Tag musste ja gut werden.
"Wofür entschuldigst du dich?" Er klang ganz ruhig und nett, sogar ein bisschen belustigt.
"Na ja, ich bin hier einfach eingeschlafen und hab das halbe Bett und dich irgendwie auch ziemlich in Beschlag genommen." Meine Verlegenheit muss offensichtlich gewesen sein, doch ihn schien das weniger zu stören. Mir kam es sogar so vor, als hätte ihm das ganze etwas gefallen.
"Ich verzeihe dir.", sagte er dann in einem todernsten Ton und sah mich an wie ein König, der soeben jemandem den Galgen erspart hatte und brachte mich damit zum lachen.
Mein Magen fing an zu knurren und ich freute mich schon aufs Frühstück.
"Ich geh erst mal duschen und dann gibt's hoffentlich Essen. Bis dann."
Gerade, als ich aus dem Zimmer kam, stand Louis im Flur und sah mich entgeistert an. Ohne ein Wort zu sagen, verschwand er in seinem Zimmer. Da ich keine Lust auf ein unnötiges Drama hatte, ging ich wortlos duschen, um dann nach unten zu gehen und Posey dabei zu helfen, das Frühstück zu

machen. "Wie geht's mit dem Amulett voran?"
"Sehr gut. Spätestens morgen früh sollte es fertig aufgeladen sein. Dann könnt ihr euch erst mal überlegen, wie ihr die Gesuchte überhaupt finden wollt."
Daran hatte ich noch gar nicht gedacht. Keiner wusste, wo Amelie überhaupt steckte und vor allem, ob sie noch lebte. "Kann man das nicht irgendwie auspendeln, oder so?"
Posey lachte auf die Frage. Einmal mehr wurde mir bewusst, dass ich eindeutig viel zu viele Bücher über solche Themen gelesen hatte. "Könnte man schon, aber ich bräuchte dazu ihr Blut. Ich könnte sie aber auch lokalisieren, wenn ich etwas Persönliches von ihr hätte. Das wäre dann allerdings nicht so genau wie pendeln, sondern würde nur die Stadt, oder ein Detail über ihren Aufenthaltsort preisgeben."
Während ich die Teller auf dem Tisch verteilte, überlegte ich ein bisschen über diese beiden Möglichkeiten. Genau zu wissen, wo sie steckte, würde schon ziemlich gut sein, doch auch nur eine Richtungsangabe könnte uns nützlich sein.
"Ich glaube, sogar das würde uns schon weiterhelfen. Immerhin wüssten wir dann, in

welcher Richtung wir überhaupt suchen müssen. Vielleicht hat ja die Mum von den beiden noch etwas von ihr." Nach dem Frühstück, bei dem Louis mit Abwesenheit geglänzt hatte, erzählte ich Dorian, was Posey mir gesagt hatte und irgendwann kam Louis dann doch noch aus seinem Zimmer und machte sich über die Frühstücksreste her. Dorian meinte, ich soll Louis nach etwas von Amelie fragen, denn mir würde er sicherlich eine nettere Antwort geben als seinem Bruder. Nachdem sich Louis satt gegessen hatte, ging ich zu ihm und versuchte, so freundlich wie möglich zu sein.
"Guten Morgen. Wir haben uns schon Gedanken darüber gemacht, wie wir Amelie ausfindig machen könnten, wenn das Amulett fertig ist. Meinst du, eure Mutter hat irgendwas Persönliches von eurer Schwester?" Aus irgendeinem Grund war es mir ziemlich unangenehm, mit ihm zu reden. Als hätte ich ihn irgendwie verletzt und wusste das auch genau, aber ich hatte nichts getan und das wusste ich ziemlich sicher. Zumindest war ich dieser Ansicht.
"Keine Ahnung. Ich ruf sie nachher mal an und frag sie." Er sah mich nicht an, sondern kratzte noch den Joghurtbecher aus, den er

soeben mit zwei Zügen geleert hatte. Seine Stimme war eiskalt und seine Haltung zeigte mir ganz offensichtlich, dass ich mich jetzt wieder anderen Dingen zuwenden sollte. "Sag mal, habe ich dir irgendetwas getan? Ich meine, du bist so abweisend, mehr als sonst. Geht's dir wirklich gut?" Louis starrte mich einen Moment lang nur an, dann legte er seine Hand auf meine und lächelte. "Machst du dir etwa so große Sorgen um mich, mein Schatz?" Genervt zog ich meine Hand weg und stand auf. "Du kannst einfach nicht ehrlich sein, oder?"
Wutentbrannt ließ ich ihn dort mit seinem blöden Becher sitzen. Es machte mich so rasend, dass er sich von allen abschirmte und immer nur irgendwelche dummen Sprüche abließ. Wie sollte ich ihn denn so mögen lernen. Aufgebracht ging ich raus, in den schmutzigen Garten. Die Blumen waren alle verblüht und vertrocknet und der Rasen war ganz braun, verdorrt von der Hitze der Sonne, die den ganzen Tag erbarmungslos alles Leben aus dem saftig grünen Gras saugte. Sofort fragte ich mich, wieso Posey den Garten nicht auch schön machte und dann wünschte ich mir, ich wäre in unserem Garten zu Hause. Überhaupt wäre ich jetzt

am liebsten zu Hause bei meiner Mum gewesen. Dann hätte ich mich bei ihr über Louis aufregen und einen guten Rat von ihr bekommen können, wie ich mit ihm umgehen sollte. Sie anrufen und mich beschweren konnte ich ja auch schlecht. Wenn sie wüsste, dass ich mich hier mit Brüdern herumschlagen musste, die sich nicht besonders mochten, würde sie mich vermutlich nach Hause beordern und das ging jetzt auf keinen Fall. Natürlich könnte ich es so auslegen, dass es nur um Louis ging, der mit meiner Freundin bekannt war und ich ihn deshalb irgendwie in meine Ferien integrieren musste, doch ich wollte meine Lüge gar nicht erst weiter ausbauen. Am Ende würde ich nur vor einem großen Haufen Unwahrheiten stehen, der immer größer werden würde und mich dann irgendwann unter sich begrübe. Das wollte ich nicht und meine Mutter sicher auch nicht. Mir war sowieso schon ganz flau bei der Lüge, die ich ihr wegen Dorian und diesem kleinen Abenteuer hier auftischen musste. Unschlüssig stand ich in dem hässlichen Garten und war komplett überfordert mit der Situation.

Obwohl es momentan gar nicht so übel lief.

Es war das Zwischenmenschliche, das mich zur Verzweiflung brachte. Eine Wolke, die bis eben noch die Sonne verdeckt hatte, zog langsam weiter und Wärme begann auf meinem Gesicht zu prickeln. Louis kam zu mir und stellte sich neben mich, ohne mich anzusehen. "Ich weiß, dass ich echt anstrengend sein kann und das tut mir ehrlich leid."
Er drehte sich zu mir und stupste mich mit der Schulter an. Da war es wieder. In einem Moment war er so biestig, dass ich ihm am liebsten den Kopf abreißen würde und jetzt entschuldigte er sich so ehrlich, dass ich ihm kaum noch böse sein konnte. "Na komm, du willst doch gar nicht sauer auf mich sein. Eigentlich magst du mich doch sogar. Es ist erschreckend, dass ich dir das noch sagen muss." Sicher war ich mir nicht, ob das mit dem mögen tatsächlich zutraf, aber ich wollte wirklich nicht sauer auf ihn sein. Wir hatten auch so schon genug Dinge, um die wir uns Gedanken machen mussten. "Könnt ihr nicht versuchen, euch zu vertragen? Ich werde noch verrückt, wenn ich ständig Angst haben muss, dass ihr aufeinander losgeht, wenn ich nicht da bin." Lachend legte er einen Arm um mich. "Ich kann’s versuchen, aber hast du

Dorian das gleiche gefragt, als du die Nacht mit ihm verbracht hast? Oder hattet ihr keine Gelegenheit, um überhaupt miteinander zu reden."
Wie mit dem Hammer getroffen, sah ich ihn an. War das sein Ernst?
"Wie bitte? Wir haben nichts gemacht." Sofort begann ich zu schwitzen, was vielleicht auch an der Sonne und Louis Wärme lag. "Wieso klopft dann dein Herz so schnell, als hättest du gerade einen Sprint hinter dir? Dorian macht dich ganz nervös, oder etwa nicht? Glaubst du, er merkt das nicht? Er kann deinen Herzschlag auch hören und weiß sicherlich genauso gut wie ich, was das zu bedeuten hat. Er ist nur zu feige, um darauf entsprechend zu reagieren." Er beugte sich zu mir runter und sah mir mit seinen stechend grünen Augen direkt in meine Seele, zumindest fühlte es sich so an und ich war wie gelähmt. Fühlten sich so die Fliegen in einem Spinnennetz? Das gefährliche Monster würde sie gleich fressen, doch die Fliegen waren zu erstarrt, um sich zu wehren, was auch nichts gebracht hätte, denn sie klebten ja im Netz. Oder ein Reh auf der Straße, das wie angewurzelt stehen bleibt, wenn die hellen Lichter eines Autos

auf es zukommen. Vor meinem inneren Auge sah ich, wie das Auto mit den hellen grünen Lichtern auf mich zu kam, es bremste nicht und es hupte auch nicht. Der Crash und mein Tod waren unvermeidbar und obwohl sich alles in mir dagegen wehrte, konnte ich nicht fliehen. Meine Beine waren am Boden festgeschraubt, meine Hände und Füße an den Gelenken zusammengeschnürt und mein Herz arbeitete auf Hochtouren. Louis Augen leuchteten leicht auf, bevor er sie schloss und mich küsste.

In meinem Kopf brach ein Sturm los und tobte durch meinen ganzen Körper. Meine Augen gingen immer weiter auf und ich hielt die Luft an. In meiner Brust schlug eine Kirchenglocke in Höchstgeschwindigkeit von links nach rechts und brach mir fast die Rippen.

Mein Magen drehte sich in Loopings durch meinen Bauch und dann wurden meine Knie wie Wackelpudding. Während dieses Vorganges vergingen höchstens zwei Sekunden, doch das sprengte meinen Verstand. Schon löste er sich wieder ganz leicht von mir und ich merkte richtig, dass er anfing zu grinsen. Einen Moment lang schloss ich die Augen, um mich zu sammeln, dann holte ich aus und verpasste ihm eine Ohrfeige, die er definitiv gespürt haben musste. Jedenfalls hatte ich sie noch drei Tage später in den Fingern. Aufgebracht stapfte ich zurück ins Haus und überlegte, was ich jetzt machen sollte. Eine Ablenkung musste jetzt her und dann kam Dorian auf mich zu.

"Hey, was ist denn mit dir los?" Sein Blick ging nach draußen, wo Louis noch immer rumstand, sich die Wange hielt und dumm vor sich hin grinste. "Was hat er gemacht?", fragte Dorian entgeistert und war schon drauf und dran, nach draußen zu gehen. Schnell hielt ich seinen Arm fest und zog ihn zurück. "Er hat gar nichts gemacht. Vertragt euch gefälligst, sonst sehe ich mich leider dazu gezwungen, euch beide im Meer zu versenken." Mein Ton war rabiater, als ich geplant hatte und Dorian zog verwirrt die Augenbrauen hoch. "Okay... ", sagte er langgezogen und kniff dann seine Augenbrauen zusammen, als würde er versuchen, eine winzig kleine Schrift zu lesen.

"Wirklich alles okay bei dir?" Noch immer genervt, schnaufte ich laut. "Mir geht's gut!", fuhr ich ihn an und verschwand nach oben,

in mein Zimmer. Einige Minuten lang lief ich aufgebracht auf und ab und dann holte ich mir ein Buch aus der Küche. Mit irgendeinem von denen, die Posey mir hingelegt hatte, als ich ihn beim Frühstück danach gefragt hatte, verzog ich mich für den Rest des Tages in das Zimmer. Das Schloss der Tür drehte sich herum und nun konnte auch niemand mehr reinkommen und mich stören.
Weder Louis, noch Dorian sollten die Möglichkeit haben, mir auf die Nerven zu gehen. Diese Aktion im Garten hatte mich so dermaßen durcheinandergebracht, dass ich einfach nur stur auf die erste Seite des Buches starrte. Das tat ich ungefähr eine Stunde, bevor ich merkte, dass ich gar nicht las, sondern einfach nur das Gefühl dieser weichen Lippen immer wieder Revue passieren ließ. Meine Welt war komplett aus den Fugen geraten. Mein erster Kuss und das unter diesen Umständen. So hätte das nicht ablaufen dürfen. Natürlich wollte ich schon irgendwann mal geküsst werden, aber nicht so und nicht so unfreiwillig. Er hatte mich ja förmlich hypnotisiert mit seinen schönen, grünen Augen und ich war schließlich auch gefesselt und am Boden festgeschraubt

gewesen. Doch in meinem tiefsten Inneren wusste ich, dass ich auch hätte weggehen können. Ich hätte einfach gehen können. Er hatte mich nicht festgehalten, mich zu nichts gezwungen und ich hatte es geschehen lassen. Wieso hatte ich es geschehen lassen? Irgendwann, als ich schon Kopfschmerzen von dem ganzen Gegrübel hatte, fing ich dann wirklich an zu lesen. Als Posey mich zum Abendessen holen wollte, lehnte ich dankend ab. Durch die Tür sagte ich ihm, ich hätte keinen Hunger, was gelogen war. Mir war einfach nicht nach Gesellschaft und da nahm ich meinen knurrenden Magen eben in Kauf.

Etwas später klopfte es wieder an der Tür und Dorian meldete sich zu Wort. "Mach schon auf. Du solltest wirklich etwas essen. Wenigstens ein kleines Bisschen. Ich kann den Teller auch einfach hinstellen und du nimmst ihn dir, sobald ich weg bin. Falls ich dir irgendetwas getan habe, tut es mir leid."

Verlegen starrte ich die Tür an. Dorian hatte mir nichts getan und dennoch fühlte er sich schuldig und jetzt brachte er mir auch noch etwas zu essen. Dieses Gefühl, ich war hin und her gerissen. Eigentlich wollte ich niemanden sehen, dass Dorian dachte ich

wäre sauer auf ihn, lag allerdings auch nicht in meiner Absicht. Seufzend ging ich zur Tür, schloss auf und ließ ihn rein.
Als er so dastand mit dem Teller in der Hand und mich merkwürdig verzweifelt musterte, bekam ich ein richtig schlechtes Gewissen. Wo es herkam, wusste ich nicht, aber ich fühlte mich wirklich mies. Er setzte sich auf mein Bett und stellte den Teller auf seinen Schoß, ich stand noch immer an der Tür, die ich jedoch bereits geschlossen hatte. "Was ist los?", fragte er mit ehrlich besorgter Stimme und ich setzte mich neben ihn, obwohl ich wollte, dass er wieder geht. Stumm starrte ich auf den Teller, den er mir jetzt unter die Nase hielt und wusste nicht, was ich sagen sollte. Was im Garten passiert war, sollte Dorian eigentlich nichts angehen und es sollte mich auch nicht so fertigmachen, dass ich es ihm nicht gesagt habe, aber es machte mich fertig. "Louis hat mich geküsst.", sagte ich schließlich und sah weiter auf den Teller, den ich ihm nun abgenommen hatte. Dorian blieb stumm. Meine Neugier drängte mich dazu ihn anzusehen, denn ich wollte seine Reaktion wissen, aber ich traute mich nicht, den Blick zu heben. War er sauer? War es ihm egal? Gleichermaßen wollte ich es wissen

und auch nicht wissen. "Okay.", sagte er leise und machte eine lange Pause. "Deswegen die Ohrfeige?" Nachdem ich leicht genickt hatte, sah ich ihn doch an. Er sah verwirrt und auch enttäuscht aus. "Ich wollte das nicht.", sagte ich eilig und wusste nicht, wieso ich versuchte, Dorian die Sache zu erklären. "Du musst dich nicht vor mir rechtfertigen. Louis kann sehr anziehend sein." Seufzend schüttelte ich den Kopf.
Er verstand es nicht, oder wollte es nicht verstehen. "Nein, er hat mich irgendwie hypnotisiert. Ich konnte mich gar nicht bewegen. Wenn ich gekonnt hätte, wäre ich sicherlich weggegangen. Ich lass mich doch nicht einfach so küssen." Dorian lächelte leicht und sah mich an. "Das war dein erster Kuss, stimmt's?" Woher wusste er das? Er sah auf einmal so verständnisvoll aus. "Was, was hat das denn damit zu tun, dass ich mich nicht bewegen konnte?"
"Eigentlich alles. Du warst innerlich bereit und Louis hat das gesehen und ausgenutzt. Sei doch froh, jetzt hast du‘s hinter dir." Er stand auf und wollte gehen und dann fing ich schon wieder an zu weinen. Ich hatte es also hinter mir? Das klang, als wäre küssen gleichzusetzen mit einem Zahnarztbesuch.

"Was ist nur los mit mir.", schluchzte ich leise. Dorian sah mich etwas hilflos an und meine Sicht verschwamm. "Ich heule doch sonst nicht so viel."
Er setzte sich wieder und nahm mich in den Arm. "Eine Menge komische Sachen sind passiert in den letzten Tagen. Ist doch ganz normal, dass deine Nerven irgendwann schlapp machen." Als ich den Kopf hob, wischte er mir die Tränen von den Wangen, dann küsste er meine Stirn.
Diese kleine Geste bedeutete mir viel mehr als dieser merkwürdige Kuss im Garten. Dorian leistete mir noch eine Weile Gesellschaft, während ich den Teller leerte und dann ließ er mich wieder alleine. Das Buch rührte ich nicht mehr an, stattdessen ging ich eigentlich gleich ins Bett und versuchte zu schlafen, doch das gestaltete sich sehr schwierig. So viele Sachen gingen mir durch den Kopf, dass ich irgendwann alles miteinander vermischte.
Bereit zu schlafen wälzte ich mich von einer Seite zur anderen. Da waren noch so viele Dinge, die ich wissen wollte. Da war Amelie, die ich finden wollte und herausfinden, ob sie eine Hexe war und ob sie das mit Dorian gemacht hatte. Wenn nicht, wollte ich noch

immer wissen, wer es getan hatte. Über diesen Krieg, der zwischen Hexen und Werwölfen tobte, wollte ich auch mehr erfahren. Warum sie sich so sehr hassten und wie lange das schon ging. Doch diese Dinge rückten in den Hintergrund.
In den letzten Tagen hatte ich mehr damit zu tun, über Louis und Dorian nachzudenken und das machte mir Angst und es störte mich. Männerprobleme waren so unglaublich normal und ich hatte mir vorgenommen, mich nie so komisch zu verhalten und auch nie so komisch zu fühlen und jetzt war ich so verwirrt, dass ich nicht einmal mehr wusste, was ich fühlte. Diese beiden raubten mir noch den letzten Nerv. Mir kam der Gedanke, wenn ich das alles überstanden hatte, konnte ich mich getrost einweisen lassen. Meine Nerven lagen blank und das nur wegen Louis. Kurzerhand fasste ich den Entschluss, mich von diesem lächerlich kurzen Kuss nicht so aus der Bahn werfen zu lassen.
Am nächsten Morgen stand ich ganz früh auf und ging duschen, half Posey wieder beim Frühstück machen und beschäftigte mich mit Nora, die mir schon ihre ganzen Bilder gezeigt hatte. Sie hatte wirklich Talent, wie

ich fand und ich riet ihr, irgendwann ihre Bilder zu verkaufen. Louis wurde von mir eiskalt ignoriert. Er konnte ruhig büßen für diesen Fehltritt, was es eindeutig gewesen war. Posey übergab das Amulett, dass im Laufe der Nacht fertig aufgeladen wurde, meiner Obhut. "Pass gut darauf auf. Am besten ihr bewahrt es so auf, dass es niemand sieht und zeige es nicht mehr Leuten als nötig." Selbst als Posey in der Nähe war, schimmerte das Amulett in vielen verschiedenen Farben und blinkte leicht. "Wieso bekommt Michelle das Amulett?" Posey warf Louis einen bösen Blick zu. Jeder wusste, dass ich den Vortag nur wegen ihm so komisch drauf gewesen war und nicht aus meinem Zimmer rauskommen wollte. Dorian wusste sogar, wieso. "Weil sie von euch dreien die ist, der ich vertraue." Louis seufzte genervt und ging schon mal zum Auto, um dort auf uns zu warten. "Also Michelle. Das Amulett fängt an zu schillern, wenn Hexen in der Nähe sind und wenn sie näherkommen, dann blinkt es und je stärker es blinkt, desto näher ist die Hexe. Wenn also eine hinter dir steht, hast du da also sozusagen eine Stroboskopkette." Er lachte über seinen raffinierten Wortwitz und demonstrierte den

genannten Effekt, indem er sich entfernte und wieder näherkam und tatsächlich blinkte das Amulett als er neben mir stand so heftig, dass man es kaum noch als Blinken wahrnehmen konnte.
"Wenn ihr etwas von Amelie gefunden habt, dann ruft mich an und ich komme vorbei. Ich würde ja jetzt schon mitkommen, aber Nora sollte nicht so viel alleine sein und außerdem wäre es verschwendete Zeit, wenn ihr nichts Persönliches von dem Mädchen finden würdet."
Das klang plausibel und zum Abschied umarmte ich den Mann. Nora umarmte sogar Dorian, bevor wir zu Louis ins Auto stiegen. Er bekam von der Kleinen nur ein kurzes Winken und von Posey ein leichtes Nicken. Die Beifahrertür stand schon offen, als Louis durch den Rückspiegel zu Dorian sah. "Na, du hast es der kleinen Göre ja richtig angetan." Sofort knallte ich die Tür zu und stieg hinten ein, um mich neben Dorian zu setzen. Es war wirklich nicht zu fassen, wie respektlos dieser Möchtegernkomiker war.
Louis guckte mich verwirrt an, doch ich wich seinem Blick aus. "Fahr los.", sagte Dorian unbeeindruckt und das tat Louis auch. Während der Fahrt sagte ich kein Wort, denn

ich war sehr sauer.

7

Schon als wir in New York vor der zerfallenen Villa parkten, überkam mich ein mulmiges Gefühl.
"Irgendwas stimmt nicht." Scheinbar spürte Dorian es auch und Louis ebenfalls. Als ich ausstieg, betrachtete ich die Villa aufmerksam. Sie sah aus wie vorher, aber irgendetwas war definitiv anders. Louis schloss das Auto ab und ging langsam zur Tür. Er bewegte sich sehr vorsichtig und lauschte, bevor er die Tür öffnete. "Es riecht sehr stark nach Blut.", flüsterte er und als ich ihm rein folgen wollte, hielt Dorian meinen Arm fest. "Warte lieber erst, bis er das Okay gibt. Wenn noch jemand da drin ist, bist du vielleicht in Gefahr." Es war erstaunlich, wie die Besorgnis um mich und die anderen im Haus die beiden zu einem Team machte. Also blieb ich mit Dorian in der Eingangstür stehen und lauschte, alles war still. Kein Geräusch war zu hören, zumindest für mich nicht.
Louis sah sich vorsichtig im Flur um und wollte gerade in das Fernsehzimmer gehen,

als plötzlich Nadine um die Ecke gestolpert kam und sich die Arme vor den Bauch hielt. Sie war von oben bis unten voll mit Blut und als ich sie sah, wurde mir sofort wieder schlecht.
"Louis.", röchelte sie und brach am Türrahmen zusammen. Dorian stellte sich gleich schützend vor mich und ich bekam unglaubliche Angst. Was war hier passiert? Louis drehte sich zu uns um, sein Blick war fassungslos und erschrocken. "Ich gehe nachsehen, wo die anderen sind. Geht ihr nach oben und seht nach Mutter." Dorian hielt mir seine Hand hin, die ich dankbar mit beiden Händen ergriff und ihm nach oben folgte. Meine Erinnerung an jeden Horrorfilm, den ich je gesehen hatte, wurde in meinem Kopf hervorgerufen und die schlimmsten Szenen wiederholten sich. Während ich langsam die Stufen rauf ging, drehte ich mich um und betrachtete Nadines regungslosen Körper. "Ist sie etwa tot?", fragte ich Dorian verzweifelt und panisch. Wir blieben stehen, als die Treppe sich nach links drehte und er sah konzentriert zu ihr. "Sie hat noch einen Herzschlag, aber nur sehr schwach.", dann zog er mich weiter die Treppe nach oben. Der Flur war stockfinster

und ich konnte die Hand vor Augen nicht sehen, mein Griff um Dorian's Hand wurde fester. Er sah sich um, lauschte und schnupperte leicht, dann ging er in das Zimmer seiner Mutter, doch sie war nicht da. Als er das Licht anschaltete, war es, als wäre nichts Schlimmes geschehen. Die Einrichtung war noch ganz und nirgends war Blut zu sehen. Hier hatte also kein Kampf stattgefunden. Dorian ließ meine Hand los und ging zu dem Schreibtisch, wo ein Zettel mit einer Nachricht lag. "Sie haben sie entführt.", murmelte Dorian und zerknüllte den Zettel. Er drückte seine Finger so fest in die Faust, dass sein ganzer Arm zitterte und dann lief Blut aus seiner Hand, schon wieder Blut. Louis kam die Treppe rauf gestürzt und schob sich an mir vorbei, scheinbar hatte er das Gemurmel von Dorian gehört und starrte ihn nun fassungslos an. "Was? Entführt? Was steht noch drauf." Dorian warf Louis den zerknüllten und vor Blut triefenden Zettel vor die Füße.
Mit zittrigen Händen hob er ihn auf und las ihn.
Wortlos sah ich ihn an und konnte erkennen, wie sein Blick glasig wurde und dann ließ er sich nach hinten fallen und stieß mit dem

Rücken gegen die Wand. Er rutschte an ihr runter, sah schwer atmend zu Dorian.
Louis zeigte eine Seite von sich, die er uns immer verborgen hatte, er zeigte Schwäche und Hilflosigkeit. "Was sollen wir denn jetzt machen. Wie sollen wir sie retten? Wir wissen ja nicht mal, wo sie ist." Seine Stimme zitterte. "Wir sollten erst mal Ruhe bewahren. Es bringt nichts, wenn ihr euch verrückt macht." Vorsichtig nahm ich den Zettel und versuchte die verschmierten Buchstaben zu lesen, aber der Text war auf Französisch und darin war ich wirklich mehr als schlecht. "Was steht denn da. Nur, dass sie sie entführt haben?" Mein Blick wanderte zwischen den beiden hin und her, wer würde mir wohl zuerst antworten. Im Moment waren beide wie gelähmt, unfähig zu irgendeiner Handlung, Regung, oder Entscheidung.
"Da steht, dass wir sie nie wiedersehen werden und dass wir alle sterben werden.", sagte Dorian und betrachtete seine blutige Hand, dessen Wunde allerdings schon längst verheilt war.
"Sie haben übrigens alle umgebracht. Michelle, geh lieber nicht in den Raum gegenüber vom Fernsehraum. Ist eine ganz

schöne Schweinerei." Verschreckt sah ich nun zu Louis, der ins Nichts starrte. Sie waren alle tot? "Nadine lebt doch noch, oder nicht? Dorian sagte, sie hätte noch einen Herzschlag?" Louis lachte kurz auf, als hätte ich einen schlechten Witz gemacht. "Ach, die macht's nicht mehr lange." Louis Feingefühl war mal wieder herzzerreißend und das, obwohl er selbst gerade Mitgefühl gebrauchen könnte.
"Na schön. Sucht am besten etwas, was eurer Schwester gehört hat, ich rufe Posey an, damit er herkommt. Wir haben jetzt keine Zeit, noch mal zurückzufahren."
Ganz ruhig ging ich wieder runter und ließ die beiden allein. Dorian und Louis brauchten vermutlich einen Moment, um sich wieder etwas zu fangen. Unten ging ich zu Nadine und berührte ihre Hand. Sie lehnte bewusstlos an der Wand und sah aus, als wäre sie bereits tot, doch dann atmete sie tief ein und öffnete ihre Augen. Sie betrachtete mich und dann kamen ihr die Tränen. "Ich werde sterben.", schluchzte sie und hustete Blut. Sie tat mir so unendlich leid, also setzte ich mich neben sie und zog sie in meine Arme. "Ich weiß nicht. Auf jeden Fall lass ich dich nicht alleine." Sollte sie

wirklich sterben, war es doch sicher schöner, wenn sie nicht alleine da durch musste. Während ich Nadine mit einer Hand den Kopf streichelte, nahm ich mit der anderen mein Handy und schrieb Posey schnell eine Nachricht. Telefonieren hielt ich im Moment für etwas unangebracht. Von meiner Position aus konnte ich einen kleinen Blick in den Raum werfen, in den ich lieber nicht gehen sollte. Alles was ich sah war Blut auf dem Boden und unwillkürlich musste ich an die Nacht denken, als Dorian den Mann getötet hatte. Mit einem flauen Gefühl im Bauch wandte ich den Blick ab und konzentrierte mich auf Nadine, die flach atmete und leise weinte. Meine ganzen Sachen waren nun auch mit Blut beschmiert und eine allgegenwärtige Übelkeit breitete sich in mir aus. Es wurde immer offensichtlicher, dass der Geruch und Anblick von Blut mir nicht ganz so bekamen, aber da musste ich jetzt durch. Nadine ging es viel schlimmer als mir. Wie lange wir dagesessen haben, kann ich nicht sagen, aber Louis und Dorian kamen erfolgreich wieder runter. "Wir haben was. Hat sie's hinter sich?" So böse, wie ich konnte, sah ich Louis an. Nicht mal jetzt konnte er nett sein? "Ich lebe noch, du

Arschloch.", keuchte Nadine und ich lächelte. Dorian hockte sich zu ihr und betrachtete die tiefe, klaffende Wunde am Bauch, die ich erfolgreich noch nicht angesehen hatte.
"Wieso heilt es nicht?", fragte ich ihn dann und er zuckte ratlos mit den Schultern. "Hexenwaffen sind meistens mit speziellen Zaubern versehen, damit wir uns nicht heilen können, oder nur sehr schwer und bei einer so tiefen Wunde ist eine Heilung fast unmöglich." Diese Aussage betrübte mich. Nadine war zwar sehr unfreundlich zu mir gewesen, aber so ein qualvolles Ende hatte sie nicht verdient. Louis ging nach draußen, ohne ein Wort zu sagen. Man musste kein Werwolf sein, um zu bemerken, dass ihm das alles hier wirklich an die Substanz ging und seine Fassade bröckelte. Auch wenn er mit dummen Kommentaren um sich schmiss, war seine Betroffenheit offensichtlich. "Ich werde sie mal auf das Sofa legen." Dorian hob Nadine vorsichtig hoch und trug sie zu dem Sofa in dem Zimmer mit dem Fernseher. Bevor ich ihm folgte, lugte ich vorsichtig in den Raum, um zu sehen, ob hier vielleicht noch weitere Opfer lagen, aber anscheinend war nur Nadine hier gewesen, als es passierte, also konnte ich beruhigt zu

den beiden gehen und mich auf den Boden neben dem Sofa setzen. Die ganze Zeit hielt ich ihre Hand und irgendwann tropfte das Blut durch das durchweichte Polster.
"Können wir denn gar nichts machen? Vielleicht kann Posey ihr helfen. Wenn wir die Blutung irgendwie verlangsamen können bis er da ist, vielleicht hat er eine Idee, oder einen Zauber, oder sonst was." Irgendwie war ich richtig verzweifelt. Dass sie stirbt wollte ich nicht und Dorian brachte es nicht übers Herz mich nicht mit der harten Wahrheit zu konfrontieren, also holte er Handtücher und drückte sie auf Nadines Wunde. Sie öffnete leicht ihre Augen und ein karamelliges funkeln kam unter ihren schweren Lidern hervor und dann lächelte sie mich an. "Du bist ein wirklich toller Mensch, Michelle.", hauchte sie und dann sah sie zu Dorian. "Lass sie bloß niemals gehen."
"Ganz sicher nicht.", antwortete er ihr und lächelte sie lieb an. Dorian hätte ihr in diesem Moment vermutlich alles versprochen, um ihr die Sache etwas einfacher zu machen. Eine ganze Weile hielt ich ihre Hand, die irgendwann immer kälter und ihr Griff immer schwächer wurde. Mir

liefen die Tränen und ich flehte sie an, nicht zu sterben. "Ich hätte nie gedacht, dass mal jemand um mich weinen wird." Ihre Stimme war hauchzart und atemlos und die ganze Härte des Verlustes traf mich jetzt schon. So fest es ging, drückte ich ihre Hand, damit ich nicht bemerken konnte, wie sie immer lockerer wurde. Ansehen konnte ich sie auch nicht mehr. Stattdessen hielt ich meinen Kopf gesenkt und betete zu einem Gott, an den ich nicht mal glaubte. Dorian blieb die ganze Zeit bei uns und hielt die Handtücher auf ihre Wunde gedrückt, aber Louis kam nicht ein einziges Mal herein. Stunde um Stunde verging und immer wieder dachte ich, jetzt wäre es vorbei, doch dann hob sich wieder leicht ihr Brustkorb und mein Herz flatterte vor Hoffnung auf. Dorian horchte schließlich auf. "Posey ist da." Er stand auf und sah erwartungsvoll zur Tür, die die ganze Zeit offen gestanden hatte und dann kamen Posey und Louis auch schon ins Zimmer.

"Ach du lieber Himmel." Fassungslos stand er da und starrte auf Nadine, die schon so blass war, dass sie sich an einer frisch gestrichenen Wand hätte tarnen können. "Kannst du ihr helfen?", fragte ich unter

Tränen und hielt noch immer ihre Hand. Es fühlte sich an, als würden unsere Hände aneinander kleben und im Moment sah ich keinen Grund, sie jemals loszulassen. Posey kam näher und betrachtete die Misere. "Ich kann es versuchen, aber ich kann nichts versprechen. Sie ist wirklich sehr schwer verletzt und hat offensichtlich viel Blut verloren. Es grenzt schon an ein Wunder, dass sie noch lebt. Aber du solltest dafür besser raus gehen."

Eigentlich wollte ich nicht von Nadine weg, denn ich hatte ihr versprochen, sie nicht alleine zu lassen. Wenn sie tatsächlich nicht überleben sollte, würde ich mir das niemals verzeihen können, aber Posey hatte sicherlich Recht. Immerhin konnte ich ja offensichtlich kein Blut sehen und so, wie es klang, würde der Versuch, Nadine zu retten, recht blutig werden. Posey sah zu Louis und dann zu Dorian. "Einer von euch beiden muss mir aber helfen." Leicht strich ich Nadine über ihr blutiges Gesicht und lächelte sie aufmunternd an, aber ich zweifelte daran, dass sie mich überhaupt noch wahrnahm. Dorian legte seine Hand auf meine, mit der ich Nadines Hand fest umklammert hatte und löste sie voneinander. Dann zog er mich

hoch, legte seinen Arm um meine Hüfte und brachte mich nach draußen. Meine Beine waren wie Wackelpudding und ich knickte immer wieder ab, doch er hielt mich fest. Er stellte mich an einer Wand im Flur ab und schloss die Tür zum Fernsehzimmer, dann kam er wieder zu mir und sah mir tief in die Augen.
"Jetzt können wir nur noch hoffen. Vielleicht schafft er es ja, sie zu retten." Schon hörte ich einen leisen Schrei und wollte sofort wieder rein stürmen, aber Dorian hielt mich zurück und zog mich dann ganz aus dem Haus, in die Nachtluft." Hilflos stand ich auf den Stufen zur Veranda und Dorian lief vor der Villa auf und ab. "Dorian.", flüsterte ich und er sah mich an. "Ich kann nicht...", flüsterte ich wieder und dann kam er zu mir und nahm mich in den Arm. "Lass uns etwas spazieren gehen.", meinte er und zog mich einfach mit sich. Zwar wollte ich nicht noch weiter weg, aber ich hatte keine Kraft, um mich zu wehren, was vermutlich auch nicht viel genützt hätte. Eine Weile gingen wir schweigend nebeneinander her. Die ganze Zeit war ich in Gedanken bei Nadine und fragte mich, was für Schmerzen sie wohl haben musste. Irgendwie wurde ich immer

glücklicher darüber, dass Dorian bei mir war und mich einfach weggebracht hatte. Und obwohl er nicht viel sagte, half es doch ungemein. "Du leidest so sehr darunter?" Stumm nickte ich. "Aber noch vor wenigen Tagen hätte sie dich, ohne mit der Wimper zu zucken, umgebracht."
Da hatte er wohl Recht. "Und dennoch will ich nicht, dass sie stirbt und es ist mir auch nicht egal, dass die anderen tot sind. Wenn sie schon tot gewesen wäre, als wir kamen, so wie die anderen, dann wäre es vermutlich nicht ganz so schlimm gewesen. Doch mit ansehen zu müssen, wie jemand stirbt, das ist für mich nun mal kein Zuckerschlecken."
Dorian wusste, dass ich damit auch auf seine Mordaktion anspielte und er schwieg betreten. Wir kamen irgendwann an ein Flussufer, wo wir uns auf die rostige Haube eines ausgehöhlten Autos setzten. Gedankenverloren betrachtete ich, wie die vielen Lichter der Stadt sich in dem Wasser spiegelten. Das Wasser brach sich an dem Stein, mit dem das Ufer ausgekleidet war und nur das Rauschen unterbrach die abendliche Stille. Unter anderen Umständen hätte man es hier sicherlich romantisch finden können, aber ich wollte wissen, ob es Nadine gut ging

und alle meine Gedanken waren bei ihr. Abwesend spielte ich an der Kette, die ich noch immer um den Hals trug und dann zog ich das Amulett aus meinem Shirt, um es zu betrachten. "Dorian.", sagte ich panisch und zeigte ihm das Amulett, das schimmerte und blinkte. Posey sagte, es würde schneller blinken, je näher eine Hexe kam und es blinkte zu schnell, als dass es Poseys Anwesenheit hätte sein können.
Dorian stand auf und sah sich konzentriert um, starrte mit seinen glühenden, blauen Augen in die Nacht. Sie glühten zwar nicht wirklich, doch sie reflektierten die Lichter der Laternen. "Warte. Vielleicht haben sie noch gar nicht bemerkt, dass du kein Mensch bist. Los, setz dich wider neben mich." Er verstand nicht, worauf ich hinauswollte, aber tat mir den Gefallen und setzte sich neben mich. Das Amulett versteckte ich wieder unter meinem Shirt und lehnte mich dann an ihn. Vielleicht sahen wir für einen Außenstehenden ja wie ein ganz normales Pärchen aus.
Zumindest hoffte ich, dass wir einen ganz normalen Eindruck machten und wer auch immer uns zusah, nicht vermutete, dass einer von uns etwas Übernatürliches war. Dorian

legte einen Arm um mich und senkte den Kopf. "Ich spüre, dass uns jemand beobachtet.", flüsterte er in mein Ohr und ich bekam etwas Panik, doch dann zwang ich mich zur Ruhe. Wenn einer von uns jetzt ausflippte, konnte das böse enden und noch mehr Blut musste heute nicht vergossen werden.
"Sie kommen näher, es sind zwei. Sie wollen uns überprüfen, ob wir Menschen sind."
Wenn ich so darüber nachdachte, war es eigentlich ziemlich dumm, sich darüber zu unterhalten, ob wir Menschen waren oder nicht, denn Hexen sollten doch eigentlich wissen, dass Werwölfe nicht grade das schlechteste Gehör haben, aber daran schienen sie nicht zu denken. Mir sollte es nur recht sein. Er belauschte sie weiter und ich wurde nun wieder sehr nervös. Wir mussten sie irgendwie davon abhalten, uns anzusprechen, damit sie Dorian nicht als Werwolf erkennen konnten. Scheinbar mussten auch Hexen den Leuten in die Augen sehen, um ihre wahre Gestalt sehen zu können, was uns einen Vorteil verschaffte, denn mir fiel etwas ein, womit ich sie definitiv davon abhalten konnte, Dorian's Augen zu sehen. Sehr lange dachte ich nicht

darüber nach, sondern drückte ihm einfach meine Lippen auf den Mund. Mein Herz schlug wie ein Presslufthammer und es fühlte sich ganz anders an als Louis Kuss. Nun löste ich mich wieder, aber rührte mich nicht weiter, meine Augen waren geschlossen und ich hoffte, seine auch. Er legte seine Hand auf meine Wange, strich mit dem Daumen über meine Unterlippe und zog mich wieder zu sich. Ich hatte keine Ahnung, was mit mir passierte, aber ich hatte das Gefühl, als würde ich gleich abheben. Zuerst schmeckte ich seine Lippen und dann seine Zunge. Es war irgendwie nass, aber fühlte sich sehr angenehm an und mein ganzer Körper kribbelte. Ob es ein langer, oder kurzer Kuss gewesen war, weiß ich nicht mehr, aber als wir voneinander abließen, musste ich tief Luft holen. "Sie sind weg.", flüsterte Dorian und leckte sich über die Lippen. Abwesend nickte ich, obwohl meine Augen noch halb geschlossen waren und ich es eigentlich gar nicht wusste. Die Nachwirkung dieses Kusses war lähmend. Langsam verstand ich, wieso alle so scharf darauf waren, ihren Schwarm zu küssen und Dorian war nicht mal mein Schwarm, sondern nur ein Freund. Vorsichtig lugte ich auf das Amulett, dass

zwar noch immer etwas blinkte, sich aber allmählich beruhigte und schließlich ganz aufhörte. Noch eine ganze Weile saßen wir dort, redeten aber nicht miteinander. Irgendwie fühlte ich mich merkwürdig leicht, obwohl ich mir noch immer große Sorgen um Nadine machte und auch nach einer Stunde klopfte mein Herz noch sehr doll, wenn auch langsam. Dorian horchte dann wieder auf. "Louis ruft." Er nahm mich wieder an der Hand und ich folgte ihm zurück zu dem Haus. In mir machte sich Nervosität breit, der Zeitpunkt war gekommen.
Meine Hände wurden ganz verscwhitzt und klamm. Dort stand Louis, von oben bis unten voll mit Blut, in der Eingangstür und im Flur stand Posey, der auch nicht besser aussah und ich bekam wieder Panik. Langsam ging ich an Louis vorbei, der sich kein Stück bewegte und sah Posey erwartungsvoll und ängstlich an.
Dann lächelte Posey mich an und nickte. Einen Moment musste ich innehalten, um zu realisieren, was er mir damit sagen wollte und dann stürmte ich an ihm vorbei, in den Raum, wo Nadine lag. Sie war blass wie eine Kalkwand, aber sie atmete und sah mich glücklich mit müden, aber lebendigen Augen

an. Sie weinte leicht vor Freude und ich viel vor dem Sofa auf die Knie. Die drei Männer hatten sich in der Tür versammelt und betrachteten die Szene mit erfreuten Gesichtern. Mich überkam das Gefühl, meine beste Freundin war dem Tod von der Schippe gesprungen und dabei kannte ich Nadine eigentlich gar nicht. Dennoch war ich noch nie in meinem Leben so froh gewesen. "Es war sehr knapp. Wäre ich nur ein bisschen später gekommen, hätte ich ihr nicht mehr helfen können. Sie braucht jetzt aber viel Ruhe und gutes Essen, damit sich ihre Regenerationskräfte wieder in Gang setzen können. Durch eine mit einem Bann belegte Waffe, wurden diese nämlich sozusagen ausgestellt. Ihr solltet absolut vorsichtig sein mit diesen Hexen."

"Ich geh los und werde ihr was zu essen besorgen." Damit war Louis auch schon weg. Wie er in dem Aufzug was zu essen auftreiben wollte, ohne die Aufmerksamkeit der Polizei auf sich zu ziehen, war fragwürdig. Immerhin war er voller Blut, so wie wir alle und es war nicht sein eigenes.

Nadine war währenddessen eingeschlafen und Dorian, Posey und ich konnten uns, nachdem wir uns geduscht und umgezogen hatten, daranmachen, Amelie aufzuspüren. Diese Prozedur dauerte eine Weile, doch schließlich reagierte das Pendel und blieb abrupt auf einer Stelle stehen. Scheinbar lebte Amelie nicht nur, sondern hielt sich offensichtlich sogar in der Nähe von New York auf und damit in unmittelbarer Nähe. "Na endlich mal eine gute Nachricht." Nachdem das soweit geklärt war, gingen Dorian und ich nach oben und besichtigten die ganzen Zimmer, die sich dort befanden. Louis Zimmer war direkt neben dem von Mutter. Nach links ging der Flur an der Treppe vorbei und dort befanden sich zwei weitere Zimmer, von dem eines ein kleines Bad war. In dem anderen befand sich eigentlich nicht viel, außer einem klapprigen Bett. Auf der anderen Seite gab es noch drei Zimmer, die alle leer waren. "Wir werden Nadine am besten waschen und in das Bett legen und morgen sollten wir noch andere Betten besorgen, damit wir nicht die ganze Zeit auf dem Boden schlafen müssen." Da stimmte ich Dorian zu und ging schon mal nach unten in das Badezimmer, in dem es eine Badewanne gab und ließ Wasser ein. Dorian holte Nadine währenddessen aus dem Fernsehzimmer und ließ mich dann mit ihr

allein im Bad.
Nadine befand sich die ganze Zeit im Halbschlaf, was es mir sehr schwer machte, sie irgendwie in die Badewanne zu bekommen, geschweige denn, sie auszuziehen, aber es gelang mir und als sie so in der Wanne lag und döste, huschte ich nach draußen und fragte Dorian, ob er ihre Sachen suchen konnte. Oben haben wir nichts gefunden und ich wollte nicht in das böse Zimmer gehen. Allerdings schien es in weitere Zimmer zu führen und da waren vermutlich ihre Sachen. Während Dorian also auf die Suche ging, wartete ich im Badezimmer und passte auf, dass Nadine nicht ab gluckerte. All das Blut wusch ich vorsichtig mit einem Badeschwamm von ihr ab und am Ende war das ganze Wasser dunkelrot gefärbt. Dorian musste mir am Ende dann doch noch helfen, sie wieder aus der Wanne rauszubekommen und anzuziehen. Alleine hätte ich ihr vermutlich nur weh getan. Er hatte tatsächlich noch ihre Sachen gefunden und als wir fertig waren, trug sie ein weites, langes Shirt und eine gemütlich aussehende Schlabberhose. Dorian trug sie dann nach oben und legte sie in das klapprige Bett, das er vorher noch bezogen

hatte und dort schlief sie die ganze Nacht wie ein Baby. Posey blieb noch bis zum nächsten Morgen, aber dann verabschiedete er sich, denn Nora wartete auf ihn. Louis war im Laufe der Nacht wiedergekommen und bereitete ein leckeres Essen zu, dass für uns alle reichte. Dorian hatte Nadine geweckt und nach unten gebracht und nachdem sie mit essen fertig war, sah sie schon wesentlich besser aus. Sie bekam wieder ein wenig Farbe im Gesicht und ihre Stimme wurde wieder kräftiger. Dorian hatte in den letzten Tagen Louis Klamotten tragen müssen, in die der große Kerl kaum reinpasste. "Wir müssen dir unbedingt noch Sachen besorgen, die dir passen. Sonst denken die Leute noch, du bist ein Stripper und auf dem Weg zu einer Junggesellen Party." Damit hatte Louis nicht ganz Unrecht. Christophers Sachen hatten wenigstens noch einigermaßen locker gesessen, vor allem nach ein paar Tagen. Aber das, was er von Louis bekommen hatte, ließ kaum noch Raum für Fantasie und jedes Mal wurde mir bei dem Anblick ganz anders. So warm und kribbelig. Mir fiel es zunehmend schwerer, den Blick abzuwenden. Dorian und Louis hatten nach dem Frühstück den Raum mit den ganzen

Werwolf Leichen aufgeräumt und gesäubert. Was sie mit ihnen gemacht hatten, wollte ich nicht wissen. Jedenfalls war am Ende kaum noch etwas von der Schlachterei zu sehen.
Endlich konnte ich auch mal in die Küche gehen, die an dem schlimmen Raum angrenzte und in den Raum, der dahinter war. Scheinbar hatten sich alle Bewohner des Hauses, ausgenommen Louis und Mutter, in diesem und dem schlimmen Raum verteilt. Es lagen überall Matratzen und Taschen mit Habseligkeiten rum. Diese Sachen wollte Louis wegschmeißen, aber ich konnte ihn dazu überreden, sie lieber zu spenden. Immerhin war alles noch in gutem Zustand und bevor es in der Mülltonne landet, konnten sich Menschen daran erfreuen, die es brauchten.
Am zweiten Tag ließen Dorian und Louis, Nadine und mich allein in der Villa, um Klamotten einzukaufen, damit Dorian endlich eine eigene Garderobe hatte. Die Sachen, die er sich kaufte, waren nicht ohne. Die Hosen saßen locker, aber doch wieder eng genug und seine Shirts waren etwa so, wie Christophers. Eng, aber ließen noch Platz zum Atmen. Dazu gab es noch neue Schuhe und eine richtig schicke Lederjacke. Er kam

in den neuen Klamotten rein und fragte Nadine und mich, wie wir es fanden. Mein Mund stand offen und ich war relativ sprachlos, stammelte nur einsilbige Wörter. "Siehst echt heiß aus.", brachte Nadine es dann auf den Punkt. "Danke. Und du, Michelle?" Dorian grinste über beide Ohren und schien von mir eine ebenso Positive Bewertung haben zu wollen. "Na komm, sie sabbert doch gleich." Schon erwachte ich aus meiner Starre, als Louis reinkam. Die Kommentare hatten in den letzten Tagen wieder zugenommen. "Sieht gut aus.", sagte ich dann knapp und schaute konzentriert zum Fernseher. Den Kuss zwischen mir und Dorian erwähnten weder ich noch er, aber etwas hatte sich verändert. Manchmal sah er mich einfach gedankenverloren an und manchmal erwischte ich mich dabei, wie ich ihn anstarrte. Zwischendurch hatte ich es sogar geschafft, meine Mum anzurufen und dieses Gespräch hat sich ewig in die Länge gezogen. Eine ganze Stunde erzählte sie mir alles Mögliche, während ich kaum etwas sagte. Insgesamt blieben wir drei Tage in dem Haus, bis es Nadine wieder soweit gut ging, dass sie sich sogar ausgiebig mit Louis anlegen konnte.

"Morgen früh fahren wir los. Ich habe uns mal eine Karte besorgt. Posey konnte Amelie's Aufenthaltsort ja relativ genau bestimmen, zumindest was die Stadt angeht."
Wir saßen alle am Küchentisch und betrachteten die Karte, die Louis ausgebreitet hatte und ich versuchte, den Namen des Ortes zu lesen, wo wir als nächstes hinfahren mussten, aber das war gar nicht so leicht, denn die Karte stand für mich auf dem Kopf.
"Was steht da?"
"Da steht Mersey Town." Den Namen fand ich schon ein bisschen seltsam und sofort bekam ich ein ungutes Gefühl im Bauch, aber ich wollte nicht den Miesmacher spielen, also behielt ich mein Unbehagen für mich. Vielleicht war meine Unsicherheit ja auch total unbegründet. Immerhin war in den letzten Tagen so viel passiert, dass es doch ganz natürlich war, dass mein Hirn mit dem schlimmsten rechnete. "Also schön. Ich würde vorschlagen, dass wir heute alle zeitig schlafen gehen, damit wir alle ausgeruht sind, vor allem Nadine sollte sich schonen."
Wir hatten schon im Vorfeld geklärt, dass Nadine mitkommen sollte. Sie war zwar noch recht schwach, aber sie wollte unter keinen

Umständen alleine zurückbleiben.
Nachdem es ihr besser ging, hatten wir sie gefragt, ob sie uns sagen konnte wer dieses Massaker veranstaltet hatte, aber sie konnte uns auch nicht weiterhelfen. "Fremde, die ich nicht kannte, aber ein Mädchen, dass so aussah wie Mutter war nicht dabei." Wenigstens konnten wir ausschließen, dass Amelie dabei gewesen war und nachdem wir alle Einzelheiten für den Ausflug nach Mersey Town geplant hatten, gingen wir schnell schlafen. Ich kann nicht sagen, wie es bei den anderen war, aber ich habe eine halbe Ewigkeit gebraucht, um einzuschlafen. In den drei Tagen, die wir in der Villa verbrachten, hatten Louis und Dorian weitere Betten besorgt und nun hatte jeder sein eigenes Zimmer. Eins blieb allerdings unbesetzt, aber dennoch bekam es ein Bett. Vermutlich hofften die Brüder, sie würden Amelie finden und mitnehmen können und für den Fall hätte sie sogar schon ein Bett. Dazu hatte ich nichts gesagt, weil ich ihre Hoffnung nicht trüben wollte und auch Nadine hatte dem schweigend zugesehen.

Am nächsten Tag waren wir alle schon ziemlich früh wach und bereiteten uns auf die Fahrt vor. Keiner von uns redete besonders viel, nicht mal Louis. Als wir alle ins Auto stiegen, stellte ich fest, dass es langsam ziemlich eng wurde. Wenn Amelie tatsächlich noch dazu kommen würde, wären wir fünf Leute und mit bewegen war dann nicht mehr sehr viel. Im Moment allerdings war noch genug Platz und Nadine hatte sich dazu bereit erklärt, sich vorne auf den Beifahrersitz zu setzen und dann konnte es losgehen. Je näher wir Mersey Town kamen, desto nervöser wurde ich.

8

Mersey Town war um einiges näher als das Kaff, aus dem Posey kam und deswegen dauerte es auch nicht sehr lange, bis wir das Willkommensschild entdeckten und dann auch schon die ersten Häuser passierten. Hier sah eigentlich alles friedlich aus. Ein hübscher, kleiner Ort mit süßen Häusern und glücklichen Familien. Mir war diese Stadt gleich viel sympathischer als A, aber wie ich schon oft erfahren musste, konnte der Schein trügen. In A war nichts Gefährliches, dort bekamen wir sogar Hilfe, obwohl ich erst so meine Zweifel hatte. Hier sah alles friedlich aus, aber gerade das verunsicherte mich zunehmend. "Amelie müsste jetzt schon fast sechzig oder so sein, aber wenn sie eine Hexe ist, sieht sie vermutlich noch aus wie zwanzig.", stellte Louis fest und parkte den Wagen am Straßenrand, nachdem er gewendet hatte. "Sollten wir von irgendjemandem angegriffen werden, können wir gleich wieder abhauen." Als ich

ausgestiegen war, sah ich mich um, konnte aber nirgends jemanden sehen und auch das kam mir schon sehr ungewöhnlich vor, denn die Sonne schien, es war warm und die Stadt scheinbar menschenleer.
Wir beschlossen, uns aufzuteilen, um an verschiedenen Orten zu suchen, damit es nicht zu lange dauerte. Nadine ging mit Louis und ich marschierte mit Dorian los.
Die Spannung in mir stieg immer weiter an. Auf welche Amelie würden wir wohl treffen, die menschliche oder die Hexe und ob wir sie überhaupt finden konnten, war auch noch eine Frage. Wir kamen in eine kleine Parkanlage, in der es aussah, wie in einem Bilderbuch. Ein kleiner Teich mit Enten, hübschen Blumen und Kindern, die dort spielten. Na endlich mal ein paar Menschen, dachte ich mir und sah zu Dorian, der in Gedanken versunken zu sein schien. "Hey, alles okay mit dir?"
"Vielleicht ist sie glücklich und wir würden sie nur stören.", vermutete Dorian und sah trübselig zu den Kindern, die lachten und Fangen spielten. "Sie wird sich sicher freuen, wenn sie ihre Brüder wiedersehen kann. Ich an ihrer Stelle, würde mich zumindest freuen." Wir gingen weiter und kamen an

eine Kindertagesstätte, vor der Dorian wie angewurzelt stehen blieb. Er starrte das Gebäude an und regte sich nicht. "Was ist?" Er antwortete nicht, sondern nahm meine Hand und zog mich mit rein. Sobald wir das Gebäude betraten, begrüßte uns eine ältere Dame mit einem strengen, grauen Dutt. Sie lächelte überschwänglich freundlich und presste ihr ganzes Gesicht dabei so zusammen, dass ich nur noch Falten sehen konnte. "Ich wünsche einen guten Morgen. Möchten sie ihr Kind hier anmelden?" Sofort errötete ich etwas, weil diese Frau scheinbar dachte, wir seien ein Ehepaar und hätten schon Kinder. Sah man mir mein Alter etwa nicht an, oder wollte sie nur höflich sein? Warum sollten ein Mann und eine junge Frau wohl sonst in eine Kindertagesstätte gehen?
"Entschuldigen sie die Störung, aber wir suchen jemanden mit dem Namen Amelie?" Die Frau hörte auf zu lächeln und sah Dorian einige Zeit überlegend an.
"Warten sie einen Moment." Sie verschwand in einem Raum und Dorian lauschte, was man ihm immer sofort ansah. Kurze Zeit später zog er mich wieder nach draußen und hatte es auf einmal sehr eilig von dort

wegzukommen. "Was ist denn los? Was hat sie gesagt?"
"Sie ist eine Hexe und weil ich nach Amelie gefragt habe, hat sie sofort gewusst, wer oder besser gesagt 'Was' ich bin. Wir müssen sofort weg." Wir versuchten Louis zu finden und liefen zunächst zurück zum Auto, doch da warteten einige der Bewohner schon auf uns. Es waren hauptsächlich Frauen, die uns furchtlos ansahen. Dorian blieb stehen und sah sich um. Wir wurden umzingelt von den Frauen und ein paar Männern. Scheinbar war die ganze Stadt voller Hexen. Eilig zog ich das Amulett vor und es blinkte so schnell wie das Stroboskoplicht in einer Disco. Hätte ich doch mal eher drauf geguckt, dann hätten wir das anders regeln können. Dorian suchte einen Weg aus diesem Desaster und stellte sich schützend vor mich. Eine adrett gekleidete Frau trat vor und sah kurz zu mir, ich schaute sie ängstlich an, dann richtete sie ihren Blick wieder auf Dorian.
"Lass das Mädchen gehen, dann werden wir dir nichts tun.", sagte sie und kam noch etwas näher. Scheinbar dachte sie, ich wäre Dorians Geisel.
"Wir haben schon die anderen beiden gefangen. Wir versprechen, dass wir euch

nicht töten, wenn du mitkommst und sie gehen lässt." Sie klang sehr ernst und ihre tiefe Stimme verstärkte das noch.
Gerade wollte ich sagen, dass ich freiwillig an seiner Seite stand, als Dorian meine Hand losließ. Er sah mich eindringlich an und ich bekam das Gefühl, als sollte ich einfach mitspielen. Die Frau streckte die Hand aus, damit ich sie ergreifen konnte und zögerlich tat ich es. Eigentlich wollte ich lieber bei ihm bleiben, sollte ich jetzt jedoch verraten, dass ich zu ihnen gehörte, würden sie mich vielleicht auch gefangen nehmen und das würde uns nicht weiterhelfen. Sie machten ja nicht mal davor Halt, ihresgleichen zu töten, wenn sie sich mit Werwölfen zusammentaten. Was würden sie dann wohl mit mir anstellen? Die Frau legte ihren Arm um mich und führte mich aus dem Kreis hinaus. Als ich zurück sah, konnte ich noch sehen, wie Dorian sich nicht zu Wehr setzte, sondern brav seine Arme fesseln ließ und mit ihnen ging. Das ungute Gefühl in meinem Bauch wurde zunehmend schlimmer, je weiter ich mich von ihm entfernte. Die Frau nahm mich mit in ihr Haus, wo ich dann in ihrer Küche saß und einen Tee vor der Nase hatte. Diesen rührte ich jedoch nicht an. Die

wildesten Vorstellungen schwirrten mir durch den Kopf und ich fragte mich, was da drin sein könnte, um mich zu enttarnen, also spielte ich nur mit dem Daumen an dem Henkel herum.
Sie saß mir gegenüber und beobachtete mich. Es war offensichtlich, dass sie eine Hexe war und ich hoffte, sie konnte meine Gedanken nicht lesen. Verstohlen warf ich ihr ab und zu Blicke zu. An ihrem Revers befand sich eine Brosche, die unglaublich alt aussah. Es war schwer zu erkennen welche Form die Brosche hatte. Es sah aus wie ein Vogel und vielleicht noch ein Buchstabe, aber ich konnte es auch unter höchster Konzentration nicht erkennen. Was ich jedoch gut erkennen konnte, waren ihre stechenden und allwissenden Augen. Mich beschlich das Gefühl, als hätte sie die ganze Sache schon längst durchschaut.
Sie fing unvermittelt an zu reden und sie begann nicht mit einem "Wie geht es dir? Ist mit mir alles in Ordnung?", nein, sie fing gleich mit der Fragerei an, als wäre es ihr völlig egal, wie es mir ging. Sie wollte einfach nur ihre Fragen stellen und möglichst konkrete Antworten darauf bekommen. "Was wollte er hier? Er und sein Bruder und dieses

Weib? Haben sie dir gedroht, jemanden den du magst, zu verletzen, wenn du ihnen nicht hilfst? Wollte er so seine Tarnung aufrecht halten, damit wir sie nicht so schnell erkennen? Musstest du seine kleine Freundin spielen?" Alle diese Fragen führten in die falsche Richtung. Am liebsten hätte ich ihr gesagt, dass ich freiwillig hier war, dass ich ihnen half und sie niemals jemanden bedroht hatten, der mir wichtig war, doch was würde mir blühen, wenn ich das sagte. "Sie suchen Amelie.", sagte ich schließlich knapp, aber das wusste sie ja schon. Vielleicht konnte ich auf die Opfer-Tour etwas herausfinden. "Was wollen sie von Amelie? Hat das arme Mädchen nicht schon genug mitgemacht? Muss dieses eklige Wolfspack sie jetzt auch noch belästigen?" Verwirrt sah ich sie an. "Sie wissen also, wo sie ist? Ist sie hier in der Stadt?" Argwöhnisch betrachtete sie mich. "Ja, ich weiß wo sie ist und sie kann es nicht gebrauchen, dass diese Köter in ihr Leben treten." Langsam wurde ich sauer. Musste sie sie so beleidigen? "Wissen sie überhaupt, wer diese sogenannten Köter überhaupt sind?"
Sie schien meine Wut bemerkt zu haben, denn plötzlich wurde ihr Gesicht wie versteinert. Vielleicht wollte sie mich durch

ihre beleidigenden Worte nur herausfordern, was ja offensichtlich geklappt hat, denn ich war in diesem Moment wirklich sauer. "Es sind Monster, die schnellstens ausgerottet werden müssen. Das ist allerdings nicht so leicht, immerhin ist es leichter, einer von ihnen zu werden, als einer von uns zu werden." Was redete diese Frau da? "Sie meinen, ein ganz normaler Mensch könnte eine Hexe werden?" Sie lachte leise. "Natürlich. Man kann geboren werden mit dem Potenzial eine Hexe zu werden, oder man eignet sich die Kräfte mühevoll an. Das allerdings ist ein langer Prozess und ich denke ich muss nicht betonen, wie schwer so etwas ist." Sie betrachtete mich einen Moment und ich wusste nicht so recht, was ich von dieser Tatsache halten sollte. "Was sind sie denn für dich? Liebe Kuscheltiere? Da hast du aber ein ganz falsches Bild von ihnen." Betroffen und ertappt schaute ich auf meine Tasse. Wäre ich doch lieber still geblieben, doch ein Zurück gab es nun nicht mehr. Sie schien mir also doch schon auf die Schliche gekommen zu sein, wie ich erwartet hatte. "Also ist Amelie auch eine. Eine Hexe meine ich?" Vielleicht konnte ich sie einfach vom Thema ablenken, damit ich noch mehr

über Amelie erfahren konnte, denn offensichtlich kannten sich die beiden. "Ja, sie ist eine Hexe. Sie kam vor vielen Jahren hier her und war total verstört. Sie wollte uns nicht erzählen, was ihr passiert ist, aber sie stammelte ständig etwas von Werwölfen und den Rest haben wir uns selbst zusammengereimt. Vermutlich hat ein Rudel dieser Kreaturen ihre Familie getötet und sie war nur knapp entkommen. Ihre Sachen waren auch ganz zerfetzt und sie hatte einige Verletzungen, unter anderem Kratzer, die eindeutig von einem Werwolf stammten."
Als ich das hörte, musste ich leicht auflachen. Zerfetzte Sachen und Wunden, die von einem Sprung aus einem fahrenden Zug kamen. Das Stammeln von Werwölfen, weil der Großteil ihrer Familie genau das war. Sie war verstört, weil ihr zu Hause abgebrannt war, was sie vielleicht sogar selbst getan hatte. Nur das mit den Werwolf-Kratzern konnte ich mir nicht erklären, aber vielleicht hatte einer von ihnen sie aus Versehen gekratzt. Im Eifer des Gefechts, konnte so etwas schon mal passieren.
Die Frau ignorierte mein Lachen, als ob sie es nicht gehört hätte. Stattdessen redete sie munter weiter. "Ich werde dir nicht sagen,

wo sie ist. Wenn sie soweit ist, wird sie vermutlich von allein kommen. Ihr wurde schon jemand geschickt, der sie darüber informiert, dass wir Gäste haben, die in freudiger Erwartung sind, sie zu sehen. Wir werden diese Biester solange für sie hierbehalten, damit sie endlich mit ihrer Vergangenheit abschließen kann. Was dich betrifft, solltest du nach Hause fahren. Diese Monster haben dir den Kopf schon genug verdreht." Leicht schüttelte ich den Kopf. Ohne die drei würde ich diese Stadt nicht mehr verlassen.
"Na schön, dann werde ich es dir einfacher machen, ihnen den Rücken zuzukehren. Hast du schon jemals ihre wahre Gestalt gesehen? Die Bestie, die sie immer in sich tragen?" Wieder schüttelte ich den Kopf. Dorian war einmal in seiner Werwolf Gestalt in meinen Garten geschlichen, um meine Aufmerksamkeit auf sich zu lenken, aber außer seinen Augen hatte ich nichts erkennen können. Das einzige was ich wusste war, dass er ziemlich groß sein musste. Die Frau stand auf und führte mich aus dem Haus, die Straße hinunter, bis wir zu einem Eisentor kamen, hinter dem ein Friedhof lag. Sie hielt mich dabei nicht fest und sie lief

sogar vor mir, als wüsste sie, dass ich weder weglaufen, noch ihr etwas tun würde. "Viele von denen, die hier begraben liegen, wurden von deinen Kuscheltierchen umgebracht. Zerfleischt und halb aufgefressen." Mein Blick fiel auf die Gräber und unwillkürlich stellte ich mir die zerfetzten Körper vor und wie ein großes Ungeheuer sich darüber hermachte, mit glühenden Augen und einem tiefen Grollen in der Kehle. Mir lief ein Schauer über den Rücken und ich schüttelte mich leicht. Wir kamen zu einer Gruft, vor der die Frau stehen blieb und sich zu mir drehte. Mit einem Stirnrunzeln sah ich mir diesen alten Bau an. Wollte sie mich jetzt lebendig begraben? "Mach dir keine Sorgen, ich will dir nur die Wahrheit über deine sogenannten Freunde zeigen." Mit diesen Worten ging sie hinein und blindlings folgte ich ihr. Die Gruft führte ein paar Stufen nach unten, bis in eine Grabkammer, in der, wie nicht anders zu erwarten, eine ganze Familie begraben war. Die Frau drückte einen versteckten Schalter und eine Tür im Boden tat sich auf, wie das Tor zur Hölle. Zumindest machte es diesen Eindruck. Sie stieg hinab und wieder ging ich ihr nach. Ich wusste, dass sie mich zu ihnen führen würde. Der

Drang zu fliehen war so gering, dass ich ihn ohne Probleme ignorieren konnte. Wir kamen allmählich unten an und wanderten nun durch einen spärlich beleuchteten Gang. Diesem folgten wir und passierten dabei einige rostige Tore. Scheinbar dienten sie einmal dazu, um Eindringlinge abzuhalten, oder eben Gefangene drin zu behalten, doch nun waren sie nur noch Dekoration, die zur Gruseloptik beitrug. Aufgehalten hätten diese Tore sicherlich nichts mehr. Schließlich kamen wir in einen großen Raum, der auch nicht besser beleuchtet war, als der Gang und hier roch es stark nach Blut und verbranntem Fleisch. Mir wurde speiübel und ich hielt mir die Hand vor Nase und Mund, aber ich schluckte alles runter und riss mich zusammen, so gut ich konnte und sah mich um. An der dicken Steinwand waren Ketten angebracht, die die daran angeketteten Werwölfe daran hinderten, zu fliehen. Durch die Ketten zuckten immer wieder kleine Blitze und ein erschreckender Anblick bot sich mir. Alle drei waren hier und hingen bewusstlos an der Wand. Auf einem Tisch lagen allerhand Waffen, die wahrscheinlich alle mit einem Bann belegt waren. Louis und Dorian hatten sie ihre Shirts weggenommen, oder von ihnen runtergerissen und ihnen schon die ein oder andere Wunde zugefügt, die nur langsam heilten. Nadine hatte nur noch ihren BH an und war ebenfalls schon mit Schnitten übersät. Ihre alte Wunde am Bauch war sogar noch zu sehen.

"Du hast also Mitleid mit ihnen? Dann warst du vielleicht gar nicht ihre Gefangene?"

Mein Schweigen sagte dieser Hexe alles, was sie wissen wollte. Ihr Tonfall wurde rabiater und vorwurfsvoll.

"Wieso hilfst du ihnen? Was haben sie dir in den Kopf gesetzt. Willst du vielleicht einer von ihnen werden? Haben sie dir versprochen, dass sie dich beißen und dass das Leben danach so viel einfacher ist? Wusstest du, dass sie sich nur Leute aussuchen, die nichts weiter zu verlieren haben? Leute, die keine Freunde haben, oder körperlich beeinträchtigt sind? Du bist doch ein hübsches und sicherlich auch intelligentes Mädchen. Womit haben sie dich also geködert? Hat einer von denen dir schöne Augen gemacht, damit du dich in ihn verliebst und ihm hörig wirst?" Noch immer sagte ich kein einziges Wort. Ihre Fragerei ging mir allmählich auf die Nerven und ihre Fragen wurden zunehmend absurder. Sie

packte mich am Arm und rüttelte mich. "Was wollen sie von Amelie. Wer sind sie und wie haben sie uns gefunden?" Jetzt rückte sie also mit den eigentlichen Fragen raus, die, die sie wirklich interessierten. Was mit mir war, war ihr im Grunde egal und ihr geheucheltes Interesse war mehr als durchschaubar, sogar für mich. Noch immer schwieg ich sie an. Dieser Hexe würde ich ganz sicher nichts sagen, egal um was es ging und wenn sie mich nach dem Wetterbericht für die kommende Woche fragen würde. Sie zerrte mich zu der Wand, an der meine drei Freunde hingen. "Hast du schon mal gesehen, wie sie aussehen, wenn sie sich verwandelt haben?"
Zaghaft schüttelte ich den Kopf. Gesehen hatte ich es noch nicht, aber selbst wenn sie wie das Grauen persönlich aussahen, war es mir auch egal. Sie waren meine Freunde, egal unter welchen Umständen. "Das dachte ich mir. Jetzt mögen sie ja vielleicht hübsch sein und faszinierend auf dich wirken, aber wenn sie sich verwandeln, siehst du nur noch das Monster und nichts weiter. Blutrünstig, brutal und gnadenlos." Sie nickte jemandem zu und erst jetzt fiel mir auf, dass wir gar nicht alleine waren. In einer Ecke hatte ein

Mann an einem Schalter gesessen, den er jetzt betätigte und das Licht begann zu flackern. Ein lautes Summen zog durch den Raum und dann zuckten kleine Blitze an einem Kabel entlang. Sie schlängelten sich durch die Ketten und drangen in die Körper meiner Freunde ein. Zuerst schrien sie alle auf und dann spannten sich all ihre Muskeln an und ihre Körper bogen sich. Sie schrien nicht mehr, sondern pressten irgendwie Luft aus und sogen sie durch zusammengepresste Zähne wieder ein. Dann fingen sie an, sich zu verwandeln. Ihre Augen begannen zu leuchten, Dorian's tiefes Blau, Louis starkes Grün und Nadines, die braune Augen hatte, leuchteten goldgelb auf. Automatisch wandte ich den Blick ab, ich konnte diese Qual nicht mit ansehen, doch die Hexe griff grob mein Kinn und drehte meinen Kopf schmerzlich in die Richtung, in der sie ihn haben wollte. "Nein, sieh hin! Sieh dir diese Monster an!" Ihre Finger wurden zu großen Klauen mit spitzen Krallen. Ihre Kiefer wuchsen zu Mäulern mit gefährlichen, scharfen Zähnen, die mühelos den dicksten Knochen zerbeißen konnten. Ihre Glieder streckten sich und Fell wuchs. Am Ende hingen dort drei riesige Wesen, die aussahen, wie eine Mutation aus

einem Wolf und einem riesigen muskulösen Menschen.
Sie knurrten laut und brüllten vor Schmerzen, die der Strom ihnen zufügte und dann drehte der Mann den Strom wieder runter, auf ein erträglicheres Maß. Dorian beruhigte sich als erster und funkelte mit seinen großen Augen die Hexe an, die immer noch ihren Klammergriff an meinem Kinn hatte. Er knurrte sie an und fletschte seine Zähne. Er sah nun nicht mehr aus wie Dorian, aber seine Augen waren noch dieselben, nur leuchteten sie nun. "Siehst du. Jetzt würde er jeden hier im Raum töten, wenn er könnte. Er würde auch vor dir nicht Halt machen und deswegen müssen wir sie bekämpfen. Sie haben keine Kontrolle."
Fassungslos stellte ich fest, wie wenig Ahnung sie eigentlich von dem hatte, was sie so sehr zu hassen schien. Dorian hatte mir versichert, dass er auf jeden Fall immer die Kontrolle hatte, auch wenn er etwas wilder erschien und bei Louis war es sicherlich nicht anders. Gut, bei Nadine wusste ich es nicht, aber sie waren ja nicht mit Absicht böse, oder blutrünstig und alle für das Verhalten von einigen verantwortlich zu machen, war ja nur allzu normal für den menschlichen Verstand,

dachte ich mir. Diese Frau war zwar eine Hexe, aber ihr Denken war so abartig normal, wie es nur Menschen fertigbrachten. Sie ließ mich los und ich sah sie böse an. "Du bist immer noch davon überzeugt, dass diese Bestien dir nichts tun würden? Wie naiv kann ein einzelner Mensch eigentlich sein?" In ihrem Gesicht veränderte sich wieder etwas. Es sah aus, als hätte sie eine Erkenntnis und dann fing sie an zu lachen. "Oh nein, das glaube ich nicht. Ich hatte wohl Recht mit meiner Vermutung. Welcher ist es? Der, mit dem wir dich gefunden haben? Der, der deine Hand hielt?" Sie schaute zu Dorian. "Dieser hier?" Mir war nicht ganz klar, worauf sie hinauswollte, aber Dorian brüllte sie wütend an, was mich erzittern ließ. Furchteinflößend konnte er durchaus sein, auch wenn er sonst eigentlich ein sehr lieber Kerl war. Sie nahm sich ein Messer, das auf dem Tisch lag und ging zu Dorian rüber. Nadine quietschte leise und winselte etwas und ließ dann den Kopf hängen. Sie war noch immer nicht wieder ganz bei Kräften und diese Stromsache hatte sie wieder sehr geschwächt.
Mich überkam ein ungutes Gefühl bei dem Gedanken, was die Hexe jetzt tun wollte.

Dorian versuchte, mit seinen tödlichen Zähnen nach der Frau zu schnappen, aber er kam nicht ran, obwohl sie jetzt genau vor ihm stand und ihm mit dem Messer vor der Brust herumfuchtelte. Kurz sah ich zu Louis, der sich langsam wieder zurück verwandelte und dann zu Nadine, die schon fast gänzlich wieder in ihrer menschlichen Gestalt war. Nur Dorian ließ sich Zeit beim Zurückverwandeln. Durch die Verwandlung hatten ihre Wunden scheinbar die Möglichkeit, schneller zu verheilen und jetzt waren nur noch rote Striemen auf ihrem Körpern zu sehen. Am meisten tat mir Nadine leid, wie sie da hing. Durch die Verwandlung war ihr BH gerissen und nun hing sie entblößt und ohnmächtig an der Wand, doch ich hatte nicht lange Zeit, um sie zu bemitleiden, denn Dorian keuchte schmerzlich auf und ich lenkte meine Aufmerksamkeit wieder auf ihn. Seine Augen glühten noch vor Zorn und seine Zähne waren noch immer wie Reißzähne, aber ansonsten war sein Körper wieder wie vorher. Die Hexe sah zu mir rüber und schnitt Dorian gleichzeitig in die Brust, direkt neben dem Schnitt, den sie eben schon gemacht hatte. Er keuchte wieder auf vor

Schmerzen und ich zuckte zusammen, als ich sah wie das Blut an ihm runter lief.
"Das könnte ich den ganzen Tag machen.", sagte die Frau belustigt und schnitt weiter. Mir kamen fast die Tränen, doch ich versuchte stark zu bleiben. "Du kannst es ruhig zugeben."
"Aber was soll ich denn zugeben? Dass ich ihnen geholfen habe, wissen sie ja wohl schon." Sie lachte verächtlich auf. "Nein, du sollst zugeben, wieso du ihnen geholfen hast." Was wollte sie hören? Dass ich aus Neugier zu Dorian gekommen war und ihm aus Neugier geholfen hatte und ich noch immer neugierig war? Natürlich war das nun nicht mehr der einzige Grund, denn ich hatte Freunde gefunden, oder vielleicht auch mehr als das. Das konnte ich nicht mit Sicherheit sagen, aber es fühlte sich gut an bei ihnen zu sein und ich würde sie ganz bestimmt nicht hier im Stich und zum Sterben zurücklassen.
Sie hielt das Messer an seine Kehle und sah mich eindringlich an. "Weißt du, wir brauchen sicherlich nicht alle drei, also könnten wir diesen hier doch gleich erledigen." Sie drückte das Messer etwas fester an Dorian's Kehle und er gurgelte etwas, als die Klinge in sein Fleisch schnitt

und dann konnte ich mich nicht mehr zurückhalten. "Bitte nicht!", rief ich erschrocken und hielt mir die Hände vor den Mund. "Erstaunlich, dass du ihn noch immer beschützt. Sogar, nachdem du sein wahres Gesicht gesehen hast. Dein Herz und deine Seele sind scheinbar unwiderruflich verloren."
Sie schmiss angewidert das blutverschmierte Messer auf den Boden und ich sank weinend auf die Knie. Es tat mir weh, die drei so zu sehen und ich fühlte mich unglaublich hilflos.
Ohne dass ich es bemerkte, versank ich in eine Art Trance und bekam kaum noch mit, was passierte, aber irgendwann kamen zwei Männer, die mich hochzogen und an einen Stuhl fesselten, damit ich nicht weglaufen konnte. "Was habt ihr jetzt mit mir vor?", fragte ich weinend und hatte alle Hoffnung schon verloren. Sie würden die drei umbringen, da war ich mir sicher, aber was hatten sie mit mir vor? Vielleicht erwartete mich noch schlimmeres als der Tod. "Erst mal noch gar nichts. Wichtiger ist es jetzt, dass Amelie endlich ihre Dämonen loswerden kann, damit sie in unsere Gemeinschaft eintreten kann, ohne dieses

Trauma." Es war unfassbar, dass Amelie scheinbar nie ein Wort über ihre Familie verloren hatte. Die beiden Männer und die Hexe gingen wieder raus und ich war mit meinen Freunden alleine. Nadine war noch immer ohnmächtig und Dorian schnaufte aufgebracht. Scheinbar waren sie auch nicht so begeistert davon, dass ihre Schwester nie über sie geredet hatte. Louis starrte nur apathisch vor sich hin und machte alles in einem einen recht jämmerlichen Eindruck. Ob Amelie ihre Brüder erkennen würde und ob sie die beiden dann töten würde, fragte ich mich immer wieder, aber ich konnte mir nicht vorstellen, dass ihren Brüdern etwas antun könnte. Wäre sie das mit dem Feuer und dem Bann tatsächlich gewesen, dann würde das keinen Sinn machen. Sie hätte schließlich damals schon alle umbringen können, aber stattdessen sperrt sie einen Bruder ein und brennt das Haus nieder - bei ihrer Flucht springt sie dann vom Zug? Das war doch mehr als absurd und irgendwie machte das für mich auch keinen Sinn mehr. Als ich Dorian's Wunden betrachtete, fiel mir auf, dass sie nicht heilten, wie ich zuvor schon vermutet hatte. "Wir werden alle sterben.", nuschelte Louis leise. "Amelie wird

uns umbringen."
"Ach, das weißt du doch gar nicht. Mal nicht den Teufel an die Wand." Diese Worte kamen aus meinem Mund, obwohl ich selbst die Hoffnung schon aufgegeben hatte, dass wir hier noch irgendwie rauskommen könnten. Louis sah nicht zu mir und er sagte auch nichts mehr. "Wieso hast du nicht so getan, als hätten wir dich gezwungen? Wieso hast du uns verteidigt? Jetzt werden sie dir auch weh tun." Dorian schien richtig sauer auf mich zu sein und funkelte mich böse an. "Jetzt mach aber mal halblang. Was hätte ich denn machen sollen? Außerdem ist sie auf das meiste von selbst gekommen. Ich habe eigentlich gar nicht so viel verraten." Worauf sie gegen Ende gekommen war, als sie ihn so mit dem Messer traktiert hatte, wusste ich allerdings selbst nicht. Vielleicht dachte sie, dass Dorian mir von den dreien am wichtigsten war? War dem wirklich so? Ich wusste es nicht und hatte auch nicht die Nerven dafür, es jetzt herauszufinden. Als ich zu Nadine schaute, musste ich schwer schlucken. Sie hing schlaff da, bewegte sich kein Stück und ich konnte nicht erkennen, ob sie überhaupt noch atmete. "Lebt sie noch?" Dorian nickte. "Sie lebt und ist nur

ohnmächtig. Der Strom hat ihr sehr zugesetzt."
"Und wie fühlt ihr euch? Habt ihr Schmerzen?" Natürlich wusste ich, was für eine blöde Frage das eigentlich war, aber ich wollte ihre Stimmen hören. "Mir geht's gut.", murmelte Louis. "Mal abgesehen von meinen noch immer zuckenden Muskeln und den Schnitten auf meiner Brust, geht es mir eigentlich auch ganz gut." Dass Dorian in so einer Situation auch noch zynisch werden konnte, hätte ich nicht gedacht. "Bei dir auch alles in Ordnung?" Nach einem kurzen Seufzer nickte ich leicht. Schmerzen hatte ich keine, aber ich war vollgepumpt mit Verzweiflung und hoffte irgendwo tief in mir drin, dass wir hier doch noch irgendwie rauskommen würden, doch alleine schafften wir das sicher nicht. Während wir darauf warteten, dass Amelie kam, schaute ich mich in dem Raum um. Auf dem Boden waren dunkle Flecken zu sehen und ich fragte mich, ob hier schon viele Werwölfe unter Schmerzen und Qualen ihr Ende gefunden hatten. Es war mir ein Rätsel, wie diese Hexen auf der einen Seite Monster zu ihnen sagen konnten und auf der anderen Seite selbst nichts Anderes taten, als anderen Leid

anzutun und offensichtlich ihre Macht auszuspielen. Sicher, es war nicht besonders toll, was man ihnen und ihren Familien angetan hatte, aber es gab schließlich von allem immer zwei Seiten der Medaille, wie man immer so schön sagte. Mehr war eigentlich auch nicht zu sehen, zumal der Raum nicht sehr gut beleuchtet war.

Die Tür öffnete sich und frische Luft kam herein, die aber sofort in der modrigen Kühle unterging. Angestrengt versuchte ich meinen Kopf zu drehen, um zu erkennen, wer reingekommen war, aber ich kam nicht weit genug. Dorian richtete nun seinen Blick auf die Person, die hinter mir stand und sein Blick verriet mir nicht, ob es Amelie war, oder nicht. Er starrte sie einfach nur teilnahmslos aus müden Augen an. Mich beschlich das Gefühl, dass es nicht Amelie war, denn sonst hätte er ja wohl anders reagiert, beziehungsweise hätte er wohl überhaupt reagiert. Eine kalte Hand strich mir über den Hals und ich zuckte zusammen und keuchte leise auf. Es war also diese Hexe, die Dorian geschnitten hatte und die Hand war auch keine Hand, sondern eine Klinge, die mir über die Haut kratzte.

"Also, Mädchen. Wir haben zwar noch nicht

entschieden, was wir mit dir machen werden, aber du kannst davon ausgehen, dass du den Tag nicht überlebst. Ich gebe dir allerdings die Möglichkeit, dir den Zeitpunkt selbst auszusuchen." Ach wie großzügig, dachte ich mir und versuchte, nicht wieder in Tränen auszubrechen. Sie beugte sich zu mir und flüsterte mir ins Ohr, aber sie wusste genau, dass die anderen sie hören konnten. Louis hatte seinen Blick nun auch auf sie gerichtet.
"Du kannst dir den Anblick ersparen, deine geliebten Wölfchen sterben zu sehen und vor ihnen abtreten, am liebsten gleich jetzt. Oder du siehst zu, wie sie ausbluten und langsam krepieren und dann, wenn dein Schmerz dich fast zerreißt, werde ich dich erlösen." Louis knurrte nun auch und seine Augen leuchteten bedrohlich auf. Das zog die Aufmerksamkeit der Hexe auf ihn und kichernd ging sie zu ihm. "Hast du mir was zu sagen, Köter?" Mit dem Messer schnitt sie ihm ins Gesicht, was ihn nur noch wütender machte.
"Wie hast du sie eigentlich so zahm bekommen? Welches Leckerli hast du ihnen gegeben, wenn sie dir gehorcht haben?" Sie drehte sich zu mir um und Louis versuchte nach ihrem Nacken zu schnappen, aber die

Frau stand genau so, dass er gerade so nicht an sie herankam. Das aufeinander prallen seiner Zähne war nur allzu deutlich zu hören. "Tja, wie du die beiden Kerle für dich gefügig gemacht hast, muss ich ja eigentlich nicht erst fragen." Sie zwinkerte mir zu und lächelte wissend, aber sie wusste nichts von mir, oder von den Brüdern und ganz besonders wusste sie nichts von Amelie. Diese Frau konnte mir nur leidtun, aber sie hatte das Messer und deswegen tat sie mir nicht mehr leid.
"Rühr sie ja nicht an, du stinkende Kröte!", knurrte Louis sie nun an und bekam auf seiner anderen Wange gleich noch einen Schnitt. "Ich glaube, du bist nicht in der Position, um Forderungen zu stellen, du kleiner Chihuahua." Die Hexe fing nun an zu keifen. Kröte war wohl eine Beleidigung, die ins Schwarze traf. Wieder ging die Tür auf und diesmal war es ganz sicher Amelie, denn als Dorian sie sah, wurden seine Augen glasig und ich wusste, jeden Moment würden ihm die Tränen kommen. "Was macht ihr hier?"
Ihre Stimme klang unglaublich zerbrechlich, lieblich und überrascht. Sie kam näher und dann stand sie direkt neben mir. Ein betörender Duft, der mich an ein

Erdbeerbeet erinnerte, erfüllte den Raum und sie nahm den ganzen Raum mit ihrer Präsenz ein. Obwohl ich sie gar nicht ansah, spürte ich ihre Ausstrahlung. Langsam drehte ich meinen Kopf und erblickte ihre Gestalt. Mit großen Augen sah sie Dorian an und dann zu Louis und dann zu mir. Ihre Augen waren blau und voller Leid, doch es spiegelte sich hauptsächlich Unschuld darin wider. Ihre Haut sah aus, als könnte sie zersplittern, wenn man sie zu doll berührte und ihre Haare schimmerten selbst in dem wenigen Licht hier unten, als würde sie Sonne auf sie scheinen. Diese wunderschöne junge Frau trug ein leichtes hellgelbes Sommerkleid und flache helle Pumps dazu. Sie bot einen Anblick, den ich niemals hätte vergessen können und gleich wurde mir ganz warm ums Herz. "Amelie, endlich bist du hier. Wir haben dich alle schon sehnlichst erwartet. Der Zeitpunkt ist gekommen, um deinem endlosen Leid ein Ende zu setzen, damit du endlich mit der Vergangenheit abschließen kannst." Verständnislos sah sie die Hexe an. "Ich verstehe nicht." Ihre Stimme hätte unschuldiger nicht klingen können. "Diese Leute hier an der Wand, das sind Werwölfe und du kannst dich nun rächen und ihrem elenden Leben ein Ende setzen." Dorian sah seine Schwester forschend an und Louis Unterlippe bebte. Amelie betrachtete ihre Brüder und dann drehte sie sich von ihnen weg. Ihr Gesicht zeigt in meine Richtung und an ihrem Ausdruck war gut zu erkennen, dass sie ihre Brüder nicht töten wollte. Sie schien verzweifelt einen Ausweg zu suchen, oder nach einer Erklärung, damit sie ihnen nichts antun musste. Nun kam die Frau zu ihr und nahm sie in den Arm. "Ist ja schon gut. Lass dir so viel Zeit, wie du willst." Das Lachen konnte ich mir nun nicht mehr verkneifen. Diese unglaubliche Engstirnigkeit dieser dummen Frau war doch zu komisch. Wenn sie doch nur wüsste, was ich wusste, dann würde sie anders reagieren, aber irgendwie kam es uns zugute, dass Amelie nie über ihre Vergangenheit gesprochen hatte. "Was gibt's denn da zu lachen?"

"Sie verstehen es immer noch nicht, oder?" Die Verwirrung stand dieser Hexe ins Gesicht geschrieben und sie wurde nicht schlau aus meinen Worten, was ich triumphierend zur Kenntnis nahm. Wartend sah ich Amelie an, die mich verunsichert musterte und dann sah sie zu der Frau.

"Sie haben Recht. Ich muss mich endlich von meiner schlimmen Vergangenheit lösen und damit abschließen." Langsam ging sie zu dem Tisch, wo die Messer lagen und nahm sich ein großes mit Zacken. Sie betrachtete es neugierig und drehte es in ihren zarten Fingern.
Nun bekam ich doch etwas Angst und weder Dorian, noch Louis machten Anstalten, sie davon abzubringen. Die Hexe lachte nun ihrerseits und sah mich überlegen an. Mir kamen die Tränen. Es konnte doch nicht alles vorbei sein. Sie konnte doch nicht einfach ihre Brüder töten. Verzweiflung war zuvor noch in ihren Augen zu gesehen und ihr Blick sagte, dass sie ihre Brüder nicht töten wollte und nun das? Hatte ich mich so sehr getäuscht? "Also Amelie. Töte sie und alles wird ein Ende haben. Du wirst wieder lachen können und voll und ganz zu uns gehören."
Die Frau bekam einen ganz verrückten Gesichtsausdruck und das machte mir noch mehr Angst, als das Messer in Amelie's kleinen Händen. "Ja, ich werde sie töten. Ich werde Sie töten." Schnell schloss ich die Augen und hörte das schlimmste Geräusch, das man sich vorstellen konnte. So klang es also, wenn eine scharfe gezackte Klinge

durch Eingeweide schnitt. Die Hexe erstarrte und ihr Atem stockte. Langsam öffnete ich meine Augen, aber eigentlich wollte ich nicht hinsehen. Blut tropfte auf den Boden und die Frau keuchte auf und krümmte sich leicht. Amelie hatte ihr das Messer tief in den Bauch gerammt. Ihr und nicht ihren Brüdern, oder Nadine. "Hexen zerstörten mein Leben. Hexen nahmen mir meinen Bruder, Dorian. Hexen brannten mein Haus nieder. Ich wollte nie eine von euch sein, ich wollte einfach nur meine Brüder zurück, meine Familie. Danke, dass ihr sie für mich gefunden habt und ab jetzt komme ich ganz gut ohne euch klar." Ihre Stimme war zwar noch immer wie ein zartes Band, aber sie war unterlegt mit einem bedrohlichen Unterton.
Amelie zog das Messer mit einem Ruck wieder aus dem Körper der anderen Hexe, die sofort zu Boden ging.
Sie ließ das Messer fallen und sah uns alle einmal an. Auf ihrem Kleid waren Blutflecken und sie sah aus, als hätte sie sich vor sich selbst erschreckt und müsste sich nun erst mal wieder fangen. Nachdem sie einen Moment ausgeharrt hatte, machte sie meine Fesseln ab und dann half ich ihr, die drei von der Wand zu lösen. "Wir müssen

uns beeilen, bevor die anderen merken, dass ich doch nicht zu ihnen gehöre." Sobald Dorian von den Ketten gelöst war, zog er seine Schwester zu sich und umarmte sie, erdrückte sie fast. Mit beeilen war es gerade doch nicht so dringend, denn Louis stieg gleich mit ein, als ich seine Ketten abgemacht hatte und ich war dermaßen gerührt von diesem Bild, dass ich weinen musste. Diesmal allerdings vor Freude. Nadine kam auch langsam wieder zu sich, das Laufen fiel ihr allerdings noch schwer. "Leute, ich will euch wirklich nicht unterbrechen, aber wie Amelie schon sagte, sollten wir uns lieber beeilen, bevor noch jemand kommt und die tote Hexe daliegen sieht." Die drei lösten sich wieder voneinander und Dorian nahm Nadine auf seine Arme und trug sie nach draußen. Wir rannten durch den langen Gang und dann die Treppe nach oben, wo uns die Sonne zunächst blendete. Auf dem Friedhof war weit und breit niemand zu sehen. "Mein Auto müsste noch dastehen, aber das wäre wohl etwas sehr auffällig, wenn ich da jetzt hin spaziere." Ratlos standen wir einen Moment reglos da und überlegten, was wir jetzt tun sollten.

"Ich hole dein Auto. Noch denken sie, dass

ich eine von ihnen bin. Geht schon mal vor zu der Straße, die aus der Stadt führt. Ich hole euch da ab."
Louis gab seiner Schwester die Autoschlüssel und dann trennten wir uns. Erst jetzt hatte ich bemerkt, dass Amelie noch aussah, als wäre sie so alt wie ich, also war sie nicht gealtert. Hexen alterten zwar nur sehr langsam, aber Amelie schien nicht einen Tag älter geworden zu sein. Vielleicht lag das ja an den Wolfsgenen in ihr? Wir rannten über den Friedhof, Dorian trug noch immer Nadine, Louis hatte mit seinen Schmerzen zu tun und ich fragte mich, wie Dorian es schaffte, so schnell zu rennen, immerhin war er viel schwerer verwundet als Louis. Schon nach kurzer Zeit war ich außer Puste, aber der Gedanke, in einer Stadt voller Hexen zu sein, die uns umbringen wollen, trieb mich weiter voran. Wir brauchten eine ganze Weile, um zum Ortsrand zu kommen, weil wir uns ständig verstecken mussten. Überall standen diese Hexen herum und schienen mehr oder weniger Wache zu halten. Dorian hatte Nadine nun Huckepack und als wir endlich ankamen, wartete Amelie schon mit laufendem Motor auf uns. Schnell stiegen wir ein und die Türen waren noch nicht richtig

geschlossen, als sie davonraste. Stolz stellte ich fest, dass uns die Stadtbewohner scheinbar noch nicht entdeckt hatten und wir in aller Ruhe verschwinden konnten.
Louis hatte sich nach vorne gesetzt und Nadine saß zwischen Dorian und mir auf der Rückbank. Zwar hatte ich noch gar nicht wirklich realisiert, was grade alles passiert war, aber ich fühlte mich irgendwie gut, auch wenn wir fast alle gestorben wären. Wir sind entkommen, wie auch immer wir das angestellt haben und diese Tatsache gab mir ein Hochgefühl des Glücks.
"Sind wir in Sicherheit?", fragte Nadine nuschelnd und lehnte sich an meine Schulter.
"Im Moment schon.", meinte Amelie und fuhr so lange, bis sie sich sicherer fühlte und hielt dann an einer verlassenen Tankstelle an. Wir saßen alle fünf da und harrten einen Moment aus. Der Motor knackte leise und zischte ein bisschen. Durch die Ruhe, die nach dieser Hektik folgte, rauschte es in meinen Ohren. Es lagen mal wieder so viele Fragen in der Luft, die aber niemand stellte.
"Wo sollen wir jetzt hin?", fragte Amelie schließlich leise und sah durch die Windschutzscheibe. Regenwolken brauten sich am Himmel zusammen und aus der

Ferne war schon ein leichtes Grollen zu hören. Ein Sommergewitter nahte.

Im Kopf ging ich die Möglichkeiten durch, die uns jetzt blieben. Amelie war in die falsche Richtung gefahren, also hätten wir wieder umdrehen müssen. Da allerdings die ganze Hexenbagage sicherlich aufpassen und uns suchen würde, war das Risiko zu groß. Mein Blick fiel auf Nadine, die ganz dringend etwas schlafen musste und die anderen waren auch schon sehr erschöpft. Im Auto war es auf Dauer zu unbequem und es fing sicherlich bald an zu schütten. "Vielleicht gibt es hier in der Nähe ja ein Motel, oder so. Ich denke, wir brauchen jetzt alle ein bisschen Schlaf, vor allem Nadine.", schlug ich schließlich vor und da keiner eine bessere Idee hatte, entschieden wir uns dazu, ein Motel zu suchen. Louis und Amelie tauschten die Plätze und dann fuhren wir weiter. Nach einer Stunde fanden wir dann ein abgelegenes Motel und mieteten uns in zwei Zimmer ein.
Die ganze Prozedur mit dem Vermieter blieb

an mir hängen, weil Dorian, Louis und Nadine nicht wirklich viel anhatten. Nadine hatte meine dünne Jacke bekommen, als wir sie von den Ketten gelöst hatten, damit sie nicht ganz so entblößt war. Die Zimmer bezahlte ich in bar, das erregte am wenigsten Aufsehen. Wir drei Mädchen gingen in das eine und die beiden Jungs in das andere Zimmer. Besonders luxuriös war es nicht gerade, eher dreckig und es roch ein wenig unangenehm. Für eine Nacht würde es jedoch locker reichen. Nadine legte sich sofort hin und schlief auf der Stelle ein. Amelie ging erst mal duschen, denn sie war voller Hexenblut. Glücklicherweise hatte Louis noch ein paar seiner Klamotten in seinem Kofferraum und gab uns allen etwas zum Anziehen, außer mir, denn meine Sachen waren noch sauber. Dorian und Louis hatten den gleichen Plan und nachdem sich jeder frisch gemacht hatte, gingen Amelie und ich zu den anderen rüber, Nadine ließen wir schlafen. Bevor wir uns ausruhen konnten, mussten wir noch einige Dinge klären, soviel stand fest. Es war Zeit für Amelie, ihre Seite der Geschichte zu hören.
Wir verteilten uns auf die beiden Betten und dann fing sie langsam an zu erzählen.

"In der Nacht, als unser Haus brannte, wurde ich vor euch anderen wach. Ich hörte Geräusche aus Dorian's Zimmer, die mir Angst machten. Ich hörte das Klirren von den schweren Ketten aus dem Keller, die wir immer zur Sicherheit hatten. So leise, wie ich konnte, schlich ich mich in den Flur und versuchte, einen Blick in sein Zimmer zu werfen. Leider war es zu dunkel, um viel zu erkennen.
Er lag in seinem Bett und regte sich nicht, was mich wunderte, denn jemand kettete ihn gerade am Bett fest. Ein merkwürdiges Gefühl beschlich mich, als ob ich diese Person kennen würde. Sie flüsterte etwas, wahrscheinlich ein Bannspruch. Ich versteckte mich hinter der Kommode im Flur und sah die Person, die aus dem Raum kam. Sie hielt ein glühendes Stäbchen vor die Tür, sprach in lateinischen Wörtern und dann verschwand die Tür. Mir jagte ein kalter Schauer über den Rücken und es viel mir schwer, nicht zu schreien. Still saß ich da in der dunklen Ecke, hinter der Kommode. Teilweise hielt ich sogar die Luft an. Die Stimme kam mir etwas bekannt vor, aber ich konnte sie nicht zuordnen. Dann verschwand

sie. Vermutlich war es eine Frau, ihre Stimme klang zumindest nicht sehr männlich. Nachdem sie weg war und ich mich sicher genug fühlte, tastete ich die Wand ab, doch ich konnte Dorian's Tür nicht finden. Immer wieder strich ich über die Stelle an der Wand, wo eigentlich die Tür hätte sein müssen, aber es fühlte sich an, als wäre dort schon immer eine Wand gewesen. Dorian war verschwunden. Kurze Zeit später erhellte sich der Flur und das Feuer breitete sich aus. Ich hämmerte gegen die Wand, so fest ist konnte, aber Dorian war eingeschlossen, unerreichbar für uns alle. Vater holte mich mit Gewalt von dort weg. Ich flehte ihn an, mir zu helfen, doch er hörte mir gar nicht zu. Wir kamen alle heil raus, das weißt du ja noch, Louis. Das Haus brannte und wir wussten alle, dass es Hexenwerk war. Zu dem Zeitpunkt wusste ich übrigens noch nicht, dass ich auch eine bin. Wir flüchteten ohne Dorian und wir steigen in den Zug, wo Mutter mir erklärte, dass ich eine Hexe sei, aber dass sie das nicht schlimm fände, weil ich das ja nicht getan hatte. Sie sagte es so, aber sie meinte es anders, das konnte ich spüren. Aus irgendeinem Grund gab sie mir die Schuld daran und ich wusste, dass sie mir das niemals verzeihen könnte. Dann verschwindet meine Erinnerung. Das nächste, was ich weiß ist, dass ich in dieser Stadt war und umringt von Hexen. Durch meine Alpträume, die ich von dieser schrecklichen Nacht hatte, dachten sie scheinbar, ihr hättet mir was Schlimmes angetan. Ich wusste, dass sie Werwölfe hassten und deswegen habe ich ihnen nie erzählt, dass ihr meine Familie seid. Deswegen habe ich euch verleugnet. Diese Frauen boten mir Sicherheit, doch Sympathie für Werwölfe duldeten sie nicht."

Tränen rollten ihr die Wange runter und Dorian nahm sie in den Arm. "Es tut mir so leid, dass ich euch verlassen habe. All die Jahre habe ich euch so sehr vermisst und ich wünschte mir immer, dass ihr mich suchen würdet, aber ihr kamt nicht." Sie schluchzte und vergrub ihr Gesicht in Dorian's Shirt. "Wir sind dir nicht böse. Du weißt, wir lieben dich." Sie sah auf und schniefte. Selbst jetzt, so verheult, sah sie wunderschön aus und ein bisschen beneidete ich sie um dieses Talent. Wenn ich weinte, sah ich bestimmt aus wie ein kleines Schweinchen, mit Sabber überall.

"Ihr dachtet doch aber, dass ich das war, oder? Dass ich das Haus angezündet und Dorian eingesperrt habe und dann geflohen bin, aber ich war das nicht. Ich hätte so was doch niemals jemandem angetan und schon gar nicht meinem Bruder, meiner Familie."
Betretenes Schweigen trat ein und wir alle hatten nun ein schlechtes Gewissen, dass wir Amelie verdächtigt hatten, obwohl Louis uns mit dieser Idee überhaupt erst darauf gebracht hatte, dass es Amelie hätte sein können.
"Hey, wenigstens haben wir dich deswegen erst gefunden.", versuchte ich die Ärmste aufzumuntern und tatsächlich lächelte sie mich liebevoll an. "Na ja, eigentlich kann ich es euch nicht verdenken. Immerhin sprachen alle Beweise gegen mich, aber ich schwöre euch, bei allem was mir heilig ist, dass ich es nicht war. Ich hatte gar nicht so starke Kräfte, auch jetzt nicht. In all den Jahren habe ich mich, so gut es ging, von der Hexerei ferngehalten, damit sie mich mit ihrem Hass nicht auch noch irgendwie anstecken konnten."
"Ich bin froh, dass sich unser Verdacht nicht bestätigt hat. Der Gedanke daran hat mich wirklich fertig gemacht." Dorian hatte recht.

Der Gedanke hat uns wohl alle nicht kalt gelassen, aber wenigstens hat das Ganze noch ein gutes Ende genommen. "Dann bleibt also noch immer diese eine Frage offen. Wer war es?" Alle nickten, Louis Aussage zustimmend. "Wir wissen schon mal, wer es alles nicht war und dass Amelie sie auf jeden Fall kannte und dass es eine Frau war. Das ist doch schon mal mehr, als wir am Anfang wussten. Außerdem wissen wir, dass es eine sehr starke Hexe sein muss." Louis hatte alles perfekt auf den Punkt gebracht, aber ich hatte keine Ahnung, wie wir sie finden sollten und wo wir überhaupt suchen sollten.
"Vielleicht sollten wir uns erst mal auf die Suche nach Mutter machen.", schlug Dorian dann vor und sah betrübt in die Runde. "Was? Mutter ist verschwunden?" Amelie war wie vor den Kopf gestoßen. "Ja. Hexen haben sie entführt und ich glaube die Tatsache, dass diese Nachricht auf Französisch war, sollte uns einen Hinweis geben. Ich meine, vielleicht haben sie sie nach Frankreich gebracht?" Wir alle dachten über diese Möglichkeit nach. "Bis nach Frankreich kann ich nicht mitkommen. Meine Mum geht an die Decke, wenn ich

noch länger wegbleibe. Zwei Wochen waren ausgemacht und wenn mich nicht alles täuscht, haben wir schon mehr als eine Woche gebraucht."
Mein Gefühl für Zeit war irgendwie total aus den Fugen geraten und ich wusste nicht mal, welchen Tag wir hatten. Für mich gab es immer nur Sonnenaufgang, Sonnenuntergang, Frühstück, Abendessen und so weiter, aber wie viele Tage vergangen waren, konnte ich nicht sagen.
"Zehn, oder vielleicht auch elf Tage sind wir jetzt unterwegs. Ich weiß nicht genau, wie lange wir in der Gruft eingesperrt waren, aber ich kann mir nicht vorstellen, dass es mehr als ein paar Stunden waren."
Es erstaunte mich, dass Dorian so genau wusste, wie lange wir schon unterwegs waren. Immerhin hatte er schließlich auch den Kopf mit allerlei Dingen voll. "Das heißt, in ungefähr vier Tagen muss ich wieder nach Gaping Hill. Aber ich könnte ja meine Mum anrufen und sie fragen ob ich nicht noch länger bleiben könnte, weil es ja so lustig ist und so weiter."
"Ja, versuch das doch. Ansonsten müssen wir eben ohne dich weiter machen." Louis sagte das mit einem belustigten Unterton in der

Stimme. "Kommt ja gar nicht in Frage!" Endlich konnten wir alle wieder Witze machen und lachen. "Ich ruf sie am besten gleich an und keine Sorge, ich bekomme sie schon irgendwie dazu, dass sie es mir erlaubt.
Zum Telefonieren ging ich nach nebenan in unser Zimmer und rief meine Mum an. Zuerst erzählte ich ihr, wie toll es in New York war und wie viel Spaß ich mit meiner Freundin hatte und dass ich auch neue Freunde gefunden hatte. Dann machte ich eine längere Pause und sie schien es schon geahnt zu haben. "Du willst noch länger bleiben, oder?" Obwohl sie es nicht sehen konnte, nickte ich leicht, aber sie war meine Mum und wusste natürlich, dass es so war. "Ich muss ehrlich sagen, dass mir das eigentlich nicht so gut gefällt, aber du würdest dich hier in Gaping Hill vermutlich nur langweilen und den ganzen Tag in deinem Zimmer hocken. Du kannst also noch bleiben, wenn du der Familie nicht auf die Nerven gehst und ihnen nicht die Haare vom Kopf isst. Vielleicht sollte ich dir noch etwas Geld überweisen? Hast du denn noch genug?" Einen Moment lang dachte ich darüber nach. Eigentlich habe ich nur die

Fahrkarten und das erste Hotel bezahlt. Danach hat Louis alles gekauft und bezahlt. Dennoch konnte man ja nie wissen. "Na ja, vielleicht ein bisschen, falls ich noch shoppen gehen will." Wenn ich jetzt abgelehnt hätte, wäre Mum vermutlich stutzig geworden. Die Tochter, die kein Geld wollte? Da stimmt doch etwas nicht. "Also gut, dann bekommst du noch was. Erzähl doch mal, was ihr immer so macht. Ich kann mir ja gut vorstellen, dass du nicht nur wegen deiner Freundin noch länger bleiben willst." Mir war klar, dass das irgendwann kommen musste. "Worauf willst du bitte hinaus?" Nun gab ich einfach das Unschuldslamm und tat so, als wüsste ich nichts. "Ach komm, es gibt sicherlich haufenweise Jungs in New York, die doch nur auf dich gewartet haben." Mum lachte und ich musste auch schmunzeln. Ganz sicher hatte kein einziger in New York auf mich gewartet und dennoch habe ich tatsächlich zwei nette Kerle kennengelernt, von denen der eine manchmal echt anstrengend sein konnte. "Weiß nicht, kann sein?".

"Ach, jetzt lass dir doch nicht alles so aus der Nase ziehen. Erzähl doch mal ein bisschen mehr. Wie heißt er, wie sieht er aus, riecht er

gut?" Riecht er gut? Was war das denn für eine merkwürdige Frage? Ich überlegte, welchen der beiden ich jetzt eigentlich beschreiben sollte. Immerhin konnte ich ja schlecht sagen, dass es da irgendwie zwei gab, aber irgendwie auch wieder keiner von beiden auf diese Weise an mir interessiert sein konnte. Damit meine Mum aber beruhigt schlafen konnte, beschrieb ich ihr einfach Dorian. "Naja, blaue Augen, dunkle Haare. Er ist groß und muskulös und er...naja, er riecht sehr gut." Meine Ohren wurden warm und auch ohne einen Spiegel wusste ich, dass ich gerade rot geworden war. Nun kam ich mir schon sehr albern vor, als ich das sagte und ich schaute zu Nadine, ob sie noch schlief. "Ach ja und er heißt Dorian." Seinen Namen flüsterte ich nur. Wenn Nadine nun doch nicht schlief, sondern mich nur belauschte, um das dann brühwarm den anderen zu berichten, hätte ich das nicht so toll gefunden. Obwohl Flüstern bei einem Werwolf vermutlich genauso sinnvoll war, wie auf einem Rockkonzert in der ersten Reihe zu stehen und über Kopfhörer Musik zu hören. "Und du magst ihn?"
Mir war schon völlig entfallen, dass Mum noch am Handy war. "Ja klar mag ich ihn. Er

ist wirklich lieb und witzig und ein Gentleman." Das ich ihn mochte, war ja kein Geheimnis. Louis mochte ich schließlich auch, auch wenn er es einem manchmal sehr schwer machte, aber langsam hatte ich mich an seine direkte Art gewöhnt und kam mit diesen aufdringlichen Kommentaren besser klar. "Es freut mich, dass du endlich jemanden gefunden hast. Du bist ja schließlich schon siebzehn und langsam hab ich mir echt Sorgen gemacht. In deinem Alter hatte ich schon längst meinen ersten Freund." Dazu sagte ich einfach nichts mehr, denn dieses Gespräch hatte ich ja schon mit Dorian, der in etwa das gleiche gesagt hatte. "Na gut, ich werde dich dann auch mal nicht weiter aufhalten. Ich liebe dich meine Kleine und pass gut auf dich auf."
"Ich liebe dich auch, Mum." Einen Moment saß ich auf meinem Bett und betrachtete das Handy in meiner Hand. Meine Mum dachte jetzt, dass ich einen Freund hatte, soviel stand fest. Mein Blick ging zu Nadine, die ihre Augen zwar noch geschlossen hatte, aber nun breit grinste.
"Du hast also doch mitgehört?" Empört warf ich mein Kissen auf sie und dann kicherten wir beide los. "Es war wirklich süß, wie du

von Dorian geredet hast."
"Irgendwas musste ich ihr ja sagen."
"Ja, sicher, aber mal was anderes. Wo geht es als nächstes hin?"
"Keine Ahnung. Ich fürchte irgendwie, dass wir das Land verlassen werden. Die Nachricht, die die Entführer da gelassen haben, war auf Französisch und Louis vermutet, dass es ein Hinweis auf ihren Aufenthaltsort sein soll." Nadine sah nachdenklich aus. "Vielleicht aber auch nicht. Mutter hat sehr oft mit französischen Leuten telefoniert und sie vermutlich auch besucht. Manchmal war sie ein paar Tage weg, aber sicherlich war sie nicht in Frankreich. Ich denke, es war irgendwo in New York. Komisch, dass Louis davon nie was bemerkt hat." Das fand ich allerdings auch etwas merkwürdig. "Ich denke, Louis hat die Dinge, die seine Mutter tat, nie in Frage gestellt, oder womöglich sogar hinterfragt." Zumindest war das mein Eindruck. Louis Unterwürfigkeit war unübersehbar und ich hatte nur kurz das Vergnügen, Mutter und Sohn miteinander zu erleben.
"Ja, er war ziemlich unter ihrem Pantoffel. Er hat alles getan, was sie wollte und nie

nachgefragt, wie ein kleiner dummer Soldat und sie machte auch nie den Eindruck einer besorgten Mutter auf mich. Eher wie eine gefühllose Anführerin. Ich meine, für mich war sie nun mal nur der Alpha, aber für ihn war sie auch seine Mutter. Ich konnte nie verstehen, wieso sie ihn so abweisend behandelt hat." Irgendwie machte es mich traurig, dass Louis scheinbar erfolglos versuchte, seine Mutter stolz auf sich zu machen und dass sie ihn das so sehr spüren ließ. Dennoch wollte er sie unbedingt retten.
"Okay, dann besprechen wir das am besten mit den anderen. Ach, bevor ich es vergesse." Schnell ging ich ins Badezimmer und suchte in den Schränken nach einem Erste-Hilfe-Kasten, den ich sogar fand. Er war zwar nicht mehr vollständig, aber eine Wunde konnte man dennoch säubern.
Mit der Kiste unterm Arm ging in den Raum zurück. "Kommst du mit rüber, oder willst du noch weiter schlafen?"
Natürlich kam Nadine mit und sie erzählte den anderen auch, was sie über diese Franzosensache wusste. Währenddessen kümmerte ich mich Louis Schnitte im Gesicht. Sie waren ziemlich tief, aber man konnte sehen, dass eine langsame Heilung

schon eingesetzt hatte. Nicht so schnell, wie es normalerweise der Fall war, aber auch nicht so langsam, wie bei einem normalen Menschen.
Eine Behandlung war vielleicht unnötig, aber man konnte ja schließlich nie vorsichtig genug sein.
"Dann ist sie vielleicht noch in New York?" Louis klang sehr zuversichtlich und strahlte im ganzen Gesicht. Die Tatsache, dass er seine geliebte Mutter wiedersehen könnte, erheiterte sein Gemüt um ein Vielfaches. Als ich mit Louis Gesicht fertig war, widmete ich mich den Schnitten auf Dorian's Brust. Sie waren viel tiefer als die von Louis und mir wurde ein bisschen übel bei dem Anblick des blanken Fleisches, das mir breit entgegen lächelte. Dorian wollte zuerst nicht, dass ich seine Wunden behandelte, aber nach einer kurzen Diskussion, zog er sein Shirt dann doch aus. Er hatte schnell bemerkt, dass es bei mir eigentlich gar nichts brachte, zu diskutieren, aber dennoch versuchte er es ab und zu. "Geht es denn?", fragte er mich vorsichtig, als er mein Gesicht sah. "Ja, ja. Ich guck einfach nicht so genau hin." Das war leichter gesagt, als getan, denn um die Wunde zu säubern und ordentlich zu

verbinden, musste ich wohl oder übel hinsehen, doch ich schaffte es, ohne in Ohnmacht zu fallen.
"Vielleicht sollten wir noch mal zu der Villa zurück fahren und in Mutters Zimmer nach Hinweisen suchen? Vielleicht finden wir eine Telefonnummer, oder eine Adresse, oder ein Name würde ja auch schon reichen." Louis war kaum zu bremsen und am liebsten wäre er wohl auf der Stelle wieder los gefahren, aber wir hatten vorher schon beschlossen, dass wir die Nacht hier verbringen würden und keiner von uns hatte große Lust so spät noch irgendwo hinzufahren, also musste er sich wohl gedulden. Der nächste Tag würde vielleicht mehr Aufschluss bringen, doch für heute hatten wir genug geredet und jeder von uns war so müde, dass sie alle sofort einschliefen, sobald ihre Köpfe das Kissen berührten. Vermutlich hatten wir alle schon lange keinen so tiefen und erholenden Schlaf, wie in dieser Nacht. Als wir uns am nächsten Morgen draußen trafen, um uns auf den Weg zu machen, hatte jeder super gute Laune, was ungewöhnlich war in Anbetracht der Situation. Erstaunlich, was guter Schlaf alles bewirken konnte. Die Fahrt war richtig witzig und sogar Louis machte Scherze, über die

man tatsächlich lachen konnte. Obwohl es noch so ungewiss war, ob wir überhaupt etwas finden würden, war die Stimmung, bis wir an der Villa ankamen, ausgelassen. Wir haben uns nicht mal mehr Sorgen wegen den Hexen gemacht, als wir an Mersey vorbei gefahren sind. Nadine und Louis, die in der letzten Zeit am meisten mit Mutter zu tun gehabt hatten, gingen sofort in ihr Zimmer, um nach irgendwelchen Hinweisen zu suchen. Amelie, Dorian und ich setzten uns auf den Boden im Fernsehzimmer. Auf dem Sofa konnte man nicht mehr sitzen, weil dort alles voller angetrocknetem Blut war und keiner von uns bisher die Gelegenheit hatte, das Sofa wegzuschmeißen. Ein Neues war allerdings schon in Planung. "Hier ist viel passiert, oder?" Amelie spürte, dass hier viele Werwölfe gestorben waren und dass vor allem in diesem Zimmer viel Schmerz und Blut vergossen wurde. Wir erzählten ihr alles von Posey's heldenhafter Rettung. "Vielleicht wäre es doch ganz hilfreich, wenn du dich ein bisschen auf diese ganze Hexensache einlassen würdest.", schlug Dorian vor und damit hatte er nicht ganz Unrecht. Immerhin war unser Gegner sehr stark und eine Hexe auf unserer Seite zu wissen, konnte einen

Vorteil haben. Vor allem, wenn wir Mutter aus den Fängen dieser Hexen befreien wollten, ohne dass einer von uns über den Jordan ging. Wirklich begeistert war Amelie natürlich nicht von der Idee, aber sie sah es dennoch ein. "Ich musste in Mersey ein paar Übungen machen, um meine Kräfte zu steigern, Konzentrationsübung und so. Sie sagten, ich soll das jeden Tag machen, damit ich stärker werde, auch ohne Zauber anzuwenden. Ich habe es allerdings fast nie gemacht, weil ich nicht stärker werden wollte. Ich denke, es ist an der Zeit, dass ich wieder damit anfange." Sie klang etwas trübsinnig und ich hätte ihr am liebsten gesagt, sie könne sich aus allem raus halten. Allerdings brauchten wir wirklich jede Hilfe, die wir bekommen konnten. "Am besten gleich, oder? Ich denke, du kannst Louis Zimmer benutzen." Dorian wollte nun scheinbar keine Zeit mehr verlieren.
"Okay, ich brauch dazu nämlich meine Ruhe." Mir kam allerdings eine bessere Idee in den Sinn, denn wir hatten noch genau ein Zimmer übrig, das wir nicht benutzten.
"Warte, ich habe einen Ort, wo du deine Ruhe hast und Louis sein kleines Reich nicht teilen muss. Zusammen mit Amelie ging ich

in das Zimmer, in dem allerhand Gerümpel stand und mit ein paar Kissen und Decken bauten wir beide eine kleine Sitzecke, in die ich mich am liebsten selber gleich rein gekuschelt hätte. Auf dem Weg nach unten, traf ich Nadine, die leise vor sich hin fluchte.
"Hey, was ist denn mit dir? Und was ist das für ein Krach, der da aus Mutters Zimmer kommt?" Nadine sah mich grimmig an, doch der Blick galt ihrer allgemeinen Gemütsverfassung und nicht mir. "Also, Louis stellt gerade das ganze Zimmer auf den Kopf und ich bin da etwas fehl am Platz. Ich dachte mir, ich könnte Pizza für uns alle holen. Irgendwelche Wünsche?" Pizza klang ziemlich gut. In dem Motel gab es nur etwas aus dem Snackautomaten, von dem mir die ganze Fahrt über schlecht war. In Mersey hatten wir eine ziemlich lange Zeit gar nichts zu essen bekommen, geschweige denn etwas zu trinken, also war Pizza eine ziemlich gute Idee. "Oh, ich nehme eine Salamipizza mit Zwiebeln bitte und irgendwas mit Kohlensäure und Zucker."
Wir kamen in das Fernsehzimmer, wo Dorian die Programme durch zappte, ohne sich anzusehen, was dort eigentlich lief. "Mir ist egal, ich esse alles. Teilen wir uns dein

Zuckergetränk, Michelle?" Natürlich hatte er das Gespräch mitgehört, aber ich wunderte mich schon lange nicht mehr darüber, wie weit sie eigentlich hören konnten "Das muss ich mir noch überlegen. Wenn du ganz lieb bitte sagst?" Dorian schaute mich an, wie ein kleiner Welpe und natürlich würde ich ihm etwas abgeben. Mit dem Blick könnte er sogar die ganze Flasche haben, wenn er wollte.
Lachend verließ Nadine das Haus und machte sich auf den Weg. Ob Louis etwas wollte, hatte sie nicht gefragt, aber vielleicht hatten sie vorher schon etwas ausgemacht. Aus Mutters Zimmer hörte man immer wieder Gerumpel und ab und zu ein leises Fluchen. Dorian grinste dann immer amüsiert darüber. Bei der Vorstellung, wie Louis mitten in dem Raum stand, ein riesengroßes Chaos um ihn herum war und er aufgebracht schnaufte und seine Haare in aller Richtung ab standen, musste ich auch grinsen. "Lacht nicht so blöd da unten!", hörte man ihn irgendwann rufen, was uns nur noch mehr zum Lachen brachte. Mittlerweile hatte Dorian sich für einen Sender entschieden und nun schauten wir einen Actionfilm, der mich kaum

interessierte. "Ich wundere mich doch sehr, dass es in diesem alten Haus noch Kabelanschluss gibt.", stellte ich irgendwann beiläufig fest. "Tja, die Stromleitungen funktionieren scheinbar noch gut. Fließendes Wasser gibt es schließlich auch und ich glaube, sogar die Heizungen gehen noch."
Hitze war das Letzte, was ich jetzt brauchte. Draußen war es warm genug, immerhin war es Sommer, auch wenn es in den letzten Tagen sehr oft geregnet hatte. Zudem war ich von drei Werwölfen umgeben, die jede Heizung überflüssig machten. Obwohl ich nicht sehr nah bei Dorian saß, brachte mich die Wärme, die er ausstrahlte, dennoch zum Schwitzen.
Während Nadine unterwegs war, um für uns alle Pizza zu holen, saßen Dorian und ich wie Zombies vor dem Fernseher. Ich für meinen Teil, achtete nicht mal wirklich auf den Film, sondern stierte nur abwesend vor mich hin. Mein Energielevel lief nur noch auf Notstrom, ich brauchte eindeutig was zu essen. Als Nadine nach ungefähr einer Stunde wieder da war, suchte Louis noch immer das Zimmer ab, oder verbreitete weiterhin sinnlos ein Chaos. Die Pizzaschachteln wurden verteilt und für

Louis hatte sie eine Jumbopizza mitgebracht. "Schnucki, mach mal eine Pause und komm essen." Breit grinsend saßen wir alle drei da und jeder von uns wusste, was gleich passieren würde.
Aufgebracht kam Louis runter gerumpelt und schnappte sich seine Pizza. "Nenn mich nicht Schnucki!", grummelte er nur und mampfte los. Er schnitt die Stücken nicht mal auseinander, sondern kaute an der ganzen Pizza. Unser aller Verdacht wurde bestätigt. "Deine Tischmanieren waren auch mal besser.", stellte Amelie fest, die in der Zwischenzeit auch wieder nach unten gekommen war.
"Siehst du hier irgendwo einen Tisch?" Wir saßen auf dem Boden, also waren Tischmanieren in seinen Augen wohl unnötig. "Ich nehme mal an, du hast noch nichts gefunden?", fragte Nadine schnippisch und wusste genau, dass es Louis reizte. Vor allem ihr Ton machte ihn rasend.
"Geh doch selbst suchen.", schnaufte er mit vollgestopftem Mund und konzentrierte sich ganz auf seine riesige Pizza. "Das mach ich vielleicht auch, wenn ich aufgegessen habe. Am besten, du bleibst hier unten, damit ich in Ruhe suchen kann und du Trampeltier

nicht noch mehr verwüstest."
Nadine war voller guter Laune, die sie an uns alle weiter gab, außer an Louis, denn der schmollte noch eine Weile weiter. Amelie hatte scheinbar keinen großen Hunger, denn von ihrer Minipizza schaffte sie nur zwei Stückchen. Nachdem sie diese gegessen hatte, ging sie wieder nach oben, um ihre Übungen fortzusetzen. Nadine folgte ihr schon kurze Zeit später und ging in Mutters Zimmer, um weiter nach Hinweisen zu suchen. Louis hatte die ganze Jumbopizza in einem Stück verdrückt. Erstaunlich, wie viel in so einen kleinen Mann hinein passte. Mir war nach der Hälfte schon ein bisschen übel und ich hatte nur eine normale Pizza. Für Dorian hatte Nadine auch eine Jumboausgabe mitgebracht und er war auch nach der Hälfte schon satt, oder er machte eine Pause und hob sich den Rest für später auf, da hatte ich nicht genauer nachgefragt. In diesen wenigen Stunden hatte ich das Gefühl, dass wir fünf ganz normale Freunde waren und dann musste ich über mich selbst schmunzeln. Noch vor zwei Wochen wollte ich alles andere als normal sein. Ich wollte nicht mit Freunden irgendwo herumsitzen, normale Pizza futtern und normale

Gespräche führen. Doch jetzt empfand ich die ganze Situation hier, die total normal war, als sehr angenehm und ich genoss die Gesellschaft dieser Leute in vollen Zügen. Vielleicht war 'normal' manchmal doch nicht so schlimm, wie ich immer dachte.
Nachdem Louis mit seiner Pizza fertig war, ließ er sich rücklings auf den Boden fallen und döste ein. Satt und glücklich, der Kleine. Auch ich wurde auch langsam wieder etwas schläfrig, aber ich schlief nicht ein, sondern ging dann nach oben und sah Nadine beim Suchen zu.
"Und? Meinst du, hier ist irgendwo ein Hinweis?" Das Zimmer sah furchtbar demoliert aus und ich bezweifelte, dass man in dem Chaos irgendetwas finden könnte, doch Nadine schien zuversichtlich und irgendwie hatte sie ein System in dem Chaos. Sie war gerade dabei, einen Haufen Papierkram zu durchforsten, als sie an einem Brief hängen blieb. Sie las ihn aufmerksam und dann las sie ihn noch mal. "Da werd ich nicht schlau draus." Sie gab ihn mir und ich las ihn. Er war nicht sehr lang und scheinbar wurden Pseudonyme benutzt. Andernfalls hätte der Verfasser wohl ein Faible für Lutscher gehabt, denn in dem Brief ging es

um Lutscher mit Kirschgeschmack.
Der Verfasser hieß Albert und das war das Einzige, wo ich gesagt hätte, der Brief wäre ein Hinweis gewesen.
"Gibt es noch mehr von diesem Albert?" Nadine suchte weiter und fand eine Postkarte vom Eiffelturm, die allerdings aus New York an diese Adresse verschickt wurde. Verwirrt schaute sie auf den Poststempel. "Wieso sollte er Mutter eine Postkarte schicken, obwohl sie beide in der gleichen Stadt wohnen?" Daraus konnte ich mir auch keinen Reim machen und ich beschloss, den Jungs davon zu erzählen und vielleicht war das eine heiße Spur, der wir folgen konnten. Zumindest hatten wir dann irgendeinen Anhaltspunkt, dem wir folgen konnten. Als ich den beiden den Brief und die Postkarte gezeigt hatte, waren sie auch der Meinung, dass man sich mit diesem Albert vielleicht mal unterhalten sollte. "Vielleicht sollten wir diesen Knaben aufspüren und ihn fragen, was es mit diesen Lutschern auf sich hat." Louis rümpfte die Nase. "Also eigentlich will ich nicht wirklich wissen, was der Kerl mit 'Lutschern' meinte." Ein weiteres Mal musste ich über Louis den Kopf schütteln. "Auf jeden Fall sollten wir diesen Albert finden. Nadine

sucht weiter, ob sie vielleicht den vollständigen Namen irgendwo findet.", erklärte ich den beiden gerade, als Nadine rein kam und einen Zettel hoch hielt, der scheinbar aus einem Terminkalender gerissen worden war.
"Albert Dumas heißt der Typ. Ich habe auch gleich mal im Internet nach ihm gesucht und bin prompt fündig geworden. Er hat in der Untergrundszene einen Club. Ich finde, wir sollten ihm einen Besuch abstatten und uns ein bisschen mit ihm unterhalten." Damit hatte sie im Grunde genau das gesagt, was wir eben auch besprochen hatten.
Ein Club also? Na das konnte ja was werden.
"Da gibt es nur ein kleines Problem. Ich bin erst siebzehn und komme ganz sicher in keinen Club hier rein." Überlegendes Schweigen zog durch den Raum. "Wir besorgen dir einfach einen falschen Ausweis. Wir müssen eh noch shoppen gehen, wenn wir in einen Club gelassen werden wollen. Amelie kommt auch mit.", beschloss Nadine einfach so, ohne Amelie überhaupt zu fragen. In ihren Augen war es keine Frage, ob Mädels shoppen gehen wollten, oder nicht, sie wollten nämlich immer. Louis stand auf und lief aufgeregt im Raum umher. "Okay,

am besten überlasst ihr den Ausweis Dorian und mir und ihr Mädels geht einkaufen." Er zückte seine Kreditkarte und übergab sie mir. Er gab sie nicht Nadine, oder Amelie, sondern mir und ich freute mich, dass er so viel Vertrauen zu mir hatte. "Aber bitte. Sexy, aber nicht billig, wenn das geht." Fragend sah ich ihn an. Wie sollte das denn gehen? Für mich war beides das gleiche, aber vielleicht wusste Nadine ja etwas damit anzufangen. "Gut, dann gehen wir morgen einkaufen, ich freue mich schon." Nadines Augen glänzten richtig bei der Vorstellung, den ganzen Tag shoppen gehen zu können. "Ach übrigens, ich finde, vielleicht sollten wir dem lieben Dorian auch etwas mitbringen? Ich meine, die Klamotten, die er mit Louis geholt hat, sind ja ganz nett, aber so kommt er sicherlich in keinen Club rein." Wir alle sahen erst zu Nadine, die den Nagel auf den Kopf getroffen hatte und dann zu Dorian, der etwas verwirrt aussah. "Stimmt.", meinte ich nur leise und Louis nickte und lachte etwas. "Na gut, dann bringt ihm etwas mit. Ich denke, die Mädels haben einen guten Geschmack dafür, also mach dir keine Sorgen, Brüderchen." Dorian machte einen etwas hilflosen Eindruck und grinste einfach

nur belämmert vor sich hin.
Den Rest des Tages war jeder irgendwie mit sich selbst beschäftigt, obwohl ich keine besondere Beschäftigung hatte. Louis und Nadine waren wieder in Mutters Zimmer verschwunden, immerhin hatten sie noch nicht alles durchsucht. Dorian war raus gegangen, scheinbar wollte er eine Weile alleine sein und ich saß auf dem Boden herum und guckte irgendwelche Filme, bis ich müde wurde und einschlief. Zumindest war ich mir sicher, dass ich auf dem Boden eingeschlafen war, aber als ich wach wurde, lag ich in einem Bett, in Louis Bett, um es genau zu sagen. Er war allerdings nicht im Zimmer. Hatte er mich hierher gebracht? Von alleine war ich sicher nicht hergekommen und wenn er mich hergebracht hatte, frage ich mich doch ganz stark, wieso er mich nicht in mein eigenes Bett gelegt hatte. Dazu hatte ich ja schließlich eins.

10

Nadine hatte sich in ihrer Vorfreude eine Liste mit den Läden gemacht, in die sie unbedingt rein wollte. Amelie wurde nun auch gefragt, oder besser gesagt, davon in Kenntnis gesetzt, dass sie mitkommen sollte, aber sie schien das eher weniger zu interessieren. Für mich würde es das erste Mal sein, in einen zu Club gehen und ich wusste nicht, was man da so trug, also überließ ich das alles Nadine.
Meine Nervosität stieg immer an, wenn ich mir vorstellte, beim Einlass darauf zu hoffen, dass ich mit meinem falschen Ausweis reingelassen werde. Ein gutes Gefühl hatte ich dabei nicht, immerhin war es Betrug, einen Ausweis zu fälschen und ich hatte ja schon Probleme damit, meine Mutter anzulügen. Das Gesetz zu brechen, war da schon ein anderes Kaliber. Nervös ging ich in mein Zimmer und suchte mir für den morgigen Einkaufstag Klamotten zusammen. Bequeme Sachen und vor allem bequeme Schuhe, denn so wie ich Nadine einschätzte,

würde sie es sicherlich nicht auf zwei, oder drei Läden beschränken. Ich sah mich schon den ganzen Tag von Shop zu Shop rennen und mir taten jetzt schon die Füße weh bei dem Gedanken.

Es hatte scheinbar die ganze Nacht geregnet, denn die kleinen Pfützen waren zu halben Seen mutiert, aber nun schien wieder die Sonne. Es war, als wäre alles an Regen noch schnell runter gekommen, damit wir schönes Wetter beim Einkaufen hatten. Noch etwas verschlafen ging ich in die Küche, wo Dorian und Louis saßen und schweigend Kaffee tranken. Sie sahen beide ziemlich müde aus. "Habt ihr überhaupt geschlafen?" Beide schüttelten den Kopf. "Ich war die ganze Nacht damit beschäftigt, Mutters Zimmer zu durchsuchen und Dorian kam erst vor einer Stunde wieder. Ich hoffe, mein Bett war bequem." Louis gähnte lange und ich setzte mich an den Tisch. "Ja, war sehr gemütlich. Danke, dass du mich rauf gebracht hast, Mein Nacken würde mich sonst vermutlich hassen. Ich verstehe nur nicht, wieso du mich nicht in mein Bett gebracht hast." Louis sah mich breit grinsend an. "Ach weißt du. So kann ich sagen, dass ich dich ins Bett

bekommen habe, auch wenn du dort ohne mich gelegen hast." Es war nicht zu fassen wie anzüglich Louis immer zu mir war. Manchmal hatte ich den Verdacht, er wusste gar nicht, dass ich erst siebzehn war, oder vielleicht war es ihm auch egal. Am liebsten hätte ich ihm eine Kopfnuss verpasst, doch ich rollte nur mit den Augen. "Na herzlichen Glückwunsch.", meinte ich unbeeindruckt und sah dann zu Dorian, der aufstand, mir eine Tasse Kaffee vor die Nase stellte und sich wieder hinsetzte. "Danke. Sag mal, wo warst du eigentlich die ganze Nacht?"
"Unten am Ufer. Habe die ganze Nacht auf einer verrosteten Motorhaube gesessen." Er sagte es total emotionslos, aber er hatte mir dabei einen Blick zugeworfen, bei dem mein Herz plötzlich anfing, so schnell zu schlagen, als wäre ich gerade im Sprint die Treppe hoch gesprungen.
Meine Augen weiteten sich. Er meinte doch nicht Diese Motorhaube? Die, wo wir uns geküsst hatten? "Wieso machst du denn so etwas? Immerhin hat es doch die ganze Zeit geregnet.", fragte ich, als ob ich überhaupt nicht wüsste, wovon er da eigentlich gerade gesprochen hatte. Dorian zuckte mit den Schultern. "Ich bin ein Werwolf. Regen ist

mir egal. Ich brauchte ein bisschen Zeit, um mir über einige Dinge klar zu werden."
"Tja, mein kleiner Bruder war schon immer ein Grübler.", stellte Louis belustigt fest und grinste breit. "Seid ihr nicht Zwillinge? Ich meine, wie kann er denn dein kleiner Bruder sein?"
"Na ja, ich kam zuerst raus, ganz einfach. Dorian hat sich Zeit gelassen. Ich glaube, er musste noch darüber nachdenken, was ihn erwartet." Dafür fing er sich einen bösen Blick von seinem Bruder ein, aber ich verkniff mir jeden Kommentar. Einfach nicht darauf reagieren, dachte ich mir. Louis ist nun mal so, damit sollte ich wohl langsam klar kommen. Außerdem, wenn es Dorian störte, konnte er sich genauso gut selbst verteidigen und das hatte er mit dem strafenden Blick scheinbar auch getan. Vorsichtig trank ich einen Schluck von dem heißen Kaffee und dann kam Nadine rein. "Los jetzt, wir haben schließlich nicht ewig Zeit. Kaffee kannst du unterwegs noch trinken und wenn wir eine Halbzeit einlegen, können wir ja irgendwo etwas essen gehen. Die Jungs können ja die Reste von gestern noch essen. Ach und vergiss die Kreditkarte nicht!" Die Kreditkarte, ganz wichtig. Noch

bevor ich aufgestanden war, wuselte Nadine schon zur Haustür. "Also, betet für mich, dass ich das überlebe und dass du danach nicht pleite bist." Louis lächelte nur und winkte zum Abschied. Dorian war irgendwie in Gedanken versunken.

Eigentlich hatte ich mir einen Einkaufstag mit Freundinnen entspannt und lustig vorgestellt, aber Nadine zerrte uns hysterisch von einem Laden in den anderen. Amelie war scheinbar genauso überfordert wie ich. Eigentlich suchten wir immer nur eine Sitzgelegenheit, während Nadine durch den Laden wirbelte, nur um dann festzustellen, dass sie nicht das hatten, was sie wollte. Wir klapperten ungefähr sechs Läden auf diese Weise ab, ohne etwas zu kaufen, bis ich langsam, aber sicher genug davon hatte. "Nadine. Können wir nicht ein bisschen ruhiger und langsamer machen? Die Läden laufen doch nicht weg und wenn du immer nur so drüber guckst, findest du doch nie was." Amelie und ich redeten die ganze Zeit auf sie ein, bis das Generve Früchte trug und wir ein normales Tempo einschlagen konnten. Auf einmal klappte sogar die Sache mit dem Finden der richtigen Klamotten und wir schafften es sogar, uns nebenbei zu unterhalten. So machte die Sache gleich viel mehr Spaß. Nadine stand vor einem Spiegel und hielt sich abwechselnd zwei Kleider vor den Körper. "Sag mal, welche Farbe würde Louis besser gefallen. Rot, oder schwarz?" Ich betrachtete sie aufmerksam. "Ich glaube, die Farbe ist ihm herzlich egal, solange er das Kleid schnell von dir reißen kann." Sie grinste breit und ich lachte leicht. "Meinst du, er würde das wollen? Ich meine, ich versuche schon, ihn herumzukriegen, seit ich ihn das erste Mal gesehen habe, aber nichts was ich tat hat geholfen. Bei dir würde vermutlich nur eine kleine Andeutung genügen und schon würde er dir die Welt zu Füßen legen. Wie machst du das denn nur?" Das wunderte mich irgendwie. Louis kam eigentlich so rüber, als würde er nichts anbrennen lassen und dann wurde ich verlegen. "Ich weiß nicht. Vielleicht steht er drauf, wenn man ihn abweist und so weiter und vielleicht ist er eigentlich total schüchtern. Ich glaube ehrlich gesagt, dass er das nur macht, weil er denkt, er könnte Dorian damit ärgern." Wir tauschten kurz vielsagende Blicke und lachten dann laut los. Schüchtern war wirklich das letzte Wort, mit

dem ich Louis beschreiben würde. Es könnte höchstens etwas Unsicherheit sein. "Vielleicht darfst du nicht warten, bis er etwas macht, sondern musst selbst die Initiative ergreifen? Ich glaube, ich wecke bei ihm den Beschützerinstinkt. Bei dir ist das nicht nötig. Du bist eine taffe, starke und wunderschöne Frau und beschützen muss man dich ja eigentlich nicht. Zumindest nicht so, wie ich beschützt werden muss. Ich glaube auch nicht, dass du noch besonders unschuldig bist." Sie lachte und stimmte mir nickend zu.
"Das könnte sein. Manchmal starrt er mich an, als würde er mich gleich auffressen wollen und dann tut er wieder so, als würde ich ihn kalt lassen. Dieser Kerl macht mich noch irre. Vielleicht hätte ich bei Dorian ja mehr Glück?" Dazu sagte ich nichts mehr und dann lachte sie wieder. "Keine Sorge, ich lass meine Finger von dem hübschen, großen, starken Dorian, auch wenn es mir schwer fällt. Ich glaube, ich probiere einfach beide Kleider mal an." Sagte sie das wegen mir? Als sie meinte, sie könnte es ja bei Dorian versuchen, pochte mein Herz in einem anderen Rhythmus und mir wurde ein bisschen schlecht. Als sie sagte, sie würde ihn

nicht anrühren, fühlte ich mich gleich wieder besser. Was sollte das denn nur. Bei Louis war es mir schließlich auch egal, mit wem er was tat. Was war bei Dorian denn so anders? Nadine zog zuerst das rote Kleid an, in dem sie bombastisch aussah und dann das schwarze, das sie unglaublich verführerisch aussehen ließ. Mein Rat an sie war, das schwarze zu nehmen und Amelie stimmte mir auch zu. Während Nadine und ich uns über die Brüder unterhalten hatten, war Amelie zum Glück nicht in der Nähe gewesen, sondern schlenderte gemütlich und verträumt durch den Laden. "Ist es eigentlich okay für dich, wenn ich versuche, deinen Bruder zu verführen?", fragte Nadine dann die süße Amelie, die sich gleichgültig gab. "Ist mir nur recht. Vielleicht bekommt er dann endlich bessere Manieren." Damit hatte Nadine also Amelie's Segen und ein neues Kleid und dann konnten wir auch wieder weiter. Wir gingen noch durch einige andere Läden und bei Nadine kamen immer mehr Sachen dazu. Sie schleppte uns sogar noch in einen Dessous-Shop, um sich passende Unterwäsche für das Kleid auszusuchen. Mir wollte sie auch etwas andrehen. Sie hielt mir einen wirklich hübschen schwarzen BH mit delikater Spitze und ein passendes Höschen hin. "Das wird dir bestimmt super gut stehen. Du musst das einfach nehmen." Eigentlich hatte ich nicht das Bedürfnis, mir neue Unterwäsche zu holen, aber ich wollte kein Spielverderber sein, also nahm ich, was sie mir gab, auch wenn ich mir nicht vorstellen konnte, dass so schöne Unterwäsche mir stand. Manchmal fand ich auch selbst schöne Sachen, aber ein gutes Cluboutfit war noch nicht dabei. "Am besten, wir stecken euch beide auch in ein kurzes, sexy Kleid. Immerhin war die Aussage 'Sexy und nicht billig!'.", wiederholte Nadine die Worte von Louis und verstellte dabei die Stimme. "Was meinte er eigentlich damit? Ich meine, sexy ist schon klar, aber nicht billig?" Bei der Frage merkte ich selbst, wie unerfahren ich eigentlich war. Viele Mädchen aus meiner Schule hätten sicher sofort gewusst, was damit gemeint war.

"Ach Schatz, er meinte, du kannst zwar aussehen, als hättest du jeden Abend einen anderen, aber es soll so rüber kommen, als wärst du sehr wählerisch. Nur das Beste, verstehst du? Solche Mädchen mögen Clubbesitzer. Sie ziehen die Männer an, wie das Licht die Motten, oder ein Hundehaufen

die Fliegen. Dann geben sie mehr aus, weil sie den Damen unbedingt was spendieren und natürlich selber betrunken werden wollen. So kommst du hundertprozentig sogar ohne Ausweis in den Laden, aber sicher ist sicher."
Amelie machte einen etwas gequälten Eindruck. Scheinbar war es ihr nicht so recht, dass sie ein hautenges Kleid anziehen sollte, bei dem die Männer anfingen, zu sabbern. Wir fanden allerdings eine tolle Alternative. Sie bekam ein Kleid und es war auch sehr kurz, aber Nadine beschloss, dass eine schwarze Strumpfhose wohl am besten dazu passen würde und das beruhigte Amelie schon wieder so, dass sie auch wieder Spaß hatte. In dem Fall hatte man zwar das kurze Kleid und die langen Beine, aber durch die dunkle Strumpfhose bekam sie nicht das Gefühl halbnackt zu sein. "Wir müssen aber unbedingt noch etwas für dich finden, Michelle. Etwas, das den Jungs die Kinnlade herunterklappen lässt und dann gibt es noch Schuhe, die sind schließlich mit am Wichtigsten bei einem Outfit."
"Die dann aber bitte, nachdem wir was essen waren." Mein Magen schlug schon Purzelbäume.

"Ja, kein Problem. Dann sind wir auch gestärkt und ich sagte ja, wenn Halbzeit ist." Es war unglaublich, dass sie ihre Garderobe komplett neu erstellte und die Schuhe dann noch mal extra gezählt wurden. Zwar hatte ich auch Mädchen auf der Schule, die sich eine Menge aus Klamotten machten, aber so extrem waren auch die nicht. Das lag vielleicht an dem Kleinstadtfeeling. Es gab einfach nicht so viele Möglichkeiten, einzukaufen. Nadine schleppte uns in einen Laden, in dem sie selbst sehr gerne einkaufte und scheinbar jede Mitarbeiterin schon mit Namen kannte. Sie suchte für mich ein paar kurze, enge Kleider raus und viele davon sahen an mir irgendwie unförmig aus, oder sie fand sie zu elegant, was ich nun gar nicht verstehen konnte. Am Ende steckte sie mich in eine Netzstrumpfhose, dazu eine kurze schwarze Lederhose und zum krönenden Abschluss noch ein spitzenbesetztes, super teures Top. An sich gefielen mir die Sachen schon, aber wie war das noch gleich mit dem 'nicht billig'? Sie suchte also weiter und fand tatsächlich das passende Kleid. Als ich es anprobierte, schmiegte sich der weiche, seidige Stoff an meinen Körper, als wäre es nur Wasser. Aufmerksam betrachtete ich mich im Spiegel. Die Form des Kleides gefiel mir wirklich gut. Nadine hatte gemeint, es wäre ein Flare-Kleid. Natürlich hatte ich das vorher noch nie gehört, aber scheinbar war das ein beliebter Schnitt. Die Träger waren etwas breiter, ich mochte keine Spaghettiträger an Kleidern. Es war auch nicht zu kurz, was mir dieses Kleid sehr sympathisch machte. Durch den Schnitt sah man, wie schlank meine Taille eigentlich war, was mich selbst überraschte. "Wow, jetzt würde ich dich glatt selbst vernaschen.", alberte Nadine rum und nestelte in meinen Haaren rum. "Ich weiß auch schon genau, wie ich dir die Haare mache. Locken stehen dir bestimmt total gut und etwas nach oben das Ganze. Dazu dann verruchtes Make-Up und fertig ist der Look. Die Jungs werden begeistert sein." Langsam fragte ich mich, ob das ganze wirklich so eine gute Idee war und sie nicht lieber ohne mich gehen sollten. Schließlich war ich wirklich kein Partymensch und wusste nicht, ob ich mich so unter Menschen trauen würde, aber Nadine ließ keine Widerworte zu. Als wir nun endlich jeder ein Kleid und Accessoires gefunden hatten, konnten wir uns endlich dem Essen widmen. Nadine hätte locker

noch weiter shoppen können, aber Amelie und ich bestanden darauf, uns endlich irgendwo hinzusetzen und zu essen. Da wir in einem großen Einkaufszentrum waren, gab es natürlich eine Fressmeile, wie man so schön sagte, wo für jeden Gaumen etwas Leckeres zu finden war.
Nachdem das mit dem Essen erledigt war, klapperten wir die Schuhläden ab und wurden schnell fündig. Wir kamen in einen Laden, der schon von außen so aussah, als wären diese Schuhe nicht nur optisch etwas Besonderes, sondern auch preislich. Es war ein Laden, in dem die Schuhe super aussahen, aber dennoch erschwinglich waren und doch als Luxus angesehen werden konnten. In einem normalen Schuhladen waren solche Schuhe bis zu fünfzig Dollar und hier ging es erst bei fünfzig los, also teuer, aber dennoch bezahlbar, wenn man sich mal etwas leisten wollte. Der Service war aber auch noch ein Punkt, dem ich diesen Laden zugutehielt. Die Verkäuferin sah aus wie ein Topmodel und war unglaublich freundlich. Sie beriet uns, als wären wir irgendwelche V.I.P.'s und wir bekamen sogar ein Glas Sekt, während wir die Schuhe anprobierten. Eigentlich wollte ich schon

wieder sagen, dass ich erst siebzehn bin, aber ich verkniff es mir und genoss einfach den unglaublichen Service. Schuhe einzukaufen machte mir persönlich mit am meisten Spaß. Vor allem, weil ich jetzt nicht mehr so hungrig war. Nadine holte sich Wildlederstiefel mit strassbesetzten Schnallen, die ihr bis über die Knie gingen. Für Amelie gab es offene Peep Toes mit circa fünf Zentimeter hohen Absätzen. Auf den Hacken waren kleine silberne Stachelnieten gepresst und ich fand die Schuhe unheimlich cool. Am liebsten hätte ich sie selbst angezogen, aber für mich hatte sich Nadine etwas anderes rausgesucht. Sie hielt mir die Schuhe vor die Nase und meine Augen wurden größer. Es waren Plateau High Heels in schwarz, die ebenfalls mit Strass besetzt waren. "Du ziehst dann am besten auch eine schwarze Strumpfhose an.", hatte sie gesagt, als ich versuchte in den Schuhen zu laufen, ohne mir die Beine zu brechen. Warum bekam ausgerechnet ich die High Heels, wo ich doch normalerweise nur in Chucks unterwegs war. Solche Schuhe hatte ich wirklich noch nie angehabt. Das höchste der Gefühle waren etwa fünf Zentimeter gewesen und da kam ich mir schon vor wie ein

Bauerntölpel. "Also wenn Dorian nicht anfängt zu sabbern, dann weiß ich auch nicht mehr weiter." Bei der Aussage verlor ich das Gleichgewicht und plumpste auf den Boden. Dorian? Wieso denn auf einmal Dorian. Ich dachte, wir sollten den Türsteher betören, damit der uns auf jeden Fall rein ließ und damit wir drinnen an Albert, den Clubbesitzer herankamen. Eigentlich war ich mir ziemlich sicher, dass Dorian wie immer gänzlich unbeeindruckt von den Outfits sein würde. Louis war der, der auf solche Sachen reagierte.
"Also, ich glaube, ich werde mir die Beine brechen, wenn ich die nehme und Dorian wird mich nur auslachen." Unbeholfen krabbelte ich auf dem Boden rum zu dem Sessel und setzte mich hin, um mir die Schuhe wieder auszuziehen. "Aber du wirst heiß dabei aussehen." Hilflos sah ich sie an, während ich mir die Knöchel rieb. "Okay, wir suchen welche raus, die etwas weniger High sind.", gab sie schließlich nach und sah sich noch ein bisschen um.
Schnell hatte sie ähnliche Schuhe gefunden, nur mit einem geringeren Absatz. Mir fiel das Laufen in diesen zwar schon wesentlich einfacher, aber ich war dennoch sehr

wackelig auf den Beinen. "Also noch flacher gibts nicht!", befahl Nadine und stemmte die Hände in die Hüften und bedachte mich mit einem eindringlichen Blick.
Resignierend stimmte ich schließlich doch zu. Wir waren jetzt schon den halben Tag unterwegs und an diesem Abend wollten wir schon in den Club gehen, also sollten wir wohl langsam mal fertig werden. Mit den Schuhen musste ich irgendwie klar kommen. Bevor wir wieder zur Villa zurück fuhren, suchten wir noch ein paar Klamotten für Dorian raus, oder besser gesagt, suchte Nadine welche für ihn, während Amelie und ich uns Eis holten und uns auf eine Bank setzten, wo wir auf die gute Frau warteten.

Die Jungs waren noch nicht wieder da, als wir zurück kamen. Wir gingen alle nacheinander duschen und zogen uns unsere neue Unterwäsche an. Nadine wirkte mir ihre Lockenwickler in die Haare und machte mein und Amelie's Make Up, bevor sie sich um sich selbst kümmerte. Dann kamen Dorian und Louis auch wieder und als Nadine sie hörte, rief sie laut und deutlich, dass sie es nicht wagen sollten, den ersten Stock zu betreten. "Du musst nicht so

brüllen, Nadine. Wir können dich sogar hören, wenn du flüsterst. Wir sind Werwölfe, wenn du dich erinnerst." Louis schien nicht so super gelaunt zu sein. "Ja, aber ich kenn dich Louis. Am Ende behauptest du noch, ich hätte zu leise geredet, also ruf ich lieber gleich laut."
"Habt ihr den Ausweis?", fragte ich nervös und versuchte, mir die Strumpfhose anzuziehen, was nicht so einfach war. In meinem Kopf hallte immer nur ein Satz umher "Bloß keine Laufmasche. Bloß keine Laufmasche."
"Japp, hat alles geklappt. Habt ihr was Schönes zum Anziehen gefunden?"
"Na, was denkst du denn? Eure Schwester und Michelle werden umwerfend aussehen und wehe, einer von euch behauptet das Gegenteil." Nadine warf sich schnell einen hauchdünnen Bademantel über und schnappte sich die Tüte, in der sie Dorian's Sachen hatte, um sie ihm schnell herunterzubringen und dann kam sie auch ganz eilig wieder nach oben, um sich weiter fertig zu machen. Das Schmink-Haare-mach- und anzieh-Prozedere dauerte noch geschlagene drei Stunden und draußen war es schon dunkel, als wir endlich fertig

wurden. Prüfend betrachtete ich mich im Spiegel und wusste nicht so recht, ob ich mir gefallen sollte, oder nicht. Meine Augen waren sehr dunkel geschminkt, aber irgendwie nicht zu viel. Meine Lippen waren ebenfalls dunkel. Ein bordeauxroter Lippenstift, den Nadine noch spontan gekauft hatte. Meine Wangen waren mit braunem Rouge betont und ließen mein Gesicht schön schlank und zart wirken. Besonders meine Wangenknochen kamen zum Ausdruck. Meine Frisur gefiel mir irgendwie. Nadine hatte meine langweiligen braunen Haare, nachdem sie die Lockenwickler wieder herausgenommen hatte, etwas ausgekämmt, dann locker nach oben gesteckt und kleine Strähnen hier und da raus hängen lassen. Nach einigen Minuten der Selbstbetrachtung legte ich fest, dass ich doch ganz passabel aussah. Dann drehte mich zu den beiden Mädels und lachte. "Na, kommt ihr klar?" Nadine grummelte leise und nestelte an Amelie's Kleid herum. Irgendetwas passte ihr wohl nicht. Meiner Meinung nach war Amelie von uns heute Abend die Hübscheste. Allerdings war ich auch der Meinung, dass es keinen hübscheren Menschen gab als sie. Ihr

Gesicht war leicht geschminkt, wirkte aber dennoch verführerisch. Ihre Haare waren nur gewellt und hingen ihr fluffig über die Schultern. Ein hypnotisierender Anblick. Durch ihre blasse Haut wirkte sie nun mehr denn je wie eine Porzellanpuppe. Nadine sah ja eigentlich immer ziemlich aufreizend aus und hier machte sie auch keine Ausnahme. Von unten hörte man Louis rufen. "Mädels, kommt doch mal zum Ende. Wir würden gerne heute noch dort ankommen. Es ist schon fast Mitternacht." Erschrocken sah ich auf mein Handy und stellte fest, dass es tatsächlich schon so spät war. Mir war gar nicht aufgefallen, dass die Zeit so schnell vergangen war und jetzt wurde mir auch bewusst, wieso ich schon etwas müde wurde. "Ich geh am besten schon mal runter.", meinte ich und ging zur Treppe, doch bevor ich die erste Stufe betrat, stockte ich. Nervosität stieg in mir auf. In der Schule hatte ich einmal bei einem Theaterstück eine kleine Sprechrolle bekommen und als ich auf die Bühne sollte, musste ich mich übergeben. Nun hoffte ich sehr, dass das heute nicht wieder passieren würde. Es wäre doch wirklich schade um das schöne Kleid, mal davon abgesehen, dass es echt peinlich

gewesen wäre. Also atmete ich tief durch und ging dann langsam nach unten. Meine Finger umschlossen fest das Geländer und mit der anderen Hand stützte ich mich an der Wand ab, damit ich nicht den Halt verlor und mir womöglich doch noch alle Knochen brach. Zuerst erblickte ich Louis, der gespannt zu mir hoch sah. Er fing an zu lächeln. "Na endlich. Die erste Schönheit beehrt uns mit ihrer Anwesenheit."
Ich musste kurz stehen bleiben, weil ich spürte, wie mein Fuß gefährlich wackelte und genauso muss ich auch geguckt haben, denn Louis kam zum Treppenende und hielt mir seine Hand hin. "Wow, du kannst ja doch ein Gentleman sein, wenn du willst." Schnell hakte ich mich bei ihm ein und hielt mich auch noch mit der anderen Hand fest. "Ich glaube, heute Abend muss mich immer jemand irgendwie halten, sonst wird das echt peinlich für mich.", gab ich leise und peinlich berührt zu. "Ist überhaupt kein Problem.", grinste mich Louis an und dann sah ich zu Dorian, der einfach nur vor sich hin starrte. Vermutlich hatte er mich noch gar nicht wahrgenommen. Erst als Amelie oben erschien, hob er seinen Blick und lächelte sie verzückt an. "Und da kommt die nächste.

Heute Abend sind wir mit den schönsten Frauen unterwegs, Bruderherz. Ich gebe dich gleich mal weiter, Michelle." Louis brachte mich zu Dorian rüber und übergab mich ihm. Mein Herz pochte ziemlich doll und ich versuchte mich irgendwie zu entspannen. Dorian musste nicht mitbekommen, dass ich wegen ihm so aufgeregt wurde. Immerhin war ich ihm ja scheinbar total egal. Er schien sich sogar unwohl zu fühlen, denn er schaute betreten zur Seite, als ich mich bei ihm einhakte. Von mir aus hätte ich mich auch an die Wand lehnen können, aber Louis hatte das anders entschieden. Dorian würde das schon überleben. "Schwesterchen, du siehst zauberhaft aus. Wie eine zarte Waldelfe, nur nicht so dreckig." Verwirrt sah ich zu Louis. "Gibt es Elfen?"
"Ja, genau wie Einhörner, den Osterhasen und den Weihnachtsmann." Das hieß dann wohl nein.
Louis strahlte seinen Bruder an. "Haben wir nicht die hübscheste Schwester der Welt." Dorian nickte und lächelte, ich hätte heulen können. "Du siehst wirklich fantastisch aus, Amelie." Ihr konnte er also ein Kompliment machen und bei mir sah er nicht mal hin? Sah ich wirklich so schlimm aus? Der

Aussage von Louis konnte ich nicht trauen und das wusste ich auch, aber er gab sich wenigstens Mühe, dass ich mich nicht so dumm fühlte. Das Herzklopfen verschwand und am liebsten hätte ich mich sofort im Bett verkrochen. Der Türsteher würde mich ja eh nicht reinlassen, so furchtbar, wie ich scheinbar aussah. Dann kam auch endlich Nadine runter und hakte sich bei Louis ein. "Und? Hast du zu mir nichts zu sagen?" Ich bewunderte Ihr Selbstbewusstsein. "Dir muss ich eigentlich nicht sagen, dass du heiß aussiehst. Den Nagel auf den Kopf getroffen, würde ich mal sagen. Schön sexy, aber nicht billig. Ich wusste ja, dass du das hinbekommst. Dann können wir jetzt also endlich los, ja?" Louis war so euphorisch, dass er uns sogar die Autotür aufhielt und auch schloss. Dorian hatte mich an der Tür abgesetzt und war schon eingestiegen. Wenn es jetzt noch geregnet hätte, hätte das dem Ganzen noch die Krone aufgesetzt. Die Fahrt über war ich still und trübselig. Nadine und Louis machten Stimmung für eine ganze Fußballmannschaft und Amelie sah ihnen nur lächelnd zu. Durch den Seitenspiegel auf Dorian's Seite konnte ich manchmal sein Gesicht sehen und er schien irgendwie

abwesend. Sowieso schien er in letzter Zeit irgendwie gar nicht richtig da zu sein. Langsam bekam ich das Gefühl, er war wegen mir so schlecht drauf. Vielleicht dachte er, ich hätte mich in ihn verliebt und jetzt war ihm das unangenehm und er suchte nach einem Weg, mir schonend beizubringen, dass er mich zwar mochte, aber eben nur als Freundin, als Kumpel und nichts weiter. Das musste er aber nicht mal sagen. Durch seine abweisende Haltung spürte ich das mehr als deutlich. In diesem Moment wollte ich nur noch nach Hause zu meiner Mum und Charming. Irgendwie bereute ich es sogar, jemals diesem geisterhaften Wesen im Wald gefolgt zu sein. Ändern konnte ich es nun aber nicht mehr. Jetzt war ich hier und ich hatte einen Plan, wir alle hatten den. Wir mussten zu Albert und wir mussten ihre Mutter finden. Dorian würde alleine damit klar kommen, wenn er mir irgendwie begreiflich machen sollte, dass ich mir keine falsche Hoffnung mehr zu machen hätte.
Während ich krampfhaft versuchte, mich auf andere Gedanken zu bringen, parkten wir sogar schon ganz in der Nähe des Clubs und von weitem konnte man die dumpfe Musik

hören. Vor dem Club stand eine endlos lange Menschenschlange und ich fürchtete schon, dass wir nie dort reinkommen würden.
Amelie und Nadine hakten sich links und rechts bei mir ein und gaben mir den nötigen Halt, um den Weg bis zum Eingang unbeschadet zu überstehen und dabei nicht wie ein betrunkener Affe auf Stelzen auszusehen. Der Türsteher sah uns schon von weitem und trat zur Seite, damit wir gleich reingehen konnten und nicht erst anstehen mussten. Verwundert sah ich zu Nadine. "Er wollte den Ausweis nicht mal sehen. Wir mussten auch nicht anstehen?" Nadine lächelte mich an. "Wir sehen eben heiß aus.", sagte sie knapp und schnappte sich Louis Arm, um ihn den dunklen Flur entlang, zur Tanzfläche zu ziehen. Von seiner Seite aus gab es keine Gegenwehr. Dorian sah sich ein bisschen um und betrachtete mit steifer Mine die Leute. Amelie zog an seiner Jacke und strahlte ihn an. "Jetzt mach doch nicht so ein Gesicht. Hab doch mal ein bisschen Spaß, wenigstens kurz." Sie drehte sich einmal um sich selbst und hüpfte dann davon. Ihm blieb nichts anderes übrig, als zu lächeln und ich musste das Gleiche tun. Neidisch wünschte ich mir, ich hätte auch so

niedliche und vor allem so flache Schuhe, dass ich hüpfen konnte. Die Wand wurde nun zu meinem besten Freund, an den ich mich immer stützen konnte. Langsam und dennoch elegant versuchte ich zu der Tanzfläche zu kommen. Ich wollte gar nicht wissen, wie unbeholfen ich aussah. Eigentlich sah ich bestimmt aus wie eine fünfjährige, die zum ersten Mal die Schuhe ihrer Mutter angezogen hatte, um sich wie eine Erwachsene zu fühlen. Auf halber Strecke drehte ich mich um und sah, dass Dorian mich beobachtete und scheinbar amüsierte ihn mein Anblick. Wenn ich gekonnte hätte, wäre ich zu ihm gegangen und hätte ihm eine gepfeffert, dass ihm das blöde Grinsen aus dem Gesicht geploppt wäre, aber ich funkelte ihn nur beleidigt an und setzte meine Odyssee durch diesen elend langen Flur fort. Zwar hatte ich schon besseren Halt als am Anfang, aber es war noch immer nicht sicher genug, ohne die Wand weiterzugehen. Da passierte es. Mein Fuß knickte weg und ich sah mich schon mit dem Kopf gegen die Wand donnern und blutend auf dem Boden liegen, während sich die umstehenden Leute prächtig über mich amüsierten, allen voran Dorian. Doch ich

wurde abgebremst. Jemand hatte sich meiner erbarmt und hielt mich fest, dann legte er seine Hand auf meine Hüfte und zog mich weiter. Es war zwar nett, mich aufzufangen, aber gleich antatschen?
Gerade wollte ich dem netten Herrn sagen, dass ich jetzt auch wieder alleine klar kam, als ich bemerkte, dass Dorian mich gefangen hatte und mich nun fest an sich drückte. Sofort raste mein Herz wieder, aber das war mir egal. Bei der lauten Musik konnte er meinen Herzschlag sicher nicht hören, oder ihn vielleicht nicht von dem lauten Bass unterscheiden. Er brachte mich an die Bar und bestellte für ihn und mich Getränke. Er fragte mich nicht mal, was ich haben wollte, aber was ich bekam, schmeckte irgendwie gut. Es war ein Cocktail, ein süßer Cocktail, der nicht im Geringsten nach Alkohol schmeckte, also ging ich davon aus, dass keiner drin war. Immerhin war ich nicht hier, um mich zu betrinken und Dorian wusste, dass ich eigentlich noch zu jung dafür war.
Er prostete mir mit seinem Bier zu und trank. Dann beugte er sich vor, bis er mein Ohr erreichte.
"Du siehst übrigens echt hinreißend aus." Es war nur ein Raunen, ein Flüstern und ich

hörte es nur ganz knapp, aber sofort durchzuckte mich ein Kribbeln, dass ich mich eigentlich erst mal hätte hinsetzen müssen. "Danke.", antwortete ich ihm atemlos und trank einen großen Schluck von dem Cocktail ohne Alkohol. Als ich mich umsah, entdeckte ich Nadine und Louis und meine Augen wurden immer größer. Scheinbar hatte sie erreicht, was sie wollte, denn nach normalem Tanzen sah das wirklich nicht mehr aus. Dorian beobachtete sie auch, dann sah er mich an, musterte mich kurz und nahm meine Hand.
"Lass uns tanzen." Er zog mich hinter sich her und ich fiel nur nicht um, weil die erdrückende Masse an Menschen das gar nicht zuließ. Irgendwie hatte ich Angst, dass er mit mir jetzt auch so einen Balztanz veranstalten wollte. Teilweise konnte ich Louis Hände nicht mehr sehen und ich wollte gar nicht wissen, wo die waren. Meine Hoffnung lag nun in dem Gentleman Dorian und dass er Amelie's Aussage mit dem Spaß nicht auf diese Weise umsetzte.
Aber meine Befürchtung löste sich in Wohlgefallen auf. Er hatte zwar seine Hand an meiner Hüfte, aber er stützte mich, dass ich nicht fiel. Schon nach einem kurzen

Moment, den wir beide brauchten, um in Fahrt zu kommen, ging es los. Nach diesem Lied folgte das nächste und irgendwann feierten wir einfach vergnügt und tauschten sogar manchmal die Tanzpartner. Nach einer ganzen Weile waren mir sogar die Absätze egal und auf wundersame Weise fiel ich nicht um. Amelie hatte sich irgendwo einen niedlichen, nett aussehenden jungen Mann geangelt und mit zu uns genommen. Dorian tanzte mit Nadine, ich tanzte mit Louis. Dann tauschten wir und ich tanzte mit Nadine und Louis und Dorian standen nur da und beobachteten uns mit hohem Interesse. Zugegeben, Nadine und ich machten uns einen Spaß daraus, die Jungs ein bisschen ins Schwitzen zu bringen, indem wir eng aneinander tanzten. Der Anblick, den die beiden boten, brachte Nadine und mich zum Lachen und dann widmeten wir uns wieder den armen Männern, damit sie sich nicht vernachlässigt fühlten.
Wir vergaßen die Zeit und irgendwann lief ich sogar zur Toilette, ohne mich irgendwo halten zu müssen. Zwischendurch hatte ich ganz vergessen, was ich eigentlich für Schuhe trug und wieso wir eigentlich hier hergekommen waren. Als ich von der Toilette

zurück kam, fühlte ich mich ganz benommen und ich musste mich kurz an die Wand lehnen. Durch die dröhnende Musik und das viele Tanzen war ich irgendwie ganz aufgewühlt und ausgelaugt zugleich. Wie schafften es Leute die ganze Nacht durchzutanzen. Vorsichtig legte ich den Kopf an die Wand und sah nach oben, wo so etwas wie eine kleine Gitterbrücke über die Tanzfläche führte. Dort standen ein paar Leute. Eine Frau im knappen Outfit, Gorillaähnliche Kerle in Anzügen, die wohl Bodyguards darstellen sollten und dann war da noch ein eher mickrig wirkender Mann. Er trug einen hellen Anzug und schaute erhaben auf die Masse hinab. Ich dachte sofort an Albert und flüsterte seinen Namen.
Sein Blick wanderte zu mir und er betrachtete mich intensiv, bevor er ein paar Worte an einen seiner Gorillas richtete, auf mich zeigte und mich dann freundlich anlächelte. Dorian kam kurz danach zu mir und war so konzentriert, als hätten wir gerade nicht drei Stunden durch getanzt. Er sah mir tief in die Augen. "Hast du gerade Albert gesagt?" Ich nickte und sah nach oben, doch da stand niemand mehr.

11

Der Gorilla, mit dem der kleine Mann gesprochen hatte, kam nach kurzer Zeit schon auf mich zu und musterte mich mit einem bösen Blick. Er beugte sich leicht zu mir wegen der lauten Musik. "Der Chef will dich sehen." Ängstlich griff ich sofort nach Dorian's Hand. "Er muss auch mit.", sagte ich entschlossen und zog ihn etwas an mich. Der Gorilla musterte Dorian kurz und nickte dann. Er führte uns zu einer abgesperrten Treppe, wo zwei weitere düster drein guckende Gestalten darauf achteten, dass niemand Unbefugtes nach oben ging. Sie ließen uns passieren und dann konnte ich auch einen Blick auf die tanzenden Leute werfen. Von oben sah ich Nadine und Amelie, die wie in Trance umher schwangen und Louis, der uns mit dem Blick folgte, bis wir außer Sicht waren. Die kleine Brücke, über die wir gingen, bestand nur Gitterplatten und als ich nach unten sah, wurde mir etwas schwindlig und ich

taumelte. Dorian hielt meine Hand noch fester und legte einen Arm um mich, damit ich mich wieder fangen konnte. Mit meinen Schuhen musste ich ganz vorsichtig laufen, damit die Absätze nicht durch die breiten Löcher sackten. Am liebsten hätte ich die Dinger einfach ausgezogen, doch bevor ich meinen Plan in die Tat umsetzen konnte, erreichten wir auch schon eine Tür, die uns in einen hellen Gang führte, wo mich das Licht blendete.
Dieser Gang entpuppte sich als Flur, von dem drei Räume abgingen. Ein sauberer, roter Teppich bedeckte den Boden. Das Rot biss sich leicht mit der Wandfarbe, die grün war.
Wir wurden zu der letzten Tür, genau am Ende geführt, wo wir eine Wendeltreppe nach unten steigen und dort wieder durch eine Tür mussten. In dem Raum befanden sich eine Frau und ein paar weitere Bodyguards, die uns mit finsterer Miene musterten. Mir wurde ein bisschen mulmig zumute und verlegen lächelte ich in die Runde, während ich mich enger an Dorian drückte. Als der Gorilla die Tür hinter sich und uns schloss, war von der ohrenbetäubenden Musik kaum noch etwas

zu hören. Eine weitere Tür ging auf und da kam der Mann raus, zu dem ich Albert gesagt hatte. Ein schmaler und elegant gekleideter Mann. "Da ist sie ja und du hast mir gleich noch ein Geschenk mitgebracht. Wie aufmerksam von dir." Er gestikulierte recht ausschweifend mit seinen Armen und redete mit einem geschwollenen Unterton. Verwirrt sah ich mich um und entdeckte nur Dorian, der etwas entgeistert aussah. Ein Geschenk?
Dorian drückte meine Hand und lächelte verlegen. "Ich bin Albert, wie du schon ganz richtig festgestellt hast und wie ist dein Name, du bezauberndes kleines Wesen? Und was mich noch viel mehr interessiert, wie heißt dein hübscher Begleiter?" Als ich bemerkte, wie Albert Dorian musterte und Dorian meine Hand noch fester drückte, sodass es schon fast ein bisschen zu doll war, musste ich unkontrolliert grinsen. "Ich heiße Michelle und das hier ist Dorian."
Als Albert den Namen hörte schien er überrascht zu sein. "Du bist Dorian. Nun, deine liebe Mutter hat nicht übertrieben, als sie meinte, du seist ein wahnsinnig hübscher junger Mann geworden." Dorian's Hand entspannte sich wieder. "Sie kennen meine Mutter? Wissen sie, wo sie ist?" Albert drehte

sich um und ging ein paar Schritte von uns weg. "Leider nicht. Sie reagiert auch nicht auf meine Anrufe. Ich kenne deine Mutter schon seit sie hier in Amerika angekommen ist. Damals war sie noch mit einem Hexer zusammen und hatte keine Kinder. Sie hat mir die ganze Geschichte mit dem Feuer erzählt und sie hat dich wirklich sehr vermisst. Wisst ihr vielleicht, was mit ihr passiert ist. Es ist sehr ungewöhnlich, dass sie sich nicht zurück meldet." Er ging zurück zu dem Raum, aus dem er gekommen war und bedeutete uns ihm zu folgen. Hier war niemand anderes außer uns und ich vermutete, dass wir in seinem Büro waren. Die Wände waren mit dunklem Holz verkleidet, passend zu dem rustikalen Schreibtisch, auf dem sich ein Laptop, eine hübsche alte Schreibtischlampe und alles Mögliche an kleinen Arbeitsutensilien befand. In den Ecken standen Aktenschränke, die bis an die Decke reichten und ich fragte mich, über was er wohl alles Informationen hatte. An den Wänden hingen sehr alt aussehende Gemälde, die einen unheimlichen Eindruck auf mich machten, obwohl nichts Unheimliches auf ihnen zu sehen war. Wir setzten uns auf ein altes Sofa

und er setzte sich uns gegenüber, auf ein weiteres Sofa. Er überschlug seine Beine und drückte den Rücken durch. Das war irgendwie eine sehr weibliche Haltung und bei ihm sah das etwas merkwürdig aus.
"Sie wurde entführt. Sie haben alle getötet und Mutter mitgenommen. Es gab eine Nachricht, aber da stand nur drauf, dass wir alle sterben werden und wir unsere Mutter nie wieder sehen würden." Albert sah überrascht und besorgt aus. "Sie haben alle getötet? Das ist ja furchtbar. Es waren so viele in dem Haus. Wisst ihr, Mutter wollte sich eine kleine Armee zusammenstellen und dann gegen die Hexen ziehen." Für mich klang das doch sehr nach Krieg. "Eine Armee?" Albert nickte. "Ja. In Frankreich spitzt sich die Lage dramatisch zu und die französischen Chien's baten Mutter um Hilfe. Es wird gerade mobilisiert, was nur geht. Natürlich auf beiden Seiten."
Albert lehnte sich zurück und machte einen bedrückten Eindruck. Für mich machte das irgendwie keinen Sinn. Als ich mit Mutter geredet hatte, sprach sie sehr abfällig über die anderen Werwölfe, als wären sie nur dort, um im Notfall den Kopf hinzuhalten, was sie traurigerweise auch getan haben. "Wer

könnte Mutter entführt haben? Die Nachricht war auf Französisch." Albert dachte angestrengt nach. "Es gibt einige Werwölfe, wie mich und Hexen, die sich aus diesem Krieg heraushalten. Ich finde das nämlich absolut unsinnig. Es gibt doch so viele Sachen, die man lieber tun sollte, als sich gegenseitig abzuschlachten, findet ihr nicht auch? Ich weiß nicht mal, wieso es überhaupt zu diesen Auseinandersetzungen kam. Ich glaube genau genommen, dass das keiner so richtig weiß und jetzt kommen sie nicht mehr aus diesem Sog von Hass raus. Wenn es wirklich zu richtigen Schlachten kommt, wird das Ganze auf beiden Seiten sehr blutig enden."
Mir entwich ein leiser Seufzer. Wo war ich da nur reingeraten. Ein Krieg zwischen Werwölfen und Hexen, der gerade in die heiße Phase kam und beide Seiten schenkten sich nichts. Was hatte ich, kleines Menschlein, damit zu tun? Meine Neugier war daran schuld, daran bestand überhaupt kein Zweifel. "Ihr könnt übrigens fürs Erste beruhigt sein. Der schlimmste Sturm tobt in Frankreich und wir sind weit weg von dort. Allerdings glaube ich nicht, dass wir lange von den Folgen verschont bleiben werden.

Ich denke, schon in wenigen Jahren, werden auch hier die Hexen anfangen, Werwölfe gezielt aufzuspüren und zu töten. Es soll bereits ganze Kleinstädte geben, in denen ausschließlich Hexen wohnen. Eine sehr beunruhigende Vorstellung, wenn ihr mich fragt."
Dorian schwieg, er war zu geschockt von dem, was er hörte, also redete ich weiter und hielt seine Hand. "Ja, solche Städte gibt es wirklich. Wir hatten erst das Vergnügen in so einer zu landen, aber wir haben es dank Amelie wieder heraus geschafft, sonst hätten sie uns wohl alle getötet. Aber wir müssen uns jetzt erst mal darum kümmern, Mutter zu finden. Alles andere entscheiden wir danach."
Es war klar, dass wir uns nicht über alles auf einmal Gedanken machen konnten und sollten, das führte nur zu Unstimmigkeiten und Verwirrung. Dorian war zu keiner Entscheidung fähig, also musste ich das in die Hand nehmen. Albert schien sehr erstaunt darüber zu sein, dass die Gerüchte scheinbar wahr waren und er brauchte einen Moment, bevor er sprechen konnte. "Na ja, wie ich schon sagte. Hexen und Hexer, die sich nicht beteiligen, gibt es genug. Da wäre

Posey, aber den würde ich nicht zu oft um Hilfe bitten. Vor allem, wenn es gefährlich wird. Er will nur seine kleine Tochter beschützen und kann ziemlich ungemütlich werden, wenn sie zu sehr mit ins Geschehen kommt. Er hat auch große Angst vor der Rache der Hexen, die uns unbedingt loswerden wollen. Deswegen versteckt er sich in seiner Bruchbude. Aber hier in New York gibt es auch Leute, die euch sicher helfen können." Er stand auf, ging zu seinem Telefon und wählte eine Nummer. Mit einem aufmunternden Lächeln drückte ich Dorians Hand abermals.

Sein Blick ruhte auf unseren Händen und sein Daumen streichelte über meinen Handrücken, was mir eine Gänsehaut verschaffte und er lächelte. Langsam hatte ich den Dreh raus, wie ich ihn aufmuntern konnte. Alberts überschwängliche Stimme durchschnitt die eingetretene Stille.

"Hallo Darling. Ich habe hier ein paar sehr nette Leute, die deine Hilfe brauchen. Es geht um Jeanne's Kinder."

Verwirrt beobachtete ich Albert. Wer ist denn Jeanne schon wieder? "Gut, ja sie sind hier in meinem Club, komm doch einfach gleich her, das ist auch sicherer als die Rumpelkammer,

die du deine Wohnung schimpfst." Er legte auf und kam zu uns zurück. "Also mein hübscher Dorian. Dein Bruder müsste doch auch noch hier irgendwo rumspringen, oder? Und was ist mit der kleinen Amelie? Ihr habt sie doch in dieser Stadt gefunden, immerhin seid ihr doch extra wegen ihr dort hingefahren. Ich denke mal, ihr habt sie mitgenommen und jetzt ist sie auch hier?"
Albert schien wirklich von allem zu wissen, sogar, dass wir in Mersey auf der Suche nach Amelie waren. "Ja, sie sind alle hier und eine Freundin, Nadine, sie hilft uns auch." Albert nickte, schnipste und einer der Gorillas kam rein. "Bitte bring doch die anderen drei auch zu mir. Aber sei bitte nett, ich möchte keine Beschwerden hören."
Der Mann nickte und verschwand wieder, Albert lachte leicht. "Er ist manchmal etwas grob.", stellte er fest und bot uns etwas zu trinken an. Mir gab er ein Glas Wasser, von den ganzen fruchtigen und vor allem sahnigen Cocktails war mir ein bisschen übel, aber Dorian stellte er ein Glas mit diesem ekligen Whiskey hin. "Sind diese großen Kerle eigentlich auch Werwölfe?" Albert nickte, lächelte und wechselte das Thema. "Also ihr zwei süßen, ihr scheint ja sehr

vertraut zu sein. Wie lange kennt ihr euch denn schon?" Ich spürte, wie meine Wangen leicht anfingen zu glühen und wusste, dass ich gerade rot wurde. Dorian fing unvermittelt an zu erzählen, wie wir uns begegnet waren und als er an der Stelle ankam, als Louis uns gefunden hatte, kamen die drei auch gerade rein. Albert sprang auf und eilte zu ihnen rüber. "Ach, das ist ja schön, endlich mal alle Chien Kinder vereint in einem Raum. Ich hätte nicht gedacht, dass ich das erleben werde." Überschwänglich umarmte er Amelie und gab ihr die typischen Küsschen links und rechts von ihrem Gesicht. Das wiederholte er bei Nadine und bei Louis, der nicht so recht wusste, was er von der Sache halten sollte.
Wir klärten die drei auf, was es mit Albert auf sich hatte und dass gerade in diesem Moment jemand auf dem Weg zu uns war, der uns bei der Suche nach Mutter helfen konnte.
"Sie sind also auch ein Werwolf." Es war eigentlich mehr eine Feststellung für mich selbst, als für alle anderen. In meinem Kopf hatte es scheinbar jetzt erst den sagenumwobenen Klick gegeben, mit dem auch die längst fest stehende Erkenntnis

eintrudelte, mal davon abgesehen, dass er es sogar schon erwähnt hatte. Albert sah mich verblüfft an und lachte dann. "Ach Kind, ich dachte, du weißt das schon längst? Immerhin hast du doch meinen Namen gesagt, um meine Aufmerksamkeit zu erregen. Deine Augen verrieten mir, dass du die Wahrheit über uns kennst. Nun, das schien wohl falsch gewesen zu sein. Aber um deine Frage zu beantworten, ja, ich bin auch ein Werwolf. Sogar ein ziemlich Bekannter und Alter. Hat euch eure Mutter nie etwas von mir erzählt?" Alle Chien's im Raum und Nadine schüttelten den Kopf. "Nein, sie hat eigentlich fast nie über ihre Vergangenheit geredet, als wir noch in Gaping Hill gelebt haben und als wir dann geflohen sind, wurde sie noch verschwiegener." Louis klang bei den letzten Worten zunehmend trauriger. Es nahm ihn scheinbar ziemlich mit, dass seine Mutter sich ihm nie anvertraut hatte. "Naja, ein bisschen Zeit haben wir ja, bis die gute Brittany hier eintrifft. Also werde ich euch unwissende Kinder mal über mich aufklären. Es kann ja nicht sein, dass ihr gar nichts von mir wisst. Geboren wurde ich wie ihr, als Werwolf. Ich hatte sechs Geschwister, von denen leider nur noch drei übrig geblieben sind. Ich lebte sehr lange in New Orleans, bis wir von den Hexen vertrieben wurden. Da war ich gerade niedliche vierundzwanzig. Auf der Flucht ging mein ältester Bruder von uns. Wir landeten irgendwann in Mexiko, wo wir uns bis an die Californische Küste vorarbeiteten. Da gab es allerdings ein Nest dieser anstrengenden Personen und eine meiner Schwestern und mein Vater gingen drauf. Im Laufe der Jahre schlugen wir uns irgendwie bis nach Alaska durch, wo wir wirklich sehr lange blieben. Ich war zu dem Zeitpunkt schon fast fünfzig. In Alaska gab es irgendwie nie viele Hexen, weswegen wir es lange aushielten, aber irgendwann wurden meine anderen beiden Brüder, die nebenbei bemerkt Zwillinge sind, unruhig und zogen weiter. Ich weiß bis heute nicht, wieso sie sich von ihrem Rudel getrennt haben, aber ich habe sie danach nie wieder gesehen. Vermutlich sind die beiden auch tot, aber mit Gewissheit kann ich das nicht sagen. Mir fällt gerade auf, dass ich falsch gerechnet habe. Ich sagte, drei meiner Geschwister sind noch übrig, aber scheinbar habe ich mich selbst mit einberechnet, denn ich habe nur noch zwei Schwestern. Meine Mutter war irgendwann nur noch apathisch und starrte an die Wand unseres Hauses. Ihre Familie war zerbrochen und die drei, die sie noch hatte, nun ja. Ich war nie der Mustersohn, wie ihr euch vielleicht vorstellen könnt. Ich taugte nicht zum Alpha und sie war der festen Ansicht, dass das nur etwas für Männer sei. Dabei finde ich, dass Frauen viel bessere Anführer sind. Eure Mutter ist das beste Beispiel. Na jedenfalls hörte sie auf zu essen und sie schlief nur noch den ganzen Tag und irgendwann regte sie sich nicht mehr. Vielleicht war sie verhungert, oder ist aus Kummer gestorben, aber als sie tot war, verabschiedete ich mich von Alaska und kam nach New York.

Meine Schwestern besuchen mich ab und zu mal. Sie haben jetzt schon eigene Familien, die sehr groß sind, kann ich euch sagen. Allerdings sind sie vor einer Woche alle nach Frankreich gereist. Wieso, muss ich euch ja wohl nicht erst sagen. Dieser Terror wird vermutlich nie ein Ende haben. Wie dem auch sei. Ich habe hier einen Club aufgemacht und mir meine Existenz aufgebaut. Im Untergrund bin ich wirklich sehr bekannt, aber bis jetzt blieb ich von dem Hexenpack verschont. Viele von den Hexen, die sich ebenfalls aus der Sache raus halten, schützen mich und helfen mir, meine Werwolfexistenz zu verbergen. Für Hexen, die hier vorbei kommen, bin ich nur ein normaler Clubbesitzer." Aufmerksam lauschte ich seiner Erzählung und es betrübte mich ein wenig, dass die Werwölfe scheinbar immer auf der Flucht sein mussten. Zu diesem Zeitpunkt hatte ich noch nie die andere Seite der Medaille gehört, außer von dieser hasserfüllten Frau. Mich interessierte es immer mehr, wieso die Hexen so sehr wollten, dass alle Werwölfe dem Erdboden gleichgemacht wurden. Es klopfte an der Tür und der Gorilla kündigte das Erscheinen einer Frau namens Brittany an.

Sie wurde rein gebeten und strahlte im ganzen Gesicht, als sie eintrat. "Albert, schön, dass du dich auch mal wieder bei mir meldest, du treulose Tomate. Ich weiß ja, dass du nicht so gerne Hexen in deinem Club hast, aber ich bin nicht so wie meine Verwandten, die nur den einen Gedanken haben." Sie betrachtete uns andere und kam zu uns rüber. "Du musst ihre Tochter sein, du siehst ihr so ähnlich. Es ist faszinierend, dass du eine Hexe bist, wo der Rest deiner Familie doch Werwölfe sind." Amelie war erschrocken über die Tatsache, dass diese Fremde wusste, dass Amelie eine Hexe war und auch wir anderen hielten geschockt die Luft an. Albert schreckte auf. "Sie ist was?" Erstaunt musterte er Amelie, die peinlich berührt auf den Boden sah. "Entschuldigen sie, aber sie haben so über Hexen geflucht, da habe ich mich nicht getraut, etwas zu sagen." Albert legte sich eine Hand an die Wange und schüttelte leicht den Kopf. "Ach herrje. Kleines, du hättest mir das ruhig sagen können. Im Prinzip habe ich ja nichts gegen euch Hexen, nur wenn ihr versucht mich umzubringen, aber wer findet das denn schon besonders prickelnd." Er lachte und legte einen Moment seine Hand Amelies Hand. Brittany setzte sich zu Albert auf's Sofa, zwischen ihn und Louis. "Also meine Hübschen, wie kann ich euch denn weiter helfen. Albert sagte, es geht um eure Mutter?" Ich stutzte. Albert hatte am Telefon etwas über eine Frau namens Jeanne gesagt. Hieß Mutter so? War das ihr eigentlicher Name? Ihre Eltern hatten sie ja wohl kaum 'Mutter' genannt. "Wir müssen sie finden. Wenn sie noch lebt, wovon wir eigentlich ausgehen, schwebt sie vielleicht in Lebensgefahr und braucht unsere Hilfe.

Hexen haben sie entführt. ich denke, wenn sie sie hätten töten wollen, dann hätten sie es an Ort und Stelle gemacht und sie nicht erst mitgeschleppt." Brittany dachte nach. "Nicht unbedingt. Es gibt einige Rituale, bei denen ein Alphatier sehr hilfreich sein kann. Wenn sie so eins veranstalten wollen, hätte eine Entführung mit einem anschließenden Mord beim Ritual schon mehr Sinn." Wir alle starrten sie fassungslos an, sogar Albert. Ein Ritualmord mit Mutter? "Aber ich will mal den Teufel nicht an die Wand malen." Da kam mir wieder einer dieser Gedanken, die ich unbedingt loswerden musste. "Gibt es den eigentlich?" Jetzt wurde ich angestarrt. "Fängst du schon wieder damit an? Der Teufel hüpft über die gleiche Wiese, wie die Elfen und die Einhörner und so weiter."
"Ja, ich habe es verstanden." Dass Louis immer gleich so zynisch werden musste, das machte mich echt wütend. Man wird ja wohl noch fragen dürfen, immerhin gab es sowohl Hexen, als auch Werwölfe. Da lag die Vermutung doch nahe, dass es andere Wesen auch gab. "Naja, Louis. Dass es ihn nicht gibt, würde ich nicht sagen. Sicherlich gibt es ihn nicht so, wie die Menschen es denken, aber es gibt auf jeden Fall Kräfte auf dieser

Welt, die über Gut und Böse hinaus gehen, aber das spielt für uns hier keine so große Rolle, also weiter im Text. Ich werde für euch herausfinden, ob sie noch lebt und wo sie steckt und spätestens morgen Abend werde ich es euch sagen können. Solange müsst ihr euch aber noch gedulden. Am besten, ihr fahrt wieder zurück zur Villa und ruht euch aus. Immerhin ist es fast fünf Uhr morgens und ich könnte mir gut vorstellen, dass ihr ganz schön heftig gefeiert habt. Zumindest seht ihr recht verschwitzt aus."

Albert gab uns seine Telefonnummer. "Ruft mich an, wenn es was Neues gibt und wenn ihr wieder Hilfe braucht, dann könnt ihr auch anrufen. Außerdem bin ich fast immer hier, also kommt vorbei, wenn ihr was braucht, oder in der Nähe seid." Er ging zu Dorian und nahm seine Hand. "Und du kannst mich auch anrufen, wenn nichts Besonderes los ist und vorbei kommen, wann immer du willst." Er zwinkerte ihm zu und Dorian lief hochrot an, was uns andere zum Lachen brachte. Scheinbar hatte er einen neuen Verehrer.

Brittanys Nummer bekamen wir auch und sie bekam meine und Louis Nummer.

Dann wurden wir von dem Gorilla, der

Dorian und mich geholt hatte, wieder raus gebracht und dort musste ich erst mal tief durchatmen. In dem Club war so schlechte Luft gewesen, dass man kaum atmen konnte. Bei Albert war es etwas besser gewesen, aber auch nicht so gut, wie frische Nachtluft. Zum Glück konnten wir direkt durch den Hinterausgang den Club verlassen und mussten uns nicht wieder durch die Menschenmenge drängeln. Als wir zurück zur Villa fuhren, ließ ich mir alles noch mal durch den Kopf gehen, doch ich war zu keinem klaren Gedanken mehr fähig. Die Müdigkeit hatte mich nun voll im Griff und meine Augen wurden immer schwerer. Zudem war mir ein wenig schwindlig und in meinem Kopf herrschte eigentlich Funkstille. Durch die Zeit, die wir bei Albert waren und nach dem Wasser, dass ich getrunken hatte, war es zwar wieder besser geworden, doch die Straßenlichter und uns entgegenkommende Autos verschwammen und wurden allmählich zu Lichtstreifen. Einen Moment wollte ich meine Augen schließen und als ich sie wieder öffnete, hielten wir gerade an der Villa. Scheinbar war der kurze Moment etwas länger gewesen als ich geplant hatte.

"Na das war doch mal ein voller Erfolg, findet ihr nicht?" Louis schien richtig euphorisch zu sein. Es war ihm auch nicht zu verdenken, immerhin hatten wir vielleicht die Möglichkeit, Mutter, oder besser gesagt, Jeanne zu retten. Nadine war während der Fahrt auch eingeschlafen und Louis musste sie rein tragen. Er brachte sie in ihr Zimmer und Amelie ging gähnend ins Haus. Sie war auch schon ziemlich müde. Wir hatten uns alle in dem Club so richtig ausgetobt und alle Sorgen für ein paar Stunden vergessen können. Jeder von uns hatte die kleine Ablenkung bitter nötig gehabt und so war es nicht weiter verwunderlich, dass wir alle müde waren. Ich blieb noch draußen stehen und betrachtete den Himmel. Die Sonne erhellte bereits den Horizont und bald würde die Nacht dem Tag weichen. Scheinbar waren die Regenwolken, die am Vorabend wieder aufgekommen waren, über Nacht weitergezogen und ich freute mich, dass die Sonne sich mal wieder blicken ließ.
Verträumt lehnte ich mich an Louis Auto und musste spontan an den Abend denken, als ich mit Dorian unten am Ufer war und wir uns geküsst hatten. Geistesabwesend strich ich mir mit dem Zeigefinger über die Lippen

und ließ den Kuss Revue passieren. Mein Herz pochte schneller und ich schloss die Augen. Dorian's angenehmer Geruch stieg mir in die Nase und ich lächelte. In meiner Übermüdung stellte ich mir vor, dass er mir über die Wange strich und mich dabei anlächelte, wie er es dauernd tat. Hanne hatte ihn nicht oft so lächeln sehen, aber ich bekam diesen Anblick ständig und jedes Mal verschlug es mir den Atem.
In den letzten Tagen hatte ich nicht viel Gelegenheit, um über bestimmte Dinge nachzudenken, was ich aber besser hätte tun sollen. Eigentlich war es mir schon nach dem Kuss klar gewesen, aber ich redete mir das Gegenteil ein, doch langsam bröckelte die Illusion und die Wahrheit rückte ins Licht. Was sollte ich jetzt nur machen? Das war wirklich nicht der richtige Zeitpunkt, denn wir steckten quasi in einem Krieg. Das alles ging mich nun etwas an und ich wollte mich beteiligen, ich wollte helfen und ich wollte die Wahrheit erfahren, über alles. Jetzt war nicht der richtige Zeitpunkt, um mir über solche Sachen auch noch den Kopf zu zerbrechen. "Nein.", flüsterte ich leise und die Wärme auf meiner Wange verschwand und Dorian's Geruch verflüchtigte sich. Als

ich meine Augen öffnete, sah ich gerade noch, wie Dorian im Haus verschwand. Erstarrt ruhten meine Augen auf der geschlossenen Tür. Das war gerade wirklich passiert, er stand wirklich vor mir und strich über meine Wange und ich sagte 'Nein' und dann war er gegangen. Mein Herz machte einen Aussetzer und plötzlich erfüllte mich ein drückendes Gefühl, dass ich noch nie in meinem Leben gespürt hatte. Da war ein dicker Kloß in meinem Hals, als würden mir gleich die Tränen kommen, aber ich schluckte ihn runter und riss mich zusammen. Jetzt war nicht der richtige Zeitpunkt, sagte ich mir wieder und richtete meinen Blick wieder zum Horizont.
Noch lange blieb ich dort stehen und beobachtete, wie die Sonne langsam hinter den fernen Häusern auftauchte und mir das Gesicht erwärmte. Das orangene Licht strahlte mir leicht in die Augen. Es war dieser kurze Moment, in dem es möglich war, die Sonne anzublicken, ohne dass die Augen schmerzten und ich genoss jede Sekunde davon. Dass Louis neben mir stand bemerkte ich erst, als er meine Hand nahm. Müde und abwesend sah ich ihn an. "Du solltest auch langsam mal ins Bett gehen. Die Nacht war

ziemlich lang und du stehst jetzt schon ewig hier herum. Alles okay bei dir?" In dem Moment wanderte der riesige Kloß meine Kehle wieder hinauf und zog an meinem Atem. Wortlos legte ich meinen Kopf an Louis Brust und umarmte ihn einfach. Verwirrt und hilflos strich er mir über den Rücken. Sicherlich wunderte er sich, wieso ich so traurig war, immerhin kamen wir der Rettung von Mutter näher, aber er fragte nicht nach, sondern hielt mich einfach nur fest und ich war ihm so dankbar dafür, dass er bei mir war.

Nach einer Weile führte er mich ins Haus, mich noch immer fest an sich gedrückt. Er brachte mich in mein Zimmer, setzte mich auf mein Bett, zog mir meine Schuhe aus und als ich mich hingelegt hatte, deckte er mich fürsorglich zu und gab mir einen Kuss auf die Stirn. Vermutlich schlief ich sofort ein. Wie er rausgegangen war, hatte ich schon nicht mehr mitbekommen.

12

Der nächste Morgen war einer, den ich am liebsten sofort wieder vergessen hätte, denn als ich wach wurde, brummte mein Kopf, als würden Bagger durch ihn durch fahren. Langsam setzte ich mich auf und stellte fest, dass ich mich einmal komplett im Bett gedreht hatte. Meine Füße lagen auf meinem Kopfkissen. Irgendwie muss ich mir auch das Kleid ausgezogen haben, denn ich war nur noch in Unterwäsche und das Kleid lag noch halb auf der Matratze. Das muss entweder ein aufregender Traum gewesen sein, oder in meiner Schlaftrunkenheit zog ich mir das Kleid aus, das zugegebenermaßen zu unbequem zum Schlafen war. Einen Moment lang musste ich still ausharren und warten bis das Schwindelgefühl weg ging, was allerdings nicht passieren wollte und dann entschied ich mich dazu, dennoch aufzustehen und mich erst mal anzuziehen.
Sehr langsam und vorsichtig schlüpfte ich in

eine Jeans und zog mir ein Shirt über, denn ich wollte ja nicht das Bewusstsein verlieren. Es war merkwürdig, dass es mir so merkwürdig ging. Noch immer hatte ich das Gefühl Watte auf den Ohren zu haben. Diese Musik aus dem Club war ganz schön laut gewesen. Noch dazu hatte ich überall Muskelkater und besonders meine Oberschenkel und Waden machten sich bemerkbar. Das muss von den Schuhen kommen, dachte ich mir und überlegte, ob wir wohl irgendwo Aspirin hatten, ansonsten würde ich den Tag wohl nicht überleben. Als ich runter ging, hielt ich mir den Kopf und setzte meine Füße vorsichtig und sehr langsam ab.

Mir kam es vor, als hätte ich Stunden gebraucht, um die Treppe nach unten zu gehen. Louis und Nadine saßen vor dem Fernseher. "Morgen.", nuschelte ich und schlurfte zu ihnen. "Morgen? Du hast den ganzen Tag geschlafen und es ist schon nach fünf Uhr nachmittags.

Aber wir haben alle so lange geschlafen. Dorian ist sogar noch im Bett, ich höre ihn schnarchen."

"Oh. Hat Brittany schon angerufen?" Die Tatsache, dass ich schon den halben Tag verschlafen hatte, ignorierte ich gekonnt, stellte aber fest, dass die Kopfschmerzen auch davon hätten kommen können. Immerhin bekam man auch welche, wenn man zu lange schlief, das hatte ich leider schon oft feststellen müssen. "Japp, sie ist schon nah dran, sagt sie. So gegen acht wollte sie hier sein. In der Küche liegen Aspirin. Ich war extra für deinen Menschenkopf welche kaufen. Uns Werwölfen ist das egal. Wir bekommen keine Kopfschmerzen." Langsam drehte ich mich wieder um und schlurfte wieder Richtung Flur. "Habt ihr wirklich nie Kopfschmerzen?" Nadine lachte. "Doch, aber nicht wegen dem bisschen Musik. Da muss schon ein Presslufthammer her." Kurz musste ich lachen, doch das Hämmern in meinem Kopf wurde so stark, dass ich lieber sofort wieder damit aufhörte. Das waren doch keine normalen Kopfschmerzen, sondern bestimmt eine Migräne, dachte ich mir. Langsam kam ich in die Küche, wo ich auch schnell die Tabletten auf dem Tisch fand. Zur Sicherheit nahm ich gleich zwei, damit sie auch wirklich wirkten.

Die nächsten drei Stunden saß ich stumm auf dem Sofa bei den anderen und starrte

abwesend den Fernseher an. Meine Kopfschmerzen hatten sich zum Glück in Wohlgefallen aufgelöst, allerdings herrschte in meinem Kopf eine durchgehende Bräsigkeit. Amelie kam irgendwann auch zu uns und sah genauso müde aus, wie ich war. "Seit wann sitzen wir eigentlich wieder auf dem Sofa?", fragte ich schließlich und bekam merkwürdige Blicke zugeworfen.
"Der viele Schlaf hat dir nicht gut getan, oder? Wir haben das Sofa ausgetauscht. Es ist ein anderes. Erstaunlich, dass dir das nicht schon aufgefallen ist, als du dich hingesetzt hast, aber gut."
Verwirrt sah ich die Polster an und tatsächlich, es war ein ganz anderes als vorher. Louis beobachtete mich und lachte dann. "Man könnte denken, du hast irgendetwas genommen. Bist du dir sicher, dass du nur Aspirin eingenommen hast?" Ich versuchte Louis böse anzugucken, aber ich sah vermutlich nicht sehr angsteinflößend aus. "Auf der Packung stand Aspirin, also wirds wohl welches gewesen sein.", murrte ich ihn an und dann erschien Dorian in der Tür und nun musste ich schmunzeln. Er sah aus, als wäre er gerade aus einem Winterschlaf erwacht. Seine Haare standen

in alle Richtungen ab und er trug nichts weiter als eine Schlafboxershorts. Er gähnte lange und streckte sich ausgiebig. "Haben wir noch Kaffee?", fragte er müde und sah dann zu mir. Das Grinsen konnte ich mir nicht verkneifen und er musste dann auch grinsen. "Uh, Brüderchen. Ist ja wirklich nett, dass du die Frauenwelt hier ein bisschen unterhalten willst, aber ich muss das nicht sehen. Zieh dir doch bitte erstmal was an und ich mach dir einen Kaffee." Dorian nickte belustigt. "Schon gut. Die Damenwelt mach ich wieder wuschig, wenn du nicht da bist. Er zwinkerte mir zu und ging wieder nach oben. Scheinbar hatte ich mir das beim Auto doch nur eingebildet und er dachte nicht, dass ich nicht wollte, dass er mir nahe war. Es klopfte an der Tür und ich stand vorsichtig auf, um sie zu öffnen. Brittany kam gut gelaunt rein und begrüßte die anderen. "Und?", fragte Louis aufgeregt und wechselte hibbelig ständig sein Standbein. "Ganz ruhig, kleiner Wolf. Setzen wir uns erst mal. Ich hatte echt Mühe, diese Bruchbude zu finden und brauche jetzt auf jeden Fall einen Kaffee." Das traf sich ja gut, denn Louis hatte ja eben erst Kaffee für Dorian gemacht, der ihn gerade genüsslich schlürfte. Wir setzten uns alle an den Tisch in der Küche und jeder bekam eine Tasse Kaffee. Meinem Kopf ging es schon wieder besser und ich fühlte mich nicht mehr wie ein Zombie. Schwindlig war mir auch nicht mehr wirklich. Vermutlich hatte das viel mit Brittany's Anwesenheit zu tun, denn wir bekamen vielleicht Informationen über Mutter und mein Geist war wieder hellwach und aufmerksam. "Ich habe folgendes herausgefunden. Sie lebt noch und ich konnte sie sogar ziemlich genau lokalisieren. Es gibt in der Nähe des Flughafens ein Untergrundsystem, in dem es von Hexen nur so wimmelt. Sie halten sie bestimmt dort fest, aber hier wirds knifflig. Sie zu finden, wäre kein Problem, aber zu ihr zu gelangen, ist fast unmöglich. Als Hexe kommt man leicht rein, aber als Mensch sieht das schlecht aus und von den Werwölfen will ich gar nicht erst anfangen. Ich meine, ihr könntet natürlich irgendwie versuchen einzudringen, oder ihr lasst euch gefangen nehmen, aber das bringt ja auch nicht viel. Dann seid ihr irgendwo eingesperrt, womöglich noch gefesselt und dürft nach einer schönen Folter auf euer unseliges Ende warten." Na, das waren ja rosige Aussichten. Zumindest war Mutter noch am Leben, wenn auch umgeben von mordlustigen Hexen. "Gibt es denn niemanden, mit dem man reden könnte? Ich meine, es gibt doch bestimmt eine Möglichkeit, um mit jemandem zu reden, der nicht alles und jeden, der etwas mit Werwölfen zu tun hat, umbringen will. Damit will ich sagen, dass..." Brittany lachte und hob die Hand, damit ich aufhörte. "Ich weiß schon, was du sagen willst. So wie jemanden, mit dem man verhandeln kann, meinst du? Sicher gibt es solche Leute, aber ob sie euch überhaupt soweit vorlassen, das kann ich euch nicht sagen."

"Aber wir könnten es versuchen.", warf Louis ein und damit war der Plan geboren. Wir würden zu den Hexen in den Untergrund gehen und Mutter dort rausholen, koste es was es wolle. So wie ich die Situation einschätzte, würde es vermutlich unser aller Leben kosten. Ein flaues Gefühl drängte sich durch meinen Magen. Das Leben geben? Könnte ich wirklich so weit gehen? Ans Umkehren war jetzt kaum noch zu denken, aber sterben? Brittany blieb nicht mehr sehr lange und als sie weg war, klügelten wir einen Plan aus, wie wir rein kamen und wie wir vielleicht wieder raus kamen. Das

Reinkommen war schnell geplant, aber das Rauskommen brachte uns zur Verzweiflung. Am Ende entschieden wir uns dazu, einfach zu improvisieren. Bisher haben wir unsere ganze Reise improvisiert und viele Dinge spontan entschieden und damit waren wir ganz gut gefahren.

Keiner von uns wollte mehr warten und keiner von uns hätte ein Auge zubekommen, am allerwenigsten ich bei diesen vielversprechenden Aussichten.

Mutters Rettung war nun zum Greifen nahe und jeder von uns war voller Tatendrang, also machten wir uns um 1 Uhr nachts auf zum Flughafen, von dem uns Brittany erzählt hatte. Keiner sagte auch nur ein Wort während der Fahrt. Wir alle hofften, dass unser Plan aufgehen würde. Der Schlüssel war Amelie, die vorgeben sollte, dass sie uns gefangen genommen hatte. Hexen hatten, wenn sie es lange und intensiv trainierten, die Möglichkeit zur Hypnose. Also mussten wir anderen so tun, als wären wir wie Zombies, die Amelie einfach stur und hohl hinterher wackelten. Brittany hatte uns von solchen Hexen erzählt. Sie konzentrierten sich bei ihrer Magie ausschließlich auf die Hypnose und meistens hatten diese Hexen keine anderen Fähigkeiten. Das schien ziemlich viel Kraft und Energie zu kosten. Wie es weiter gehen sollte, hatten wir uns noch nicht genau überlegt. Auf jeden Fall mussten wir herausfinden, wo Mutter war und dann mussten wir zu ihr gelangen. Vielleicht stellten wir uns das Ganze auch schwerer vor, als es letzten Endes war, aber wir gingen sicherheitshalber vom Schlimmsten aus.

Das Auto stellten wir auf dem großen Flughafenparkplatz ab. Brittany hatte uns eine Wegbeschreibung gegeben, wie wir den Eingang finden konnten, der scheinbar gut versteckt war und nur von denen gefunden werden konnte, die wussten, wonach sie suchen sollten.

Wir verließen den Parkplatz und dann nahmen wir schon unsere Rollen ein, wir wussten schließlich nicht, ob wir schon beobachtet wurden, oder nicht. Amelie ging also voraus und wir trotten ihr hinterher, mit ausdruckslosen Gesichtern. Unser Weg führte uns dicht an die Rollfelder, die allerdings mit einem hohen Maschendraht umzäunt waren. Dort stand zwischen jungen Bäumen und ein paar kleinen Büschen ein kleines Holzhäuschen. Meiner Einschätzung

nach hätte dort nicht mehr als ein Stuhl und ein kleiner Tisch reingepasst, aber bei Hexen konnte man schließlich nie wissen, was einen erwartete. Die Tür war mehr als morsch und als Amelie sie berührte, ertönte ein lautes Brummen unter uns. Der Boden vibrierte leicht und dann ging die Tür wie von selbst auf. Brittany hatte gesagt, dass nur Hexen hineingelangen konnten. Vermutlich war die Tür eine Art Hexendetektor und öffnete sich automatisch, wenn eine Hexe sie berührte. Bei allem anderen wäre sie vermutlich niemals aufgegangen. Der Einfallsreichtum der Hexen war schon bewundernswert, aber wenn man zu so etwas die Möglichkeiten hatte, warum sollte man sie nicht auch an halb zerfallenen, unscheinbaren Holzhüttchen nutzen.
Wir betraten das Innere, aber der Raum war so klein, dass wir nicht alle hineinpassten.
In der Mitte des Raumes befand sich eine Wendeltreppe, die nach unten führte. Meine Nervosität stieg zunehmend an und mein Herz pochte immer schneller, je tiefer wir kamen. Die Stufen, die aus Metall waren, knarrten und quietschten unter unserem Gewicht. Als wir unten ankamen, erwartete uns ein weiterer kleiner Raum und eine

weitere Tür, doch dieses Mal kam, ohne ein Klopfen, oder Klingeln eine Frau zu uns raus und musterte uns misstrauisch. Gespannt sah sie Amelie an und erwartete scheinbar, ohne eine Frage zu stellen, eine Erklärung. "Ich habe hier ein paar besondere Werwölfe.", fing sie an. "Und einen Menschen.", fügte die Frau hinzu. So teilnahmslos, wie möglich, betrachtete ich sie, ohne sie wirklich anzusehen. Sie war sehr hübsch, adrett gekleidet und ihre Haare waren streng nach hinten gesteckt. Wie eine Bibliothekarin in jungen Jahren. Sie erinnerte mich etwas an meine Mathelehrerin und das machte sie mir nicht gerade sympathischer.
"Ja, sie gehört irgendwie auch dazu. Sie gehört zu dem großen mit den schwarzen Haaren. Der hat ihr die Sinne vernebelt und jetzt macht sie alles, was er will." Die Frau musterte erst mich und dann Dorian. In ihrem Gesicht stand Misstrauen und vor allem Missbilligung.
"So und was sollen wir nun mit drei Werwölfen und einem verdorbenen Menschenmädchen anstellen? Du sagtest, sie wären besonders. Wie besonders?" Amelie kam in Erklärungsnot und scheinbar viel ihr

nichts Besseres ein, also sagte sie nur ein Wort, dass offensichtlich Früchte trug. "Chien." Die Hexe hielt einen Augenblick Inne, schaute Amelie etwas ungläubig an und musterte uns dann noch mal eingehend. Sie sah immer überraschter und erfreuter aus und dann nickte sie wissend und hielt Amelie die Tür auf. Sie ging hindurch und wir folgten ihr. Die Hexe überholte uns schnell wieder und führte uns einen ziemlich langen Gang entlang, in dem es nichts weiter gab als kleine Deckenlichter, die dem ganzen einen düsteren Touch gaben. Irgendwann kamen an den Seiten Türen, von denen manche offen standen. Ich erhaschte einen Blick in einen offenen Raum und starrte gleich wieder stur nach vorne, als ich das ganze Blut an den Wänden sah. Meine Zweifel, dass das hier eine gute Idee war, wurden zunehmend größer und ich wollte nichts sehnlicher, als hier wegzukommen. Wenn die Sache schief ging und die Wahrscheinlichkeit dafür lag bei etwa achtundneunzig Prozent, würde keiner von uns hier lebend wieder rauskommen. Auch Amelie wäre dann verloren. Sie würden mit unserem Blut die Wände neu streichen. In meinem Kopf spielte sich eine Szene ab, wie mehrere Hexen, die alle so aussahen, wie

die, die uns führte, mit Malerrollen dastanden und sie in Eimer tunkten, in denen eine dicke, rote Flüssigkeit war. Es handelte sich dabei um unser Blut und sie lachten, als sie die Rollen raus zogen, es kurz abtropfen ließen und dann die Wand damit an strichen. Vielleicht würden sie sich unsere Eingeweide irgendwo als Dekoration aufhängen, damit die Wände nicht so leer wirkten. Langsam wurde mir schlecht von dieser Vorstellung und ich zwang mich, an etwas anderes zu denken. An Schmetterlinge und Blumen und frisches Gras.
"Stopp!" Ich erschrak richtig, als die Hexe stehen blieb und sich zu uns umdrehte. Hatte sie vielleicht bemerkt, dass mir speiübel geworden war und ich definitiv nicht hypnotisiert war? Angst und Panik machten sich in mir breit, doch ich zwang mich dazu, mich nicht zu bewegen und entspannte mein Gesicht, als wäre nichts in mir drin. Angestrengt versuchte ich alle Gedanken aus meinem Kopf zu entfernen, damit ich hohl aussah und ich hoffte, dass die Frau es nicht bemerkt hatte. "Hier entlang.", sagte sie nun freundlich und lächelte Amelie falsch an. Dieser Frau hätte ich nie im Leben vertraut, nicht mit diesem Lächeln. Sie öffnete eine

Tür, betrat einen Raum und hielt uns die Tür offen. Amelie ging hinein und wir folgten ihr. Der Raum war ziemlich groß, aber keiner war darin. Erleichtert atmete ich auf, als ich sah, dass an den Wänden kein Blut klebte. "Wartet hier." Wieder lächelte sie überschwänglich und ich bekam schon wieder so ein ungutes Gefühl, als ob gleich etwas sehr Unschönes passieren würde. Die Frau ging wieder und wir waren allein, doch keiner traute sich, aus seiner Starre zu erwachen, also standen wir wie die Ölgötzen in der Gegend herum und es hätte nur noch dumpfes Grunzen und Gesabber gefehlt, um das Zombiebild perfekt zu machen. Nur Amelie lief umher und kaute sich nervös an den Fingernägeln. Nach etwa zehn Minuten kam die Frau zurück und bat Amelie ihr zu folgen und Nadine mitzunehmen. Mir wurde mal wieder ein bisschen schwindlig, denn ich wollte mir nicht vorstellen, was sie mit den beiden tun würden, oder vielleicht nur mit Nadine. Mein Horror ging sogar soweit, dass ich mir vorstellte, wie sie Amelie dazu zwangen, Nadine zu foltern und zu töten. So wie damals, als wir Amelie gefunden hatten. "Und nun nimm dir bitte die größte Waffe, die auf dem Tisch liegt und schneide diese

widerliche Kreatur in viele kleine Einzelteile." Diese Worte hallten in meinem Kopf, als hätte sie wirklich jemand gesagt. "Sie sind nur nebenan.", flüsterte Dorian, der sehr nah bei mir stand und diese Information beruhigte mich ein wenig. "Sie sollen auch nur dort warten.", fügte er dann hinzu, was mich wieder komplett ruhig werden ließ. Allerdings kam mir dann die Frage in den Kopf, was jetzt wohl mit uns passieren sollte, wenn Amelie und Nadine nur dort warten sollten. Wurden wir jetzt doch zuerst dem blutigen Abschlachten ausgesetzt und danach erst die anderen beiden. In welcher Reihenfolge auch immer sie es machten, keinem von uns würde es besser ergehen als den Anderen.
Wir standen so noch eine Weile herum, bis die Tür wieder aufging. Langsam bekam ich Schmerzen in den Beinen vom stillen Rumstehen und sich so gar nicht bewegen. "Ihr könnt jetzt aufhören mit dem Theater." Die Stimme kam mir bekannt vor, aber ich konnte sie nicht einordnen. Als ich hin sah, stockte mir der Atem. Es war Brittany und neben ihr stand Mutter und sie sah nicht aus wie eine Gefangene. Mutter blickte zu Louis, breitete ihre Arme aus und lächelte ihn

glücklich an. Er sah sie zunächst verwirrt an, ging dann aber doch zu ihr und umarmte sie. Mir machte dieses Lächeln irgendwie Angst, denn es war nicht das Lächeln einer Mutter, die ihren lieben Sohn wieder sah, sondern eher das Lächeln von jemandem, der sich verabschiedete. "Ach mein lieber, kleiner Louis. Du bist mein kleiner Soldat, du tust immer was ich sage, um mich stolz zu machen." Dorian und ich sahen der Szene zu und ich für meinen Teil durchlebte eine Welle der Gefühle. Einerseits war ich heilfroh, dass wir sie gefunden hatten und dass es ihr gut ging. Andererseits ging es ihr irgendwie zu gut und es war etwas zu leicht gewesen, sie zu finden. Bevor ich mich für ein Gefühl entscheiden konnte, durchzuckte ein schneidendes Geräusch den Raum. Dorian hielt schlagartig die Luft an und ich war einfach nur zu verwirrt, um zu begreifen, was passierte. Die Mutter strich ihrem Sohn sanft über den Rücken und dann hing er irgendwie einfach nur noch da, bis er gänzlich zusammen sackte und zu Boden fiel. In seinem Bauch steckte ein Messer. Erschrocken starrte ich ihn an. Dorian stürzte zu ihm und war den Tränen nahe, aber der Schock hielt sie zurück. "Was hast

du getan?" Mutter schaute emotionslos auf Louis herab.
"Es wurde langsam Zeit, dass du dich von ihm löst, Dorian. Betrachte es doch mal so. Er hat dich immer nur beneidet und schikaniert, wo er konnte. Er hat versucht dich zu unterdrücken und meine Liebe für dich für sich selbst einzuheimsen. Er war schon immer der Schwache von euch beiden. Seit seiner Geburt wusste ich, dass er immer eine Last für uns sein wird."
Es war kaum zu fassen, was ich da hörte und Dorian schien das auch nicht ganz zu realisieren. Louis röchelte leise und griff nach dem Messer, um es herauszuziehen. Es war natürlich eine von den Hexenklingen und uns allen war klar, dass die klaffende Wunde, die zurück blieb, als er das Messer langsam und unter Schmerzen aus seinem Bauch gezogen hatte, nicht so schnell wieder zuwachsen würde.
Vielleicht hätte er es vorerst stecken lassen sollen. Er atmete schnell und hielt sich die Hände auf die blutende Wunde. Dorian zog sich seine Jacke aus und dann sein Shirt und drückte es auf die Wunde, um die Blutung irgendwie zurückzuhalten. "Du tötest deinen eigenen Sohn?", schluchzte er aufgebracht

und starrte sie aus glimmenden Augen an. "Ich töte jeden, der versucht, gegen dich oder mich vorzugehen. Dieser Schwächling ist wertlos für mich. In meinem Herzen ist nur Platz für einen und das bist du, Dorian." So langsam dämmerte es mir. Noch ein ungutes Gefühl gesellte sich zu meinen anderen unguten Gefühlen und meine Knie wurden wackelig. "Was willst du damit sagen?", Dorian schien es nicht zu verstehen.
"Na gut. Ich denke, es ist langsam an der Zeit, dir alles zu erzählen." Bei mir drehte sich irgendwie alles und ich taumelte, dann setzte ich mich schnell auf den Boden, um nicht in Ohnmacht zu fallen. In meinen Ohren dröhnte es und ich hörte kaum noch, was gesagt wurde. Dorian warf mir einen besorgten Blick zu, aber ich lächelte ihn irgendwie an, um ihm zu zeigen, dass mit mir alles in Ordnung war, was natürlich ganz und gar nicht der Fall war. Langsam krabbelte ich zu ihm und Louis und löste ihn ab, damit er seiner Mutter zuhören konnte. Sie lachte ein wenig, als sie mich beobachtete. "Sie ist wirklich erstaunlich. Eigentlich schade, dass ich sie auch töten muss. Sie hätte sicher einen guten Werwolf abgegeben." Dorian schoss nach oben und stellte sich vor mich,

worüber Mutter wieder lachte. "Ach, mein lieber Sohn, mein Liebster." Sie klang ganz anders als zuvor), irgendwie abgedreht und nicht bei Verstand.
"Du wirst sie nicht anrühren." Sie kicherte leise. "Na, dann nur deine Schwester und diese kleine Kakerlake, die eigentlich schon längst hätte tot sein müssen. Wie habt ihr sie eigentlich gerettet?"
Sie sah zu Brittany, die dem ganzen schweigend beigewohnt hatte. "Sie haben Posey aufgespürt und er hat ihnen geholfen. Ohne ihn hätten sie auch niemals Amelie gefunden und das arme kleine Mäuschen würde jetzt noch sicher in der kleinen Stadt sein und nichts ahnen."
Das Rauschen in meinen Ohren ließ langsam wieder nach. Was passierte hier gerade? "Mutter, was ist hier los? Erklär es mir." Dorian klang verzweifelt. "Ganz ruhig. Ich habe dir doch gesagt, dass ich dir alles erzählen werde. Fangen wir beim Feuer an."
Mir wurde schlecht und ich musste die Augen schließen. Jetzt kam also die wirkliche Auflösung und ich vermutete, dass das traumatisierend sein würde.
"Du warst das?" Dorian konnte nur flüstern.
Die Frau, die sich Mutter nannte, nickte und

lächelte unschuldig, aber dadurch sah sie noch verrückter aus. "Unsere Feinde hatten uns fast gefunden, sie waren die ganze Zeit auf der Suche nach uns. Die Flucht aus Frankreich und dann aus New York hat überhaupt nichts gebracht. Wir waren nirgends sicher und das nur wegen Amelie, dieser Hexe!. Ich wusste, dass keiner von uns sicher war, also beschloss ich, dass wir fliehen mussten. Außerdem musste ich Amelie irgendwie loswerden, aber auch dann gab es keine Garantie, dass wir unentdeckt blieben. Ich holte Brittany zu uns, die ich in New York kennen gelernt hatte und die den Bann auf das Zimmer legte, nachdem ich dich am Bett fest gekettet hatte. Mir ist es wirklich schwer gefallen, dich dort zurückzulassen, glaub mir das."
Dorian atmete schwer und unterbrach sie. "Aber Amelie sagte, sie hätte nur eine Frau gesehen."
Mutter lachte wieder ungehalten. "Es war stockdunkel und ich bin sehr schnell gewesen. Ihre jungen und ungeübten Hexenaugen sind meiner Geschwindigkeit nicht hinterher gekommen, also hat sie nur Brittany gesehen." Sie machte eine Pause, ging ein paar Schritte in den Raum und warf

mir einen Blick zu, den Dorian sofort unterband, als er sich wieder so vor mich stellte, dass die Mutter mich nicht sehen konnte. "Wie dem auch sei. Du warst also in Sicherheit. Du hättest dort warten sollen, bis ich dich hole, aber du konntest dich ja nicht gedulden. Nachdem wir also das Haus in Brand gesetzt hatten, verschwand Brittany so, dass keiner von den anderen sie entdecken konnte und wir fuhren mit dem Zug Richtung New York. Brittany war auch in dem Zug und in einem günstigen Moment belegte sie Amelie mit einem Zauber, dass sie von dem Moment, als sie in den Zug stieg, bis zu dem Moment, wo sie die Stadt betrat, alles vergessen würde. Das hatte ja auch ganz gut geklappt. Es kostete mich viel Überwindung, meine eigene Tochter aus einem fahrenden Zug zu werfen, aber ich hatte dafür gesorgt, dass sie überlebt. Mein Plan war perfekt und dann kam sie."
Sie konnte damit nur mich meinen und mein Atem ging schneller. "Sie hat alles verdorben. Sie hat dich herausgelassen und dir geholfen und dann hat sie dir den Kopf verdreht. Also musste ich irgendwie improvisieren. Ich setzte mich wieder mit Brittany in Verbindung und sie organisierte alles. Als ihr

aufgebrochen wart, um Amelie zu holen, inszenierten wir meine Entführung und ich hoffte, ihr würdet euch mit meinem unvermeidlichen Ableben abfinden. Zumindest vorerst. Dann hat euch aber diese blöde Kuh darauf gebracht, nach Albert zu suchen und dieser Dummkopf hat euch natürlich geradewegs zu Brittany geführt. So kam eins zum anderen und jetzt bin ich wieder in einer äußerst schwierigen Situation. Ich hatte Entscheidungen zu treffen. Ich hätte natürlich dafür sorgen können, dass Brittany euch mitteilt, ich sei getötet worden, aber damit hätte ich das eigentliche Problem noch nicht gelöst. Du, mein Sohn, für den ich alles tun würde, du warst nun wieder einmal mehr in Gefahr. Die Hexen hier hätten dich getötet, ohne mit der Wimper zu zucken." Meine Verwirrung wurde immer größer. Die Mutter war doch auch ein Werwolf und sogar ein Alpha. Wieso hatten die Hexen sie reingelassen und nicht getötet? Dorian schien den gleichen Gedanken gehabt zu haben und stellte exakt diese Frage. "Wieso töten sie dich nicht, Mutter?"
"Ich habe leider einen magischen Schwur geleistet, der es mir verbietet, euch das zu

sagen, also gebt euch mit dem zufrieden, was ich erzählen kann. Um das Leben meines Dorian zu schützen, vereinbarte ich mit den Hexen hier, dass ich dafür sorgen würde, dass ihr ganz freiwillig herkommt und ihr alle, außer Dorian den Tod finden werdet. Das erspart den Hexen nämlich eine Menge Arbeit. Dafür könnte Dorian mit mir nach Frankreich zurück kommen." Sie erzählte nicht, was sie in Frankreich vorhatte. Die Vermutung lag jedoch nahe, dass es wohl etwas mit dem Krieg zu tun hatte, der uns bevor stand.
Louis röchelte plötzlich wieder und hustete schwer. "Sieh ihn dir nur an. Er ist so schwach. Keiner kann ihn mehr retten."
"Doch, Amelie könnte..."
"Schweig, du erbärmliches Menschenweib!"
Erschrocken duckte ich mich, was nicht nötig war, denn Dorian stand noch immer entschlossen zwischen mir und seiner Mutter.
"Amelie könnte? Amelie kann gar nichts. All die Jahre hat sie sich geweigert, ihre Künste zu optimieren und zu verstärken. Sie hat geleugnet was sie ist und als sie in die Stadt kam, hat sie geleugnet, wer ihre Familie ist. Sie ist wie ein Geist. Sie gehört nicht zu den

Hexen, aber zu uns Werwölfen kann sie auch nicht gehören. Klammer dich nicht so sehr an die Schwachen, Dorian. Du bist doch so viel mehr als sie." Dazu sagte er nichts. Er sagte überhaupt eigentlich fast nichts zu der ganzen Sache. Mir gingen so viele Dinge im Kopf rum, aber ich konnte das alles nicht sagen, denn es ging nicht um mich. Hier ging es nur um Dorian und um eine kranke Frau mit viel zu viel Macht.
"Du kannst sie nicht alle umbringen.", keuchte er schließlich atemlos und ich konnte sehen, dass er leicht zitterte. "Ich muss. Du verstehst es jetzt noch nicht, aber irgendwann wirst du alles herausfinden und dann wirst du es verstehen." Dorian schüttelte den Kopf. Er drehte sich zu mir um und hockte sich neben mich. Er hatte Tränen in den Augen, aber er lächelte mich an. Ich würde sterben, das wurde mir immer bewusster und ich spürte, wie ich anfing zu weinen. Ich wollte noch nicht sterben und vor allem nicht so. Mir kam meine Mum in den Sinn und dass sie mich nie wieder sehen würde und ich würde nie wieder in Garping Hill sein können, gelangweilt von der absoluten Normalität.
Dorian küsste mich sanft - eigentlich nur ein

Austausch von Tränen, aber es war ein Kuss. Es fühlte sich nicht so schön an wieder der Erste. Dieser Kuss fühlte sich nach Abschied an und nach Trauer. Er stand wieder auf und drehte sich zu seiner Mutter zurück.
"Dorian! Was hast du vor?" Über den plötzlichen überraschten und ängstlichen Klang in ihrer Stimme war ich verwundert und dann sah ich, dass Dorian in seiner rechten Hand das Messer hielt, das zuvor in Louis Bauch gesteckt und dann nur neben ihm auf dem Boden gelegen hatte. Er musste es aufgehoben haben, als er mich geküsst hatte und nun hob er es hoch und hielt sich die blutige Klinge an den Hals.
"Ich werde nicht weiter leben, wenn du alle tötest, die ich liebe. Deine Liebe bringt mir nichts, wenn ich niemanden habe, den ich lieben kann." Jeanne hob ihre Hände und in ihrem Gesicht spiegelte sich Furcht wider. Scheinbar war das Einzige, wovor sie sich fürchtete, dass Dorian verletzt werden könnte. "Tu das nicht Dorian. Wenn du das machst, war alles umsonst."
Dorian drückte leicht zu und ich konnte mir förmlich vorstellen, wie die Klinge in sein Fleisch schnitt und es zu bluten begann. Mutter schrie entsetzt auf und stolperte nach

hinten, knallte gegen die Tür und fing an zu weinen.
"Bitte, mach es nicht, mach es nicht.", flehte sie ihn an und er hielt inne. "Du darfst sie nicht umbringen. Finde einen Weg, dass sie überleben. Du bist doch so gut im Umplanen. Jetzt plane und zwar so, dass wir alle hier rauskommen. Lebend." Dorian's Stimme war hart und kalt und mir lief ein kalter Schauer den Rücken hinunter. Brittany ging zu Jeanne und nahm ihre Hand, dann sah sie zu Dorian. "Gib uns ein bisschen Zeit. Ich überlege mir was." Sie schien genervt von dieser Wendung zu sein. Das Funkeln in ihren Augen verriet, dass es ihr sicherlich nichts ausgemacht hätte, wenn Dorian sich umbringen würde, aber irgendetwas schien sie an Mutter zu binden und deswegen zog sie die erstarrte Frau nach draußen und schloss die Tür hinter sich.
Dorian verharrte noch mit dem Messer an der Kehle, er schien wie eingefroren. "Dorian.", schluchzte ich leise und dann ließ er das Messer fallen und sackte zu Boden. Am liebsten wäre ich zu ihm gekrochen, doch ich konnte nicht von Louis Seite weichen, denn irgendjemand musste sich um die starke Blutung kümmern. "Dorian.",

schluchzte ich abermals und hoffte, er wäre nicht zu sehr verletzt. "Mir geht's gut. Lebt Louis noch?" Erleichtert atmete ich auf. Auch wenn ich glaubte, dass er mich anlog damit ich mir nicht noch mehr Sorgen machte. "Ja, er atmet noch. Er ist stark und kämpft, aber ich weiß nicht, wie lange er noch durchhält." Dorian drehte sich langsam zu mir um und kam zu uns rüber gekrabbelt. Von seinem Hals tropfte das Blut, aber es schien wirklich nur ein kleiner Schnitt zu sein, dennoch wurde mir wieder übel. Eigentlich war mir die ganze Zeit schlecht.

Es war ja nun nichts neues mehr, dass ich mit dem Anblick von Blut nicht so gut klar kam, was mich eigentlich gewundert hatte. Immerhin konnte ich mir Horrorfilme ansehen, bei denen das Blut nur so spritzte. Bei echtem Blut allerdings, direkt vor meiner Nase, wurde mir so schwindlig und schlecht, dass ich kaum noch klar denken konnte. Das macht wohl den Unterschied aus zwischen Film und Realität. Dorian strich seinem Bruder vorsichtig durch die Haare und verharrte lange in dieser Haltung.

Irgendwo im Raum begann es zu summen und verwirrt sahen wir uns um. In einer Ecke stand eine kleine Klimaanlage, die scheinbar gerade angegangen war. Wieso stand hier eine Klimaanlage und wieso ging sie ausgerechnet jetzt an? Mir war sie vorher auch gar nicht aufgefallen. Mein Blick wanderte zu der Tür, die sich allerdings lange nicht öffnete. Meine Gedanken wurden langsam immer schwerer und das Rauschen in meinen Ohren fing wieder an. Dorian kippte irgendwann zur Seite und lag regungslos da, aber ich konnte mich nicht um ihn sorgen, denn schon war ich ebenfalls nach vorne gekippt und lag nun quer über Louis. Die Tür quietschte und Schritte waren zu hören. Dann ein schleifendes Geräusch und dann wurde ich bewegt. Alles war verschwommen und ich war bewegungsunfähig. Mein Kopf war leer. Nicht ein Gedanke war darin und ich konnte mir um nichts Sorgen machen, ich war betäubt.

Schwach nahm ich die Gestalt von Jeanne wahr, die sich über mich beugte. "Du musst Dorian jetzt beistehen. Ich muss einige Dinge erledigen und ihr dürft mich nicht suchen. Er wird genug mit dem Verlust von Louis zu tun haben. Bleibt einfach, wo ihr seid und macht keine Dummheiten. Sucht auf keinen Fall nach mir." Ihre Stimme wurde leiser und nun verschwand auch noch das letzte Bisschen, das ich wahr nehmen konnte und ich versank in tiefe Finsternis.

13

Die Sonne schien mir hell ins Gesicht und meine Augen schmerzten sehr, als ich sie öffnen wollte.
Langsam wandte ich den Kopf zur anderen Seite um und gähnte lange. Dieser merkwürdige Traum hallte mir noch immer durch den Kopf, als wäre das alles wirklich passiert. Müde und schlaftrunken kuschelte ich mich wieder in meine Decke. Es war zwar ein teilweise sehr verstörender Traum gewesen, aber es waren auch viele schöne Momente dabei. Ein kribbliger Kuss, viel Gelächter, unglaubliche Persönlichkeiten und noch viel unglaublichere Tatsachen hatten sich mir offenbart.
Michelle, dachte ich mir, langsam wirst du wohl verrückt, aber das ist jetzt auch egal.
Immerhin war das alles ja nur ein Traum und solange ich keine Halluzinationen davon bekam, war doch alles in bester Ordnung. Immerhin war das nicht der erste Traum gewesen, der mir so real vorkam. Langsam

öffnete ich meine Augen und erwartete, meinen Schreibtisch zu sehen, auf dem meine kleine Pflanze Eliot stand. Stattdessen erblickte ich einen Fernseher, der eine Kochsendung ausstrahlte.
Der perfekte Schweinebraten für jedes Familienfest, vorgestellt von einem bekannten Fernsehkoch, der mehr redete, als kochte und offensichtlich schon eine halbe Flasche Wein getrunken hatte. Verwirrt hob ich den Kopf und sah mich im Raum um. Das war nicht mein Zimmer und ich lag auch nicht in meinem Bett. Ich lag auf einem Sofa in einem Haus, in dem ich eigentlich nicht wohnte. Meine Mum war nicht in der Küche, um Frühstück zu machen und Christopher lag nicht im Garten und sonnte sich ein wenig. Still verharrte ich in dieser Position, auf einem Arm gestützt, den Fernseher anstarrend. Das war kein Traum gewesen. Das alles war wirklich passiert. Diese Tatsache traf mich wie ein Vorschlaghammer und mit einem Mal war ich wieder hellwach. Als ich wie von einer Tarantel gestochen aufstehen und zu den anderen laufen wollte, verfing ich mich in der Decke und fiel vom Sofa. Ein stechender Schmerz zuckte durch meinen Steiß und einen Moment lang konnte

ich keinen Muskel bewegen.
"So ein Mist.", murmelte ich und rappelte mich auf, nachdem der Schmerz sich langsam verzogen hatte. Eilig und unbeholfen entwirrte ich meine Füße aus der Decke, die sich wie eine Würgeschlange um meine Beine gewickelt hatte und dann stand ich langsam auf.
Mit der Hand auf dem Steiß humpelte ich los. Zuerst sah ich in der Küche nach, aber da war keiner und dann hörte ich von oben ein Rumpeln. War da etwa der nächste aus dem Bett gepurzelt? Eilig schleppte ich mich die Treppe hoch und stand dann horchend im Flur. Eine Tür öffnete sich und Nadine stand zerzaust vor mir. "Wie viel haben wir denn getrunken?", fragte sie und lehnte sich müde gegen den Türrahmen, streckte sich und gähnte.
Wir hatten nichts getrunken. Nadine erinnerte sich nicht an das, was passiert war, oder sie dachte, sie hätte es geträumt und verdrängte alles. Vielleicht hatte ich diese schreckliche Nacht auch einfach nur geträumt und eigentlich war alles in bester Ordnung. Mutter war zwar noch weg und entführt, aber sie hatte keinen bösen Pakt mit den Hexen geschlossen und ihren Sohn

auch nicht mit einem Messer in den Bauch getötet. "Louis.", murmelte ich und stürmte in sein Zimmer, doch er war nicht da. Wenn Louis hier irgendwo war, dann hatte ich das tatsächlich nur geträumt und ich hoffte so sehr, dass ich ihn irgendwo finden würde. Als nächstes lief ich eilig in Dorian's Zimmer und er lag schnarchend auf dem Boden. "Das ist doch jetzt nicht wahr." Seufzend ließ ich mich neben ihn auf den Boden sinken und schüttelte ihn. "Dorian, wach auf! Wo ist Louis, Dorian? Wo ist dein Bruder?" Stockend hielt ich die Luft an und mir kamen wieder die Tränen. Da war ein Schnitt auf seinem Hals und er war noch nicht wirklich gut verheilt. Geschockt sah ich nun an mir runter und stellte fest, dass ich ganz andere Sachen anhatte, als ich in dem Club getragen hatte. Überhaupt trug ich komplett andere Sachen als die, die ich getragen hatte, als diese ganze Sache mit Mutter passiert ist. Irgendjemand musste mich wohl umgezogen haben und auch Dorian trug andere Klamotten als zuvor. Eigentlich dürfte er nicht mal ein Shirt tragen, denn das hatte er dazu verwendet, Louis Wunde zu verstopfen. Er murrte leise und wachte langsam auf. Panisch stand ich wieder auf und rannte eilig

in alle Zimmer, die noch übrig waren, aber ich fand ihn nicht. Louis war wie vom Erdboden verschluckt und auch Amelie war nicht auffindbar. Langsam bekam ich die Befürchtung, dass Jeanne die beiden beseitigt hatte, so wie sie es scheinbar von Anfang an tun wollte. Endgültig. Verzweifelt und atemlos stand ich unten im Flur und überlegte, wo sie noch sein könnten. Einen Keller gab es in dem Haus nicht und auf dem Dachboden hatte ich auch schon nachgesehen.
"Sie sind nicht im Haus. Sie sind nicht hier.", murmelte ich verzweifelt. Nadine schien sich nun auch langsam wieder zu erinnern und saß leicht abwesend auf dem Sofa. Sie hielt sich mit einer Hand den Kopf und atmete ganz schwer, als ob sie keine Luft bekommen würde.
Dorian kam zu mir und versuchte mich zu beruhigen. "Ausrasten bringt jetzt auch nichts. Du musst ruhig bleiben. Sie werden schon irgendwo sein." Mir liefen die Tränen noch mehr und dann sah ich ihn an. "Aber Louis, seine Wunde. Wenn er jetzt, ich meine, wenn er, seine Wunde war so tief." Dorian zog mich zu sich und ich vergrub mein Gesicht in seinem Shirt. Er strich mir

beruhigend über den Rücken und ich hoffte, seine Nähe würde mich trösten, aber es funktionierte nicht. Der Gedanke, Louis verloren zu haben, konnte nicht übertönt werden.
"Komm, wir gehen kurz raus. Ich glaube, du brauchst etwas Luft." Mir war es schleierhaft, wie frische Luft mir helfen sollte, aber vielleicht würde mich die Bewegung etwas beruhigen. Wie Dorian so ruhig und gelassen bleiben konnte war mir ein unerklärliches Rätsel.
"Trauerst du denn gar nicht?" Meine Stimme zitterte richtig. "Ehrlich gesagt glaube ich nicht, dass er tot ist. Ist so ein Zwillingsding, verstehst du?"
Diese Aussage machte für mich in diesem Moment nicht wirklich viel Sinn. So ein Zwillingsding? Spürte er etwa, dass Louis noch lebte? Vielleicht verdrängte er auch nur die Tatsache, dass er zwei seiner Geschwister verloren hatte und dass alles das Werk seiner Mutter war, die offensichtlich nicht mehr bei Verstand war. Als wir draußen waren und ich meine Beine bewegte, versuchte ich mir einzureden, dass noch nichts klar war. Als ich Louis das letzte Mal sah, hatte er noch gelebt. Wenn ich also nicht mit eigenen Augen seine

Leiche sah, dann lebte er noch, legte ich für mich so fest. Wenn Jeanne ihn vergraben hatte und wir ihn nie wieder finden würden, würde er für mich dennoch irgendwo leben. Es war zwar kein großer Trost, doch für den Moment reichte es aus.

Draußen ging es mir tatsächlich schon viel besser. Der Tag war schon weit fortgeschritten und eine angenehme und friedliche Sommerbrise strömte mir entgegen. Dorian hielt mich fest im Arm und wir gingen ein Stück. "Und was ist mit Amelie?"

Dorian schwieg und nach einer Weile antwortete er leise.

"Ich weiß es nicht." Plötzlich blieb er ruckartig stehen und starrte in eine dunkle Ecke. "Was ist denn da?" Es kam keine Antwort und dann trat jemand ins Licht. Es war Nora, die kleine Tochter von Posey. Sie sah sehr müde aus und ihre Augen waren ganz rot. Sofort löste ich mich von Dorian, der sich nicht bewegte und dann ging ich zu ihr. "Nora, was machst du denn hier?" Sie sah mich mit ihren großen Augen an. "Mein Daddy ist tot. Jemand kam zu uns, ich habe nicht viel gesehen. Es war eine Frau und sie hatte jemanden dabei, aber den habe ich nicht gesehen. Ich hörte laute Schreie, die ganze Nacht lang und am nächsten Morgen waren sie wieder weg. Daddy packte ganz schnell ganz viele Sachen von mir und von ihm und sagte, wir würden verreisen, ganz weit weg. Als wir gerade zum Auto gingen, kamen zwei Frauen und erstachen ihn einfach so. Sie sagten kein Wort und als er da lag und sich nicht mehr bewegt hat, sind sie einfach wieder gegangen." Sie fing wieder an zu weinen und drückte sich an mich und ich nahm sie in meine Arme. Entsetzen stand mir im Gesicht. Die beiden Frauen waren rachsüchtig und unberechenbar. Sie hatten einem kleinen Mädchen den Vater genommen und das auch noch vor ihren Augen. Wie konnten sie nur so unbarmherzig sein.

"Jeanne.", flüsterte ich leise. Jeanne war zu Posey gegangen und hatte ihn getötet. Am Tag davor war eine Frau und jemand, der die ganze Nacht geschrien hatte, da gewesen? Mein Blick huschte zu Dorian. "Louis." Er nickte und trotz der schlimmen Nachricht über Posey musste ich lächeln. Nora weinte zwar noch immer, beruhigte sich aber langsam wieder und nun wurde ich wieder traurig. Sie hatte jetzt niemanden mehr und sie wusste nicht, wohin sie gehen sollte. "Können wir sie bei uns behalten?" Dorian schüttelte den Kopf. "Ich glaube nicht, dass wir sie beschützen können. Wir können uns ja kaum selbst schützen." Er sah sehr traurig aus. Vermutlich hätte er sie liebend gerne aufgenommen, doch sein Argument war leider vernichtend. "Aber wo soll sie denn jetzt hin. Posey ist tot und sie hat sonst niemanden."

"Lass uns erst mal zurück zu Nadine gehen."

Als wir wieder in der Villa waren, machte ich Nora erst mal einen Tee und etwas zu essen, während wir Nadine alles erzählten, die den rettenden Einfall hatte. "Was ist mit Albert? Zumindest vorübergehend könnte die Kleine vielleicht zu ihm. Er hat doch genug Leute, die ihn beschützen."

Das war auch in meinen Augen die beste und schnellste Lösung, also machten wir uns, nachdem Nora sich etwas ausgeruht hatte, auf den Weg. Leider war der Club am Tag geschlossen und wir wussten nicht, wie wir anders an Albert herankommen sollten. Über sein Handy war er irgendwie nicht zu erreichen, denn nachdem es lange getutet hatte, ging die Mailbox ran. Mir wurde wieder schlecht und ich befürchtete schon,

dass Jeanne und Brittany ihm auch einen Besuch abgestattet hatten. "Ob er hier auch wohnt? Oder vielleicht hat er auch ganz woanders seine Wohnung."
Das war doch echt zum Verzweifeln und Nadine und Dorian mussten mich wieder beruhigen. "Er ist hier. Er ist in dem Haus, aber er hat gerade Besuch und ich glaube nicht, dass wir ihn stören sollten. Jetzt weiß ich auch, wieso er nicht an sein Handy gegangen ist."
Dorian sah mich vielsagend an und es dauerte einen Moment, bis ich begriff, was er meinte.
"Oh. Ja. Na, vielleicht gehen wir erstmal was essen. Mir wäre nach Eis, möchtest du ein Eis, Nora?"
Nora war dafür und nachdem wir zwei Stunden in einem Eiscafé verbracht hatten, gingen wir zurück zu dem Haus. Dorian übersprang einen weiteren Anruf und rief laut Alberts Namen und nach ein paar Minuten stand er auch schon vor uns. Er trug einen flauschigen, hellblauen Bademantel und die passenden Pantoffeln dazu. Er stupste Dorian gegen die Schulter.
"Gut gebrüllt, Löwe. Was kann ich denn für euch tun Kinder? Und wer ist diese

bezaubernde kleine Lady?" In kurzen Sätzen erklärten wir ihm die Situation und wie es dazu gekommen war und Albert schien ziemlich entsetzt darüber. Seine langjährige Freundin Brittany und Jeanne, die er auch schon ewig kannte, waren zu bösartigen Wesen geworden. Jeanne wollte sogar ihren eigenen Sohn umbringen, der nun verschwunden war, genau wie Amelie. Wir erzählten ihm auch von Posey und baten ihn darum, sich der kleinen Nora anzunehmen.
"Ja, na klar kann ich auf die kleine Nora aufpassen. Aber was wollt ihr jetzt machen? Ihr wisst schließlich nicht, wo Amelie und Louis sind. Wo sich Jeanne und Brittany aufhalten, wisst ihr auch nicht. Bei mir waren sie jedenfalls nicht und das will ich den beiden auch nicht raten. Ich habe nämlich selber eine kleine Armee und denen sollten sie lieber nicht begegnen."
Was Jeanne anging, hatte ich schon so eine Ahnung, wo sie sein könnte, aber Louis und Amelie waren jetzt wichtiger. Wenn meine Vermutung stimmte und Jeanne tatsächlich da war, wo ich dachte, dann war sie im Moment keine Gefahr mehr für uns. "Wo könnten sie hingegangen sein?" Keiner von uns hatte eine Idee, bis mir einfiel, dass wir

ja alle in der modernen Zeit lebten und jeder von uns, mal abgesehen von Dorian, hatte ein Handy.
Diese Lösung war zwar fast schon zu simpel, aber ein Versuch konnte schließlich nicht schaden.
Zuerst versuchte ich, Amelie zu erreichen, aber wie ich schon erwartet hatte, ging bei ihr nur die Mailbox ran. Nervös starrte ich auf die Nummer von Louis und mein Herz klopfte auf einmal, als wäre ich gerade im Laufschritt eine lange Treppe rauf gerannt.
Nachdem ich tief durchgeatmet hatte, drückte ich auf den grünen Hörer. Es kam ein Tuten, dann klickte es.
"Ja." Es war sehr leise und schwach, aber es war seine Stimme. "Louis." Sofort stiegen mir die Tränen in die Augen und ich konnte kein Wort mehr sagen.
Mit zitternden Händen gab ich Dorian das Handy.
"Hey, großer Bruder, du glaubst nicht, wie schön es ist, deine Stimme zu hören. Michelle hat sich große Sorgen um dich gemacht." Während Louis redete, sah Dorian mich lächelnd an. "Okay, dann sehen wir uns ja bald wieder. Sag Amelie, dass sie die Heldin des Tages ist."

Als er aufgelegt hatte, lächelte er mich noch immer an, als ob auch ihm gerade ein Stein vom Herzen gefallen war. Nadine stand neben mir und weinte leise, während sie ihren Kopf auf meine Schulter legte und meine Hand hielt. "Sie sind auf dem Weg hierher. Amelie schien ganz schön neben der Spur gewesen zu sein, als sie bei Posey los gefahren sind. Sie ist in die falsche Richtung gefahren, ansonsten wären sie schon lange wieder da gewesen."

Dieser Moment war schöner als jeder Moment zuvor. Ich dachte schon, wir hätten Louis verloren. In diesem Raum, in dem er auf dem Boden lag und kurz vorm Sterben war, hatte ich ihn röcheln und husten hören und ich hatte zusehen müssen, wie das Blut aus ihm herausgelaufen war. Es war ein unerträglicher Anblick. Jeanne dachte, er würde sterben. Sie hatte Posey umgebracht, damit er ihm nicht helfen konnte, aber sie war zu spät gekommen und scheinbar hatte sie keine Ahnung, dass Louis doch noch lebte. Es grenzte an ein Wunder, dass die beiden da unbeschadet wieder raus gekommen waren. In dem Moment war ich so überglücklich, dass ich die ganze Welt hätte umarmen können, aber ich beließ es bei

Nadine, Dorian, Nora und Albert. Nora hatte zwar ihren Vater verloren, aber sie hielt sich sehr tapfer und freute sich so gut es ging mit uns. "Wir werden deinen Vater rächen.", versprach ihr Dorian und gab ihr einen Kuss auf die Stirn, was sie leicht rot werden ließ. Tja, sie kam wohl auch langsam in dieses Alter, wo es mit den Jungs losging. Mitfühlend sah ich sie an, denn ich war scheinbar jetzt erst in dieses Alter gekommen und voll rein geschlittert.
"Dann gehen wir am besten zur Villa und warten da auf die beiden."
"Macht das. Ich kümmere mich um die kleine Nora und ihr haltet mich bitte auf dem Laufenden wegen dieser Geschichte mit Jeanne." Zum Glück hatten wir dieses Problem erst mal gelöst. Die Stimmung war sehr heiter, als wir uns von Albert verabschiedeten. Auf dem Weg zurück, den wir natürlich laufen mussten, fühlte ich mich endlich wieder leicht und irgendwie glücklich. Louis Tod hätte mir die Freude am Leben sicherlich für eine lange Zeit genommen und der große Stein in meinem Magen wäre sicherlich nie kleiner geworden, doch jetzt gab es einen Lichtblick. "Was machen wir dann eigentlich? Wissen wir, wo

Jeanne ist?", fragte Nadine und hielt meine Hand. Mir kam in den Kopf, was Jeanne mir noch gesagt hatte, bevor ich ohnmächtig wurde. Wir sollten sie nicht suchen. Ich sollte Dorian davon abhalten, bis sie alles erledigt hatte. Am Ende wollte sie nur noch stärker werden und sich noch so einen teuflischen Plan ausdenken, damit sie uns doch noch alle umbringen konnte. "Ich glaube, sie ist in Frankreich. Ich bin mir sogar sehr sicher, dass sie dort ist.", sagte ich dann trotzig und empfand Genugtuung dabei. Ganz bestimmt war sie dort und ich war fest entschlossen, nicht auf diese durchgeknallte Frau zu hören. Nadine und Dorian sahen mich erstaunt an. "Glaubt mir ruhig. Sie wollte nach Frankreich."
"Na gut. Dann werden wir wohl doch das Land verlassen müssen." Damit auch alles mit rechten Dingen zuging, mussten wir für Dorian natürlich zuerst einen Pass und alles Drum und Dran besorgen, denn sonst hätten wir mit Schiffen und Zügen reisen müssen und das hätte ja ewig gedauert. "Also, zuerst muss Louis sich etwas erholen und dann kümmern wir uns um die Reise." Als wir bei der Villa waren, bat Dorian Nadine, schon mal reinzugehen.

Nachdem sie die Tür hinter sich geschlossen hatte, sah Dorian mich fürsorglich an und ich konnte mir schon gut vorstellen, was jetzt folgte. Er öffnete den Mund und wollte gerade anfangen, als ich ihm zuvor kam.
"Ich komme auf jeden Fall mit nach Frankreich und es gibt nichts was du sagen könntest, um mich umzustimmen. Auch wenn du sagst, dass du mich nicht dabei haben willst, das ist mir egal. Ihr geht mich jetzt alle etwas an und auch wenn du das anders siehst, wird sich daran nichts ändern, also spar dir den Vortrag." Dorian's Mund stand noch offen und kurz herrschte Stille. Ich hoffte, ich hatte mich deutlich genug ausgedrückt und er würde erst gar nicht versuchen, mich wegzuschicken. Dann strich er mir mit dem Daumen über die Wange und ich bekam wieder dieses Gefühl, das ich bei dem Auto am Ufer hatte, dieses leichte Kribbeln im Magen. Sein Blick veränderte sich auf diese merkwürdige Weise und er näherte sich mir ein wenig und ich konnte den Kuss schon spüren, aber er tat es nicht. Er senkte den Kopf und atmete viel Luft aus.
Verwundert sah ich ihn an. "Nein.", sagte er leise und ging ins Haus. Wie angewurzelt stand ich da. Was sollte das heißen? Nein?

Nein, was? Dann fiel es mir wieder ein. An dem Morgen nach der Party hatte ich über das alles nachgedacht und dann hatte ich 'Nein' gesagt, aber nicht zu ihm. Eigentlich dachte ich, er hätte es nicht gehört, aber scheinbar war dem doch so. Am liebsten hätte ich mich selbst getreten. Wut stieg in mir hoch und nicht nur das. Meine Frustration über mich selbst und diese ganze verfahrene Situation mit Dorian stieg so an, dass ich gegen einen dicken Stein trat und mir natürlich selbst weh tat. "Wieso um alles in der Welt muss alles nur immer so kompliziert sein?" Am liebsten hätte ich irgendetwas kaputt gemacht, um etwas Dampf abzulassen, doch vermutlich hätte ich mich nur wieder selber verletzt. Er hatte mich bei dieser Untergrundaktion geküsst, weil er sich nicht sicher war, ob sein Plan aufgehen würde. Er hätte sich wirklich umgebracht und wollte nicht sterben, ohne sich zu verabschieden. Doch er war nicht gestorben und er dachte, dass ich ihn nicht auf diese Weise mag und ich kann ihm nicht sagen, dass es doch so war. Noch hatte ich es mir nicht selbst eingestehen können, auch wenn es so offensichtlich war. Es musste laut ausgesprochen werden und ich war eindeutig

noch nicht soweit. Von diesem Gefühlschaos bekam ich regelrecht Kopfschmerzen und meine Glücksgefühle wandelten sich um in verbohrte, festgefahrene Wut und Hilflosigkeit und es gibt fast kein Schlimmeres Gefühl, als diese Mischung.
Aus irgendeinem Grund rannte ich einfach los. Bewegung sollte ja angeblich helfen, wenn man schlechte Laune hatte und nicht so recht wusste, was man tun sollte. Einfach rennen, bis der Kopf wieder klar wurde. Also rannte ich zu dem Ufer und sah das Auto und die verrostete Motorhaube und dann rannte ich noch schneller. Am liebsten hätte ich mich ins Wasser geschmissen, aber da wäre ich vermutlich nie wieder herausgekommen. Irgendwann wäre ich wohl eine aufgedunsene Leiche gewesen, die frustriert durch den Fluss schipperte. Vielleicht wäre aus mir ein böser Geist geworden, der alle heimsucht, die an das Ufer kommen, um romantisch herumzuknutschen.
Als der Weg nicht mehr weiter ging, bog ich in einem großen Bogen ab und rannte an einer Garagensiedlung vorbei. Hier fuhr kaum ein Auto, wie sonst auch, also rannte ich auf der Straße. Meine Lungen zogen beißend und ich schmeckte Blut, aber ich

blieb nicht stehen. Es fing gerade an zu helfen. Mein Kopf leerte sich, als würden alle meine Gedanken durch das Laufen aus mir herauspurzeln und einfach auf der Straße liegen bleiben.
Wenn ich es mir selbst nur nicht so schwer gemacht hätte, hätte ich mir viel Frust ersparen können, aber ich glaube, niemand macht es sich wirklich einfach mit diesen Dingen. Das war ja wieder so überaus normal, dass ich davon gleich wieder frustriert wurde. Nachdem ich meinen Sprint hinter mich gebracht hatte, ging ich in die Villa zurück, schleppte mich erschöpft in den Fernsehraum und hing wie gestorben auf dem Sofa rum: Für zwei Stunden bewegte ich mich kein Stück. Danach zuckte ich ab und zu etwas und dann kamen sie auch schon.
Amelie stützte Louis und erschöpft ließen sich beide auf dem Fußboden im Flur sinken. Dorian kam, half seinem Bruder hoch und setzte ihn auf dem Sofa, neben mir ab. Amelie war alleine wieder aufgestanden und nachgekommen.
"Das war wirklich die allerletzte Sekunde. Fast hätte er ihn nicht mehr retten können. Er war schon fast auf der anderen Seite, doch irgendetwas hielt ihn noch lange genug in

unserer Welt." Nachdem Louis sich wieder etwas gefangen hatte, schleppte Dorian ihn nach oben, in sein Zimmer, denn Ruhe war jetzt angesagt. Auch Amelie ging schnell schlafen, nachdem sie etwas gegessen hatte. Meine Erleichterung war sehr groß, dass die beiden wieder bei uns waren und in der Nacht saß ich die ganze Zeit an Louis Bett. Ich wollte nicht, dass das nur ein Traum war, egal was davon. Es sollte alles Wirklichkeit sein und ich dachte, wenn ich nur an seiner Seite blieb, würde es auf jeden Fall echt bleiben. Eine ganze Weile sah ich zu, wie er ruhig atmete, bis ich schließlich selbst einschlief. In den folgenden zwei Tagen schlief Louis fast die ganze Zeit. Er wachte nur ab und zu auf, um etwas zu essen, aber er redete kaum und wenn, dann flüsterte er nur. Nadine kümmerte sich sehr fürsorglich um ihn. Nach einer Woche konnte er schon wieder dumme Witze machen und Nadine dazu bringen, an die Decke zu gehen.
Einmal kam sie schnaufend zu uns ins Fernsehzimmer. "Alles klar, wir können los, seine Hoheit ist genesen." Natürlich war das noch nicht der Fall, aber er konnte eben einfach nicht anders. Er fing auch bei mir wieder an, Kommentare zu lassen und

zweideutige Anspielungen zu machen, die eigentlich doch sehr eindeutig waren. Dorian hatte Albert gebeten, ihm wegen seinen Papieren zu helfen, denn Louis war zu schwach und sobald es ihm besser ging, wollten wir aufbrechen.

Wenn ich an die Reise nach Frankreich dachte, wurde ich ganz hibbelig. Noch nie war ich weit weg von Gaping Hill gewesen. Frankreich war wirklich sehr weit weg und zu meinem Übel konnte ich kaum ein Wort Französisch. Nadine versuchte mir während der kurzen Zeit, die uns noch blieb, ein bisschen beizubringen, damit ich nicht ganz hilflos dastand und ich gab mein bestes, aber ich war noch nie besonders gut darin gewesen, andere Sprachen zu lernen. Erstaunlicherweise fiel es mir gar nicht so schwer, zu verstehen, was sie mir so erzählte, aber wenn ich selbst etwas sagen sollte, brachen alle in Gelächter aus. Die Aussprache schien noch weniger meine Stärke zu sein als alles andere daran. Wenn ich nach Frankreich wollte, stand mir noch eine Sache bevor, die ich erledigen musste. Dazu ging ich nach draußen und dann rief ich meine Mum an. Ich zog mir irgendeine schöne Geschichte aus der Nase und stellte fest, dass ich nicht mal vier Wochen weg war. Es kam mir vor wie eine Ewigkeit, doch die Ereignisse hatten sich quasi überschlagen und alles war in wenigen Tagen passiert. Ich versicherte meiner Mum, dass es mir gut ginge, ich viel Spaß hätte und sie vermisste. Im Prinzip stimmte das ja auch, nur das mit den bösen Frauen und den Überlebensängsten ließ ich weg. Louis ging es am nächsten Tag schlagartig wieder so gut, dass er aufstehen und rumlaufen konnte. Seine Genesung hatte also nur knapp eine Woche gedauert, in der wir uns alle auf die Reise vorbereiten konnten. Dorian war kaum zu Hause gewesen, irgendwie war es schon wie ein zu Hause für mich. Er trainierte den ganzen Tag draußen, joggte und machte in irgendeiner der verlassenen Fabriken in der Umgebung Krafttraining. Manchmal begleitete Nadine ihn, wenn sie sich nicht gerade bemühte, mir Französisch nahezubringen. Amelie machte fast den ganzen Tag ihre Konzentrationsübungen, um ihre Kräfte zu stärken. Ich hatte nie eine Ahnung, was genau sie da den ganzen Tag tat, aber sie war beim Essen immer ziemlich entkräftet und schlief lange. Teilweise fühlte ich mich richtig nutzlos, weil mein einziger Beitrag das mittelmäßige Erlernen der Sprache war, aber wie hätte ich mich auch anders darauf vorbereiten können...

Der große Tag der Abreise brach schließlich an.
Nadine hatte unsere Tickets schon gebucht, als Dorian seinen Pass bekommen hatte und die ganze Zeit lagen sie in der Küche im Regal. Nervös stand ich davor und starrte durch die Scheibe. Nadine nahm die Tickets raus und strahlte mich lieb an. "Na? schon nervös?"
Stumm nickte ich und sie lachte. "Sieht man dir gar nicht an." Ihr Sarkasmus war kaum zu überhören, doch ich war so mit meiner Nervosität beschäftigt, dass ich das gar nicht richtig wahr nahm. Louis kam in die Küche. "Was ist denn mit Michelle los?"
Er stellte sich neben mich und ich sah ihn abwesend an.
"Ich glaube, sie hat ein bisschen Flugangst." Nadine klang besorgt, aber auch belustigt. Louis grinste breit und legte seinen Arm um meine Schulter. "Oh, weißt du, worauf ich mich am meisten freue. Wenn wir nach dem Start eine ziemlich scharfe Kurve machen

und dann fast auf der Seite liegen." Entgeistert und kreidebleich sah ich ihn an und dann seufzte ich. Er machte sich scheinbar einen Spaß daraus. "Tja, dann setz ich mich neben dich und wenn ich mich übergeben muss, weiß ich ja wohin ich mich drehe."

Das fand er natürlich nicht so witzig, dafür lachte Nadine umso lauter. "Wir werden schon nicht abstürzen. Mach dir keine Sorgen. Ansonsten sind wir drei Werwölfe und eine Hexe. Einer von uns kann dich bestimmt retten." Schon fast hätte ich gefragt, ob Werwölfe wirklich einen Sturz aus dem Flugzeug überleben würden, doch ich verkniff mir die Ausweitung dieses Themas. Louis drückte seinen Rücken durch, reckte seinen Hals und schaute mich erhobenen Hauptes heldenhaft an. "Ich weiß schon. Dorian macht das schon.", meinte ich dann trocken und zutiefst unbeeindruckt. Es war wohl das Beste, die Sache positiv anzugehen und Witze zu machen.

Nadine und ich lachten und Louis verließ gespielt beleidigt die Küche. Die Stimmung war bei uns allen sehr locker, mal abgesehen von meiner Nervosität.

Wenn ich so darüber nachdachte, war es

schon merkwürdig. Eigentlich fühlte es sich an, als würden wir in den Urlaub fliegen. Dabei wollten wir eine durchgeknallte Alpha aufspüren und wenn es hart auf hart kam, vermutlich sogar zur Strecke bringen. Wir hätten eigentlich etwas ernster sein müssen bei dem, was uns bevorstand, aber noch waren wir nicht in Frankreich und keiner von uns dachte so wirklich über das nach, was uns erwartete. Auch erstaunte mich, dass Louis so gut damit klar kam, dass seine Mutter ihn töten wollte, dass sie ihn als überflüssig und nutzlos bezeichnet hatte. Er machte sogar den Eindruck, als sei eine Last von ihm abgefallen. Er schien irgendwie befreit zu sein. Vielleicht war es genau das, was er hören musste, um sich von ihr zu lösen. Es könnte allerdings auch sein, dass er ganz anders empfand und das nur vor uns versteckte. Darin war er schließlich ziemlich gut. Wir packten unser Gepäck in Louis rotes Auto und mein Herz pochte schon wieder so doll.

Mir schwante, dass mir etwas Großes bevorstehen würde. Nicht nur das Erleben, sondern auch das Durchleben von etwas Besonderem, etwas das noch intensiver war als bisher und es war eigentlich schwer zu

glauben, dass es noch verrückter werden könnte. Wir fuhren zum Flughafen, wo wir das letzte Mal einen ziemlichen Rückschlag erlebt hatten, doch dieses Mal gingen wir nicht zu dem merkwürdigen, kleinen Häuschen mit der Wendeltreppe, sondern in den Flughafen hinein, zum Check In, zum Gate und stiegen dann in die Maschine. Meine Nervosität nahm noch weiter zu und ich wurde ein wenig wacklig auf den Beinen; doch ehe ich mich versah, saß ich auf einem bequemen Sitz in der ersten Klasse und schnallte mich an. Die Stewardessen veranstalteten einen kleinen Tanz, zumindest sah es so aus, als sie die ganze Notausstiegsprozedur erläuterten und dann meldete sich der Flugzeugkapitän und begrüßte uns an Bord der Maschine soundso auf dem Flug nach Paris. Wir würden knapp neun Stunden fliegen, ohne Zwischenstopp und so weiter. Nadine saß neben mir und hielt meine Hand.
Mir fiel auf, dass ich einen Fensterplatz hatte und ich fragte mich, wieso ich auch noch am Fenster sitzen sollte, wo ich doch schon genug Angst hatte, aber Louis war der Meinung, ich würde das schon schaffen. Wieso hatte ich eigentlich auf ihn gehört? Ich

fragte Nadine, ob wir nicht die Plätze tauschen könnten, aber sie schüttelte leicht den Kopf. "Du schaffst das schon, Kleines. Du wirst sehen, dass es nicht so schlimm ist, wie du denkst. Du hast nur Angst, weil du nicht weißt, was auf dich zukommt, aber wir sind alle hier und beschützen dich." Darauf konnte ich nichts entgegnen. Stattdessen drehte ich den Kopf zum Fenster und dann sah ich, wie das Flugzeug rückwärts rollte und es ruckelte leicht. Dann fuhren wir vorwärts und ich konnte schon die Startbahn sehen. Meine Hand verkrampfte sich leicht und ich war ganz glücklich, dass es ihr als Werwolf nicht wirklich viel ausmachte, wenn ich so doll drückte, wie ich konnte. Als wir auf dem Rollfeld ankamen, beschleunigte die Maschine mit einem Mal so sehr, dass ich in den Sitz gedrückt wurde und mein Herz fing an zu rasen, meine Handflächen schwitzten schon seit geraumer Zeit und ich starrte einfach den Sitz vor mir an.

Irgendwann durchfuhr mich ein Kribbeln im Bauch und ich hielt die Luft an. Ich spürte, wie mir die Tränen in die Augen schossen und eine ganze Weile bewegte ich mich kein Stück. Irgendwann drehte ich leicht den Kopf zurück zum Fenster und sah die Welt unter

mir kleiner werden.
Eine Gänsehaut überzog meinen ganzen Körper und mir wurde ein wenig schwindlig. Wir stiegen noch weiter und das Flugzeug ruckelte etwas. Wir erreichten die gewünschte Flughöhe, die der Kapitän durchsagte, wobei ich aber konsequent weghörte und dann waren wir wieder waagerecht. Der Ausblick verschlug mir den Atem. Wir flogen über einer Decke aus flauschigen Wolken und die Sonne strahlte so hell, wie ich es noch nie gesehen hatte. Der Himmel war so klar, dass ich dachte, ich könnte die Luft an uns vorbei gleiten sehen. Jegliche Aufregung war verschwunden. Ich fühlte mich nur noch leicht und glücklich.

fortsetzung folgt in teil 2

FSC
www.fsc.org
MIX
Papier aus verantwortungsvollen Quellen
Paper from responsible sources
FSC® C141904

Druck:
Customized Business Services GmbH
im Auftrag der
KNV Zeitfracht GmbH
Ein Unternehmen der Zeitfracht - Gruppe
Ferdinand-Jühlke-Str. 7
99095 Erfurt